おわりもん

高須光聖

幻冬舎

おわりもん

序

天正十（一五八二）年六月一日。

四方を山々に囲まれ、盆地に位置する京は少し蒸し暑い。しかしその夜は皆、肌寒く感じていた。

一昨日までの雨のせいか、新緑の力強い香りが本能寺を覆っていた。

自らの家臣である明智光秀の謀反を事前に知った織田信長は、万が一に備え自らの兵を本能寺周辺に配置し、月に照らされた青や白のあじさいを眺めながら、一晩を過ごしていた。

明け方、誰もが「ガセだったか……」と思ったその時、家臣の一人が早馬を飛ばして本能寺に駆け込んできた。

その数一万三千人、秀吉の援軍として亀山城を後にしたはずの明智光秀が、老ノ坂で急に向きを変えると京へ進み始めたと家臣が息を弾ませながら伝えた。信長はしばらく黙っていたかと思うと、ニタリと笑ってこう言った。

「三途の川に桔梗《ききょう》紋の旗を流すがよい……」

それから二十日ほどが経った六月二十三日のことだった。

明智を討ち、安土城では信長の祝命会、いわゆる存命を祝う宴が盛大に行われていた。

九死に一生を得た信長を祝おうと大勢の家臣たちも集まり、その日は城内にいる者のみならず、領内の農民に至るまで、ありとあらゆる者に絹のように真っ白に搗《つ》かれた餅が振る舞われた。

だがただ一人、白い餅を自らの血で赤く染めた者がいた。

謀反の首謀者として、皆のいる前で信長がいきなり秀吉の首をはねたのだ。

信頼していた家臣を二人も失い、手勢が薄くなった信長を討とうと諸大名たちは目の色を変え始め、合従連衡《がっしょうれんこう》、群雄割拠していた戦国の世はますます乱れていった。

目次

第一章　賽の目坂

1

安土城で信長の祝命会が執り行われた翌年の春。


「ふ〜、ふ〜、ふ〜」

五郎左衛門《ごろうざえもん》の薄汚れて汗ばんだ額にピタリと一枚の花びらが張り付いている。

まるで大仏の眉間にある白毫《びゃくごう》のようで、その顔をチラリと見て、ゆっくりと目をつぶりながら、鼻で笑ったのは兄貴分の又兵衛《またべえ》だった。

「何がおかしい。ふ〜ふ〜ふ〜」

額の花びらを飛ばそうと、下唇を突き出して息を吹きかける度に、目が上を向き、髪が少し揺れるのが、間抜けな般若のようで、又兵衛は滑稽で仕方がなかった。

「大仏さんのイボのようで縁起がええやないか」

焦げた焼き茄子のように日焼けした顔は、ところどころ白く皮が剥け、それがちぎれることなく、ひらひらと暖かい風に吹かれながら五郎左衛門の顔に張り付いている。

「なんやこれ、鬱陶しいのぉ」

まだ春だというのに日差しが強く、首が少し動くぐらいで手足が自由にならないことが、これほど辛いこととは、二人は思っていなかった。

「そもそもこんなことになったのは、お前のせいやからな」

照りつける日差しで、額にじっとりとした汗をにじませながら又兵衛が吐き捨てた。


二人がこの国のお尋ね者となったのは数ヶ月前。

こともあろうに、貧しい農民出の二人が戦場《いくさば》で出会った男を使って、国を相手に大金をだまし取ったのがことの始まりである。

同郷の二人は、自分たちの故郷が死ぬほど嫌いだった。


いつも大名たちの勝手な都合で戦が始まり、大切に守ってきた田畑は容赦なく踏み荒らされ、その皺寄せは農民に及ぶ。

乳も出ない親から生まれた小さな子供が生きていけるわけもなく、否応なしに口減らしのため子供は捨てられていた。

お腹が大きな女たちが帯で腹をきつくしばり、泣きながら川でその腹を冷やして間引きをする姿を、二人は何度も見てきた。

美しい川も下流に行くほど淀んでいく。

川上で、でんと座っているだけで、自らの手も汚さないで民の富を掠め取っていく大名から、俺たちは金を奪い返しただけのことと、又兵衛たちはうそぶいていた。

町はいつしか大金を手に入れた二人組の話でもちきりとなり、それを耳にした五郎左衛門はまるで正義の味方にでもなったかのように浮かれ出した。自分がそのお尋ね者だと言わんばかりに噂話の輪の中に率先して入っていくものだから、数日と持たずあっさりお縄となってしまったのだ。

裁きはことのほか早く、彼らが申し付けられた刑は「賽の目の刑」。

六人の罪人が〝賽の目坂〟という山道に埋められ、土の中から首だけを出し、その後ろには、壱から六までの数字が書かれた札が立っている。

ちょうど芽が出始めた土筆《つくし》のように、土から首を出しているので「土筆の刑」と呼ぶ者もいるようだ。


「また出てきよった」

五郎左衛門が首を大きく振りながら必死にヤブ蚊を追い払おうとしている。

「俺らが動かれへんと知って、蚊のくせになめてやがる」

ジタバタする五郎左衛門を見て又兵衛が鼻で笑った。

「動くからヤブ蚊も意地になってくんねん。じっとしてればヤブ蚊も拍子抜けして近寄ってこん」

と言った矢先、髭面の又兵衛の鼻先に、一匹のヤブ蚊が止まった。

「おい、鼻の先、ガッツリ血吸うてるぞ」

偉そうに言った手前、小刻みに顔を動かすことしかできない又兵衛を見て五郎左衛門はけらけらと笑い出した。

「どうした、じっとした方がヤブ蚊も寄ってこんぞ、ハッハッハ」

じっとしている又兵衛になぜか次々とヤブ蚊が止まり始め、あまりにも集まるので、又兵衛は我慢できず、思わずでんでん太鼓のように顔を動かし出した。

髭面のその顔があまりに滑稽で、笑いがこみ上げてくる度に息が苦しくなり、いくら止めようと思っても、もうどうにもこうにも止まらない。

五郎左衛門は笑いすぎて、喉を鳴らして咳き込んだ。

するとその拍子に、ずっと取れずにいた五郎左衛門の額の花びらがひらひらと空に舞い上がった。

「あっ、取れたぁ～」

2

じわっと湿気を帯びた土に埋められてから二日が経っていた。

木々の間からこぼれる日差しを頭上に感じながら、五郎左衛門がこぼし始めた。

「腹減ったぁ～、あぁ～腹減ったぁ～、あぁ～腹減って死にそうやぁ～」

思いついたことをなんでも口に出す五郎左衛門のうつけた性格を知ってか、又兵衛は相槌はおろか、目をつぶったまま何も答えようとしなかった。

「信長の餅っていうのも食ってみたかったなぁ……なぁ又兵衛？」

「そうやな」

又兵衛が仕方なく返事をすると、五郎左衛門は話を続けた。

「つきたてで、ほかほかの真っ白な餅って、どんな味するんかなぁ……」

「そりゃ〜美味いんちゃうか」

「そっかぁ……このまま腹ペコで死んだら、あの世でも腹ペコなんかな？」

「さぁな……」

「死んだらどうなるんかな？」

「さぁ……」

「俺らどうやろ？　やっぱり地獄行くんかな？　どうせ死ぬんやったら、極楽に行きたいなあ。極楽って飯あるんかな？」

人が想像を巡らす時は、往々にして現実の世界から目を背けたい時である。

五郎左衛門の現実逃避話がだんだんおかしく思えてきた又兵衛は適当にあしらい始めた。

「あるある。しかも、みんなただや」

「酒は？」

「毎日浴びるほど飲める」

「ほな、ええ女もいてんのかな？」

「当たり前や、ほっといても向こうから寄ってきよる」

又兵衛が言った戯言《たわごと》に、満面の笑みを浮かべた五郎左衛門だったが、実は一番そう願っていたのは又兵衛だったのかもしれない。

「うわぁ〜、極楽ってええなぁ」

五郎左衛門の目尻はみるみるうちに垂れ始め、顔をくしゃくしゃにしながら木漏れ日が差す天を仰いだ。

しばらく雨の恵みを受けていない山道は白く乾燥し、時折吹く風に細かな砂埃が混ざっている。

ザッ、ザッ、ザッ――。

五郎左衛門の目に、いきなり草鞋《わらじ》を履いた足が飛び込んできた。

ゆっくり見上げると、無表情な旅人が一人じっと立っている。

しばらく二人を訝《いぶか》しげに見つめる旅人。

するとふと視線をそらして、又兵衛の横に立っている高札をじっと読み始めた。

『　告

この峠を通る者へ。

身分にかかわらず、すべからく次の事を行ふべし。

ここに埋められたる六人の悪党。

通りし者は、賽の目を振り、出た目の罪人の首を鋸で引くべし。

怠りし者は、厳罰を受くるもの也』

旅人は一言も発することなく、冷ややかな眼差しのまま又兵衛と五郎左衛門を見下ろし、じっと黙って立ったまま動かない。

又兵衛の後ろには『壱』の立札。

五郎左衛門の後ろには『弐』の立札。

さらに隣に『参』『四』『伍』と続く。

『参』『四』『伍』の首は、すでに斬り落とされており、ムシロをかけられた状態のまま放置されてあった。

そして又兵衛たちの前には、欠けた茶碗の中にサイコロ一つと、古びた大きいノコギリが一本。

そこに立つと異様な臭いがした。

埋められたまま二日も経てば、脱糞と排尿によって肥溜めのような臭いが漂い始め、腐敗している仏からの死臭と相まって、鼻を突くような悪臭が風に乗って麓《ふもと》まで届く時もあるという。

ちょうど風下になったからだろうか、無表情で立ったままこっちを見ていた旅人が、悪臭を放っている死体に一瞬目を向けた。

「……何、止まって見とんねん、はよ行け」

吐き捨てるように言ったのは五郎左衛門だった。

「見せもんちゃうねん」

眉間に深い皺を寄せ、荒々しい口調で又兵衛も続けた。

「誰も見てへんから、そんな高札気にせんと早よ行け。できればお前も人を殺《あや》めたないやろ……早よ行け」

憎しみも恨みもない人を殺めることほど、後味の悪いものはない。

又兵衛は、ゆっくり目を細めながら旅人を見上げた。

たいていの者は、この悪臭と恐怖におののき、周りに人がいないことを確かめると急いでこの場を去っていく。

しかしそんな又兵衛の言葉にも、旅人は眉一つ動かさない。

山道を登ってきたとは思えないほど静かに立っている旅人の目は死人のように冷たく、又兵衛の横で腐敗し始めている死人の首にたかる蝿の羽音だけが、耳に心地悪く響いていた。

「………」

旅人は何も言わずに、荷物を横に置き、ゆっくり腰を下ろすと欠けた茶碗の中にあるサイコロに手を伸ばした。

「えっ？　何してんの、こいつ」

まさかの行動に、動揺を隠せない五郎左衛門が、すがるように又兵衛を見た。

「あかん、あかん。サイコロ、置けって」

先ほどまでの凄みは何処へやら、又兵衛は細めて睨んでいた目を一気に見開き、顎を突き出しながら、慌て出した。

しかし旅人は二人の方を見向きもせずに、軽くすぼめた手の中で、サイコロがコロコロと回っているのを確かめるように転がし始めた。

「ええから、サイコロ置けって！」

無表情なまま、なおも手の中でサイコロを転がし続けている。

「なに回してんねん」

又兵衛が言い終わる前に、旅人はサイコロを欠けた茶碗の中に放り入れた。

思わず目をつぶって顔を背ける又兵衛と五郎左衛門。

恐る恐る目を開けると、出ていた目は『参』。

「あっぶなぁ〜」

『参』の立札の下に旅人がチラッと目を向けた。

ムシロがかけられ、その上に黒い漬物石のような重石がのっけられているように見えるが、よく見ると、真っ赤な血が一日、二日経って黒く変色したものと分かる。

ムシロの下には、ノコギリで斬られた首が転がっているのだ。

少しめくれたムシロの端から、罪人の髪の毛が地面にへばりついているのが見える。

膝に手を置き立ち上がろうとするが、旅人はもう一度高札に目をやり、じっくり読み始めた。

「なにダラダラ見とんねん。終わったら、早よ行けっちゅ〜ねん」

旅人はくるりと向きを変えると、また汚れたサイコロを手に取った。

「何してんねん、終わったらもうええねん」

サイコロを持ったまま高札を読み直し、旅人はまた手の中でコロコロと転がし始めた。

「一人一回！　おい、聞いてるか？　一人一回やっちゅ〜ねん！」

まるで耳が聞こえていないかのように、全く反応しない旅人が必死に叫ぶ五郎左衛門をちらりと見て、サイコロを転がす手をもう一方の手に変えた。

「あらっ！　どういうことかな、それ！」

すると今度は、まるで生きている人に当たれと願っているかのように、サイコロをさらに強くコロコロと回し始めた。

「おいおい！　嘘やろ」

次第に大声になる五郎左衛門と又兵衛の慌てぶりを楽しんでいるのか、今度はなかなかサイコロを振ろうとはしない。

「頼むから、置けって！」

すると突然、「アァ――」とびっくりするような大きな奇声を発し、ニタッと笑ったかと思うと、勢いよくサイコロを茶碗に投げ入れた。

小気味よい、カラランッという音が鳴り響き、出た目はなんと再び『参』。

「あっぷねっ」

「当たるまでやってええねやったら、サイコロ振る意味あれへんやろ」

言われたことに納得したのか、膝に手を押し当てて、重い腰をゆっくり上げると、横に置いた荷物をパンパンと叩《はた》き、ひょいと背中にかけた。

旅人は立ったまま、まるで死骸にわくうじ虫でも見るように冷ややかな目で五郎左衛門を見下ろした。

「なんや？」

五郎左衛門がギョロッとした目で旅人を睨みつけた。すると旅人はいきなり足元を草鞋で蹴り上げ、砂を五郎左衛門の顔にかけた。

「何すんねん、こいつ」

怒る五郎左衛門をよそに、旅人は気味の悪い薄ら笑いを浮かべ、また山道をすたすたと登っていった。

「ぶぺっ、ぺっ、ぺっ」

舌にまとわりつく、細かい砂をぺっぺっと何度も吐き出そうとするが、口の中に水分がなく、ただただ異物感が残るばかりだった。

横で見ていた又兵衛も旅人が離れたことを確認すると、小さな声で話し始めた。

「あいつ、完全にいかれとんな」

口から砂を吐き出そうとしながら五郎左衛門が答えた。

「当たるまで振るつもりやったやろ？　そんなもんサイコロの意味あれへんやん。何回もやったら、そのうち絶対当たるっちゅ～ねん」

「ハッハッハッ。情けないのう！」

二人が声の方を向くと、『六』の立札下に埋まっている内田《うちだ》宗乃進《むねのしん》という侍であった。

横一列に埋められ、もちろん首から上しか見えないので、身分など詳しいことは分からないが、顔の肌艶を見れば、それなりの家柄であることはおおよそ見当がついていた。

しかしここに連れてこられた時から、自分たちを蔑むような目がやけに気にくわなかった。相手が一向に話しかけてこないのに、わざわざこちらから話しかける必要もないと思った二人はずっと宗乃進を無視していたのだ。

どんな罪でここに埋められているのかは二人はむろん知るよしもなく、ここに埋まっている以上、身分はどうであれ所詮自分たちと同じ穴のムジナ、と小馬鹿にしていた。

「先程から黙って聞いておれば、ほんに見苦しい。男のくせに泣き言ばかり言いよって。この期におよんでジタバタするでないわ」

キリッとした一重まぶたの目をより一層細くし、茹で卵のような顔をした宗乃進が嫌味たっぷりに吐き捨てた。

年格好で言えば、二人よりいささか若く、頭頂部の髷《まげ》も多少乱れてはいるものの、小綺麗に揃えられており、妙に気位が高そうに見える顔つきが、とにかく二人には鼻についた。

「何ええかっこ言うとんねん、こいつ」

五郎左衛門が宗乃進に食ってかかった。

「こっちから見てると、けっこう、ビビってたように見えるけどねぇ～」

追い討ちをかけるように又兵衛も宗乃進を罵《ののし》った。

「無礼な！　人は生まれた時より死への道を歩んでおるもの。この内田宗乃進、武士に生まれた以上、どんな運命であろうと黙って受け入れる覚悟はとうの昔に出来ておる」

他人の泣き言も嫌だが、他人の自信に満ち満ちた言葉ほど気に障るものはない。又兵衛はこの手の侍が苦手というか、端的に言えば大嫌いだった。

すぐに家柄を誇りたがる奴や、何かにつけて「武士、武士」と口にしたがる奴に限って、だいたい大したことのない田舎侍であることが多く、所詮こいつもその手の奴だ、と思っていたからだ。

「参の目が出て、ふぅ〜って安堵の声が漏れとったぞ」

そう切り返した五郎左衛門に対して、唾を飛ばしながら宗乃進は烈火のごとく怒り出した。

「たわけたことを申すでない。いくら言ってもお主らには分かるまい。数え切れぬほどの、地獄のような修羅場をくぐり抜けてきたこの心の臓は、うぬらみたいな柔なものとは格が違う。お主らも男ならば、たとえこの場で朽ち果てようとも、武士の誇りだけは捨てるでない！」

「俺ら武士ちゃうんやけど……」

自分の言葉に酔いしれ、興奮している時ほど周りが見えていないものだ。見張り番が背後からやってくるのに宗乃進は気づかずにいた。

「どうした」

と少し甲高《かんだか》い声で見張り番が水の入った桶と柄杓《ひしやく》を持ってやってきた。慌ててビクッと振り向く宗乃進。

そのあまりの驚きっぷりに五郎左衛門と又兵衛は、思わず吹き出してしまった。

「何や、今の顔！」

「地獄を見た侍が、声かけられただけで、目玉が飛び出しよった」

二人は皮肉を込めながら笑った。

「何だか楽しそうじゃの」

一日に五回、見回りを兼ねて水を持ってくるのは、ガニ股でずんぐりムックリした見張り番、定《さだ》吉《きち》だった。

いつもニコニコして現れるので、いろいろと融通を利かせてくれそうだと思っていたら、これがまたいかにもという典型的な役人気質。どんなことがあっても一切決まりごとを変えない堅物人間だった。

この賽の目坂をすこし登ったところにある小屋に住み込み、六人全員の死を確認した時のみ山から下りて、お上にことの始終を報告しに行くのだが、それまではひたすら罪人が死ぬのを待っているという、非常に退屈な仕事に就いている。

賽の目が均等に出て首がトントントンとテンポ良く斬られればいいのだが、偏《かたよ》ってしまって生き残りが多いと、一日五回の水やりの度に、腐敗していく死体の悪臭がきつく、ここに下りてくることすら嫌になるらしい。中には水を飲ませないで渇き死にさせてしまう悪質な見張り番もいるらしいが、定吉は違っていた。いわゆる真面目を絵に描いたような男なので、水だけはちゃんと持ってきてくれた。

しかし決まったこと以外は一切なにも聞き入れてくれず、にこやかではあるが、どことなくよそよそしく感じた。

「定吉っつぁんの声にえらいビビってたな。この期におよんでジタバタするでないって、どの口が言うたんや」

鬼の首をとったように捲《まく》し立てる五郎左衛門と又兵衛に、宗乃進が嚙み付いた。

「うるさい！　ウジ虫ども！」

顔を真っ赤にして宗乃進が言い返した。

五郎左衛門たちが言い返そうとすると、割って入ったのは見張り番の定吉だった。

「何をケンカしとるんじゃ」

「いや、こいつがですね。偉そうなことばっかり言うんですよ」

「何だ貴様、その言いぐさは」

そう言って、宗乃進が五郎左衛門を睨みつけると、

「何や、この口だけ侍！」

五郎左衛門も黙ってはいなかった。

「なんだと、この腐れ外道が」

「うるさい！　この鼻くそ侍」

「ええぇい！　ウジ虫ども、黙れ」

こうなってしまうと、もう子供の喧嘩同然。

死を目前にすると、案外どんな偉い人も、総じてこうなってしまうのかもしれない。

「コラ、コラ、同じ土に入るも何かの縁、仲良うせんと」

定吉に言われて、宗乃進が苦虫を噛みつぶしたような顔でそっぽを向いた。

「そんなことより、ほれ水」

春とはいえ、風もなく太陽が昇り始めると、それはそれで蒸し暑く、首から下を土の中に埋められ、何一つ食べることが許されない者たちにとって、一日五回の水ほど嬉しいものはない。

定吉は水の入った桶に柄杓をどっぷんと沈め、又兵衛の顔の前に持っていった。

水の入った柄杓に歯をカンカンと当てながら、又兵衛は口を大きく開け、注がれる水を飲み込んでいく。

顎から滴り落ちる水が首を伝い、白く乾燥した土に染み込んではすぐに消えていく。

埋まった体の中に僅かだが水が流れ込んでいく感触が、妙に心地よく感じられた。

喉を鳴らしながら、二杯の水を又兵衛は飲んだ。

「もうええか？　ほな次、お前」

「おおきに」

ごくごく水を飲み干した後の五郎左衛門のやけに大きな「プハ〜ッ」という声は宗乃進を一層イライラさせた。

口の横からダラダラと水をこぼし、何杯も飲み続ける五郎左衛門のがさつな感じが宗乃進は許せなかった。

八杯目を飲み終えた後、大きなため息をつきながら五郎左衛門は宗乃進を見た。

定吉が柄杓を宗乃進の口に持っていくと、口をつぐんだまま顎でチョンと弾き、水を断った。

「情けは無用。ましてやこの者たちが口をつけたものなら、なおさら。拙者はけっこうでござる」

宗乃進はまた五郎左衛門をキッと睨みつけながらそう言った。

「そうか。ほな、わしは行くけど、他に困ったことはないか？」

又兵衛が慌てて定吉に話しかけた。

「そこの立札の件なんですけど……さっきサイコロを二回振った奴がいたんで、一人一振りとちゃちゃっと書き添えてもらえないですかね？」

「そら無理やな。勝手に書いたら自分らやなくて、わしの首が飛ぶわ。お上が立てた札に筆を入れるなんて、正気の沙汰やない。お前らやなくて、わしの首が飛んでまう」

この、「お前らやなくて、わしの首が飛ぶ」という言葉がやけに気に入っているのか、真面目な男のくせに、こんな文言を悪気なく使ってくる。

「他にないか？」

すると今度は五郎左衛門が定吉に話し始めた。

「ちょっと死んでる三人を見てもらっていいですか？」

「アホなことを言うな。なんで見なあかんねん。そんなの見たら飯食われへんなるがな」

定吉は顔をくしゃくしゃにしながら嫌悪感を露わにした。

「死んだこいつらのためにも、お坊さんにお経読んでもらいたいんです」

「無理！　無理！　こんな山の上まで、坊さんが来るわけないがな」

「俺らも極楽行きたいんです」

「行けるわけないがな、罪人やのに」

「頼みます」

「無理無理、そんなことしたら、自分らやなくて、わしの首が飛ぶっちゅ〜ねん」

定吉はまたまたそう言って笑うと、のんきに口笛を吹きながらガニ股で帰っていった。

「いっつも口笛吹いて帰りよるな〜、あいつ」

又兵衛が小声でそう言うと、五郎左衛門も定吉の後ろ姿を見送りながら続けた。

「何が楽しいのか、さっぱり分からん」

3

太陽が少し西に傾き始めると、山の風がピタリと止まった。

大空を優雅に舞う鳶《とび》の、「ピーヒョロロロロロー」と罪人たちをあざ笑うかのような甲高い鳴き声が、澄んだ空気を通りぬけ、山の中に響きわたった。

首を後ろに反らし、又兵衛が上空を見上げると、さも「自由はいいぜ」と言わんばかりに鳶が円を描いて悠々と飛んでいる。

「狙われとるな」

「みたいやな」

目を細め、眩しそうな顔をしたまま五郎左衛門も空を見上げた。

すると「コッコッコッ」と鼻から抜けるような声を出して、一羽の鶏が小さな鶏冠《とさか》を揺らしながら二人に近づいてきた。

木々で日陰になった茂みと二人の顔の前をウロウロしながら餌を探してひっきりなしに地面をついばんでいる。

見張り番の定吉が、暇つぶしに放し飼いにしている鶏だ。

昨日までは二羽いたが、定吉の胃袋の中に入ったのか、はたまた狐にでも襲われたのか、今日は一羽になっていた。

上空からその鶏を、鳶が狙いながら飛んでいる。

「かわいそうにな」

そう言った五郎左衛門に、又兵衛は鼻で笑いながら言った。

「この鶏も俺らのことをそう思ってるかもよ」

あたりをあまり人が通らないからなのか。はたまた又兵衛が言うように完全に首まで埋まった人間を見下しているのか。鶏は近くまで寄ってきては、しばらく馬鹿にした目つきで二人の顔を見つめ、そっぽを向いて去ってはまた近づくのを繰り返している。

じっと目が合うその顔はどこか薄ら笑いでも浮かべているようにも見えた。

「鶏以下かぁ……」

五郎左衛門がしみじみと言うと、間髪を容れずに又兵衛が言葉を添えた。

「いや、餌のミミズ以下や」

「ミミズより下？」

「自分の意思で自由に動けるだけ、ミミズ様の方が俺らより数段上や」

いつも能天気な五郎左衛門も、又兵衛にぐうの音も出ないほどの正論を言われて、口をへの字にしたまま黙ってしまった。

すると耳のすぐ下にある顎の筋肉がピクピクと動き始めた。

五郎左衛門がこうなる時は、思い通りにならなくてイライラしている時である。もう十数年一緒にいる又兵衛は、彼のこの癖をよ〜く知っていた。

思い通りにいかないと自然と奥歯を噛みしめてしまうのだろう。

ところが今回は、目を大きく見開いたかと思うと、気でも狂ったかのように大声で笑い始めた。

「ブハハハハ」

「何や急に」

又兵衛は驚いた。

「俺らはミミズなんかに負けてへん。その証拠に、俺は近いうち、いや明日ここから逃げる」

あまりにも自信満々に、そして確信に満ちた表情をして五郎左衛門が言うものだから、又兵衛は茶化すことなく、五郎左衛門の話に耳を傾けた。

「一体どうやって？」

「なんで俺が水ばっかり飲んでるか分かるか？」

顎を少し上げて、自慢げに話す五郎左衛門の質問に又兵衛は答えた。

「そりゃ〜喉が渇いたからやろ？」

あまりにも当たり前の答えに、さすがの五郎左衛門も少し拍子抜けした様子だった。

「はっ？？？　頭は生きてるうちに使えよ又兵衛。ええか、よ～聞けよ。水飲むわな、土の中でションベン出すわな、土が湿ってぐちゅぐちゅになるわな、そしたらどうなる？」

「どうなる？」

「アホやのぉ、答えはスポンッと土から出られるや！」

「………」

あまりにも突飛で馬鹿げた発想だったので、五郎左衛門の言っていることを理解するのに少し時間がかかった。

口をあんぐり開けて呆然とする又兵衛を、自分の作戦に度肝を抜かれて何も話せないでいるのだと勘違いした五郎左衛門は、どうだと言わんばかりに、顎を揺らしながら誇らしげに笑った。

呆れてものが言えないとはこういうことを言うのだろう。

逃げたい一心とはいえ、こんな馬鹿げたことを言う五郎左衛門を少しでも信じてしまった自分が情けなかった。

「そんなもん一生かかっても土がぐちゅぐちゅになるかぁ～っ！」

キラキラと瞳を輝かせたまんま、びっくりする五郎左衛門だったが、すぐに態度を変え、まだまだ次があるとばかり、余裕の顔を見せた。

「ほな、これは？　ここを通る気の弱そうな奴をめちゃくちゃ脅して、穴掘らせるっちゅ～作戦は？」

「……だいたい首まで埋まった俺らが、どうやって脅すねん？」

二人の不毛なやり取りを黙って聞いていたが、しびれを切らした宗乃進も思わず口を挟んできた。

「ええいっ、さっきから聞いておれば……万が一掘れたとしても、我ら全員の足を繋いだ鎖はどうする？　逃げたところで、死体を引きずっては歩けん。すぐ追っ手に捕まるのが関の山だろ。貴様はそんなことも分からんのか」

「………」

二人に責められ、文句を言いたいのだが、返す言葉もなく、五郎左衛門は腹立たしい気持ちを呑み込むしかなかった。

こめかみに血管を浮き上がらせながらムスッとした顔は鬼のように赤く、胸の底からこみ上げてくる怒りをどうすることもできなかった。

「ま、見張り番が山を下りない限り、逃げることは絶対無理ってことや」

さっきまで五郎左衛門の考えにイラ立っていた又兵衛だったが、言い終わった途端、なんともやるせない暗うつな気持ちに襲われた。

頭では分かってはいたものの、口にしたことで、改めて自分たちが置かれている状況がいかに絶望的なのかがはっきりしたからだ。

誰も何も言わない時間を森の鳥たちのさえずりが埋めている。そんな中、沈黙の不安から逃げるように、五郎左衛門が言った。

「なるほどな……でも……」

何か言おうとした五郎左衛門を遮るように宗乃進が話し出した。

「馬鹿みたいな考えはいい加減やめろ！　いいか、見張りが山を下りる時は我らが死んだことを確認して、役所に告げに行く時だけだ。それまで定吉は山小屋から一歩も出ていかん」

五郎左衛門は口を開くことなく、ただただ奥歯を嚙みしめながら、顎の横の筋肉だけをピクピクと動かしていた。

隣に人の首が転がっている地獄のような状況も、一晩寝ると人は案外、普通の景色として受け止めるようになる。

血のついた目の前のノコギリ。腐敗する死体の臭い。ふつふつとこみ上げる生への執着。やり場のない絶望感とともに言いようのない息苦しさがその場に残っていた。

からからに乾いた道を、大きなミミズが自分たちを尻目にゆっくり伸び縮みしながら動いていく。どうしてこんな太陽が照りつける場所を選んで出てきたのか分からない。やはり自分たちを馬鹿にしているのだろうか。しかし、そんな危険を冒してまで行かなければいけない場所がこいつにあるのだろうか？

4

時折、春の風が誰かの足音のように聞こえることがある。

そのことを賽の目坂では「風拾い」というらしい。

うとうとしていて目が覚めると、そこに人がいて、黙ってこっちを見ている。

そんな夢を何度となく見るという。


「誰かが走ってくる」

そう言ったのは五郎左衛門だった。

「ん？」

しばらく静かにして聞き耳を立ててみるが風の音しかしない。

「風拾いだ」

又兵衛が諭すように言うと五郎左衛門は弱々しく笑った。

風拾いは死神の足音と言う者も多く、風の中に足音が紛れて聞こえるということは心身ともに衰弱し切っているからなのだろう。

「俺もそう長くないってことかぁ……」

そう言った五郎左衛門の前を一人の若侍がハァ〜ハァ〜と息をきらしながら、一気に駆け登ってきた。

草鞋に親指が食い込み、足袋がドロドロに汚れ、ふくらはぎのあたりに、びっちりと泥が撥ねているところを見ると、ここまで来るのにかなり時間がかかったに違いない。

湯気が立たんばかりに紅潮したその男の顔から玉の汗が滴り落ちている。

ハァ〜ハァ〜と息をきらしながら、その男は五郎左衛門や又兵衛には目もくれず、宗乃進の前まで走り込んできた。

「……宗乃進殿……」

宗乃進のあまりにも情けない姿に愕然とする男であったが、息が上がりながらも、つっかえつっかえ話し始めた。

「こんなお姿になられるとは……しかし、生きておられて、ほんに良かった」

腰を曲げ、膝に両手をつき、息を整えながら口の周りの白い唾を指で拭きとると、口の中がからからになりながらも、ゆっくりと話し始めるその男の姿に宗乃進は何も言えず、熱いものがこみ上げてくるのだった。

宗乃進に会いにきたこの男の名前は大村新十郎《おおむらしんじゅうろう》、尾張の国に住む宗乃進の古くからの親友である。

胸にこみ上げてくる思いを抑えるのがやっとで、宗乃進は何も返すことが出来なかった。

「家臣の者からお噂を聞き、一刻も早くそなたの許《もと》へと思い……」

宗乃進の哀れな姿を前に、ぐっと言葉を詰まらせ、新十郎は目を伏せた。

取るものも取りあえず国を飛び出し、昼夜を問わず走り続け、やっとこの賽の目坂に辿り着いたのだという。

「これはほんに、かたじけない……」

小さく返事をした声が少し震えている。

又兵衛と五郎左衛門は何が何やらさっぱり理解できず、ただただぽかーんと口を開けて二人のやり取りに聞き入っていた。

「なんと情けない、お姿に」

「面目ない」

「しかし、よう生きていてくださった。もうご安心くだされ」

同じ場所で学び、昔からの友だった新十郎の言葉が、宗乃進には至極心強く思えた。

「もう大丈夫、この新十郎に全ておまかせくだされ」

「かたじけない、新十郎殿」

知らず知らずのうちに宗乃進の顔がほころんでいくのが分かった。

いつもなら文句ばかり言う五郎左衛門や又兵衛も、ひょっとして一緒に出られるのではないかと淡い期待を抱いた。

「宗乃進殿には一方ならぬお世話になったご恩があります」

「まさか、新十郎殿、それはダメだ……」

「いえ、やらせてください」

「新十郎殿……」

涙で潤んだ宗乃進の目がキラキラと輝き出した。

「こんなことで宗乃進殿への恩返しになるとは思っていませんが、せめてもの私の気持ちです」

その言葉に宗乃進はもう喜びの笑みを抑えることができなかった。

「この新十郎が宗乃進殿の介錯を仕《つかまつ》る！」

「……はっ？」

「立派に散ってくだされ」

自分の命を助けてくれるものとばかり思っていた宗乃進だったが、まさかの展開に目を白黒させている。五郎左衛門と又兵衛の顔に思わず薄ら笑いが浮かんだ。

新十郎が荷物を置き、介錯する用意を淡々と進める姿を、ネズミの目のように小さくなった宗乃進の目がキョロキョロと追っている。

明らかに宗乃進の呼吸が荒々しくなり、バクバクする胸の鼓動がこっちまで聞こえてきそうだった。こうなると、これまで自分たちに言ってきた強がりが全て哀れに感じられる。

ヒクヒクと小刻みに震え、引きつった宗乃進だが、二人の視線に気づくと慌てて最後の強がりを言った。

「おお、それは、ありがたき幸せ」

「では、早速」

サイコロを手に取り、手の中でコロコロと転がしながら、新十郎は小さな声で何か念仏のようなものを唱え始めた。

「あらっ！　どういうことかな、それ」

「おい、おい、なに振っててんねん。俺ら見てへんから、六、やったらええがな」

新十郎のまさかの行為に五郎左衛門と又兵衛は焦った。

こういう真面目なタイプの侍にありがちなことだ。

いくら言っても、生真面目な新十郎は聞く耳を持たない。手も足も出ないとはこのことだ。

眉間に皺が寄るほど強く目をつぶり、気合を入れて新十郎がサイコロを振った。

「ええいっ！」

新十郎が振ったサイコロが、汚れた茶碗の中でカラカラと音を立てて止まった。

出た目は『六』。

「六が出ましたぞ、宗乃進殿！　喜ばれよ」

満面の笑みを浮かべる新十郎とは対照的に、宗乃進の顔は引きつったまま血の気がさっと引いていくのが離れていても分かった。

宗乃進から偉そうに言われ続けた鬱憤と、宗乃進の六が出たことで、とりあえず死の恐怖から一旦逃れられた安堵からか、二人は嬉しくて仕方なかった。

「よかったのぉ〜、友達にスパッとやってもらえて」

そう嫌味を込めて言ったのは五郎左衛門だった。

腹の立つ奴が困る姿ほど面白いものはない。

「侍冥利に尽きるのぉ〜、友達に介錯してもらえるやなんて」

又兵衛が半笑いでそう言うと、宗乃進はなんとも複雑な表情を見せた。

「神はまだまだ見放してはおりませんぞ」

糞がつくほど真面目で、その上強運な友人の、これまた純粋な言葉ほど質《たち》の悪いものはない。

「おお」という同意の言葉以外見つからないまま宗乃進は、手早く用意をする新十郎を、ただただ引きつった顔のまま、黙って見ているしかなかった。

力強くぎゅっとノコギリを持ち、宗乃進の首にすっと添える。

「では早速」

そう言った新十郎の言葉を遮るように宗乃進が大声を出した。

「ちょ、ちょ、ちょっと待たれよぉ！」

「どうかいたしたか？」

「いやその、あまりになんとも突然のことで……この宗乃進、この世に微塵も未練はござらぬが、せめて辞世の句を詠ませてはもらえぬか」

薄々気づいてはいたが、宗乃進がこれほどまでに往生際の悪い奴だとは思わなかった。

しびれを切らした五郎左衛門は、宗乃進にここぞとばかり罵声を浴びせた。

「ほんま武士が聞いてあきれるで、この世に未練タラタラやないか」

その言葉をかき消すかのように宗乃進が大声で懇願した。

「新十郎殿、お願いでござる」

ほんの一瞬の静寂が生まれたが、宗乃進を気遣い、新十郎は話を続けた。

「なるほど、花は散り際にこそその美しさを増すと申します。宗乃進殿の最期の一句、聞かせていただきましょう」

新十郎は宗乃進の願いを受け入れ、その澄んだ目で宗乃進の句を待った。

「かたじけない」

死に直面すると人は自分でも思いもよらない行動に出るものだ。

宗乃進は小声で、自分の今の気持ちを言葉にまとめようと、何やらブツブツ呟いている。

「如何《いかが》でござるか？」

「今しばらく」

そう答えると、また宗乃進は考え始めた。

「歌うたう、朝うぐいすの……朝うぐいすは分かりづらいかぁ……」

なかなか辞世の句が出来上がらないことにたまりかねた五郎左衛門たちは、ブツブツ呟いている宗乃進を冷やかし始めた。

「朝でも昼でもどっちでもええやろ」

「早く詠まんと、うぐいすも逃げていくぞ」

やいのやいのと言ってくる五郎左衛門たちを物凄い形相で睨みつけながらも宗乃進は辞世の句を考え続けた。

目をつぶって黙って待っていた新十郎だが、その時間の長さに少ししびれを切らし始めた。

「如何でござるか？」

「もうしばらくお待ちくだされ……」

「よろしければ一緒に考えましょうか？」

「お気持ちはありがたいが、これだけは自分で……」

そう言うと、また考え始める。

「春風に、はらはら舞い散る……一文字多いかぁ……」

どれほど経っただろうか。

なかなか出来上がらないという子供騙しの時間稼ぎもそろそろ限界に来ていた。いくらなんでも半日考えるわけにもいかず、宗乃進は待っている新十郎の顔色を窺いながら、辞世の句がいかに難しいかを語り始めるという暴挙に打って出た。

さすがにこれには文句を言うだろうと思ったが、新十郎はなおもキラキラした目で宗乃進の話に聞き入っていた。

「マジか？」

なかなか辞世の句を完成させないのは宗乃進が死を恐れての時間稼ぎだとは全く疑っていない。糞がつくほど真面目な馬鹿なのか、新十郎は彼の話をいちいち頷きながら聞いている。

辞世の句はどこへやら、ついには新十郎と昔話を語り始めた。

「それにしても懐かしいのぉ、こうして新十郎殿と二人で話すのも何年ぶりかのぉ……」

さすがの五郎左衛門たちも呆れて物が言えなかった。

死など恐れないと大口を叩いていた男が、これほどまでに女々しく未練がましいとは……。

新十郎との思い出話が尽きようとも宗乃進は話すことを止めなかった。

初恋の人の話を織り交ぜたかと思えば、時に自分のような者を息子に持った父親の無念さを語りながら宗乃進はのべつ幕なしに語り続けた。

普通ならいいかげん気づきそうなものだが、純粋な新十郎は違った。

宗乃進の話に涙を流したかと思えば、二人して馬鹿笑いをしている姿に、一体横で何が起こっているのか、五郎左衛門たちもだんだん分からなくなっていた。

「武士のくせに情けないのう〜、いいかげんに腹くくれや」

五郎左衛門が宗乃進を馬鹿にした口調でそう言うと、宗乃進は話を止めた。

新十郎は聞こえなかったふりをして話を続けようとしたが、それを宗乃進が制した。

「新十郎殿」

新十郎の目を見つめながら「もう大丈夫です」と言わんばかりに、宗乃進はゆっくり首を横に振った。

新十郎も宗乃進の気持ちを汲み取り、話すことを止めた。

二人が話すのを止めると、山がとても静かだったことに気づく。

風一つなく、その静寂さゆえに、聞こえないふりをした新十郎の思いやりが、宗乃進にはより一層沁みた。

「新十郎殿、ありがとう。もう、もう十分じゃ」

友の優しさに触れ、さすがの宗乃進も覚悟を決めた。

新十郎には初めから分かっていた。自らを助けに来たと勘違いした宗乃進のことも。ただ武士である以上、泣き言を言ったり心を乱したまま最後までジタバタする姿は決して見たくはなかったのだ。

自分が介錯をする以上、最後は武士らしく潔い姿のまま介錯してあげることこそが真の友情であると、本当に宗乃進が覚悟を決めるまでは、いつまでも待っていようと最初から決めていたのだ。

「新十郎殿、私の辞世の句を聞いてくれるか……」

宗乃進が、しっかりと目を見開き、晴れ晴れしい顔でそう言うと、新十郎は微笑みながらゆっくり頷いた。

さすがの五郎左衛門たちも、この時だけは黙って二人を見ていた。

「はらはらと――」

そう言った後、さっと梢が揺れ、宗乃進の頬をかすかな風が撫でていく。

「宗乃進殿、しばしお待ちを」

新十郎はそう言ってノコギリを捨て、自らの太刀をすっと抜いてみせた。

「こんな汚れたノコギリで、宗乃進殿を汚すわけにはいきませぬ」

宗乃進の目にうっすらと涙が浮かんだ。

「はらはらと　未練……未練残すな　夢桜」

新十郎は辞世の句を噛みしめると、三尺三寸の刀の柄《つか》をぎゅっと握りしめ、すっと頭上まで持ち上げると言った。

「お見事です、いざっ！」

「……………」

宗乃進は目をつぶり、口を真一文字に結んだ。

新十郎が意を決して、刀を振り下ろそうとした瞬間、どこからか声がした。

「待たれいっ！」

一同が声のした方を見ると、仇討ちの白装束を着た女が長刀《なぎなた》を持ち、その横にはまだ幼い子供が立っていた。

5

「尾張は美須津《みすず》の国、大村新十郎殿とお見受けするが、相違ござらぬか」

新十郎はゆっくり刀を下ろした。

「いかにも。して、そなたは」

「お主に殺された蜷川数正《にながわかずまさ》の妻、お良《よし》」

「拙者は息子、庄之助《しょうのすけ》」

「なんと！」

二人の白い衣装から、新十郎に対しての仇討ちとすぐに分かった。

そもそもお良の夫の数正は、新十郎とは義兄弟であった。

新十郎の父、大村茂吉《もきち》の後妻である繁乃《しげの》の連れ子だった数正は幼くして母のもとを離れ、母の兄の家に預けられていた。

母繁乃は前夫との間にできた数正を引き取ろうと何度も茂吉に懇願するも、家の権限を握る茂吉の母親に、「連れ子を決して家に入れてはならぬ。連れ子と会ってもならぬ」と強く釘を刺されていた。

十数年の歳月が過ぎた頃、茂吉が病に臥し、自力で立つことすらままならなくなったある日のことである。

宮参りと祈禱を兼ねて屋敷を離れ、その帰りに兄の家に預けた息子に一目会いに行こうと試みた。噂では妻をもらい、そのお腹の中には赤子までいるという。

繁乃の行動を知った祖母は、もともと身分が格下の家柄である繁乃がこの家にいることを、そもそも快く思っていなかった。

前妻の息子である新十郎に、後妻の繁乃がお前の代わりに数正をこの家に迎え入れようと画策していると信じ込ませた。このままでは大村家が乗っ取られてしまうと思った新十郎は、忍びの者に繁乃の後を尾けさせた。

繁乃は数正と感動の対面を果たし、どうしても会えなかった理由を告げ、立派になった数正に涙ながらに詫びた。

しかしその帰途、護衛としてお供させていた女中と、後を尾けていた忍びの者によって繁乃と数正の二人は殺害された。

あまりにも悲惨な一生を送り、無念の最期を遂げた数正の仇を討とうとしているのが、その妻であるお良と息子の庄之助である。

だが女子供だけではあまりにも非力であることは明白。妻のお良は新十郎がたった一人になる日を、ずっと待ち続けていたのである。

「この日を待ち続けてきた我ら親子の艱難辛苦《かんなんしんく》は、いかばかり！　いざ尋常に勝負！」

白装束に、白のハチマキを締め、まだ十歳にも満たない、息子の庄之助がしっかりとした口調で新十郎に言い放った。

「あのチビなんて言うた？　なんや難しいこと言いよんなぁ。かんなんなんちゃらって……どういう意味なん又兵衛？」

さすがの又兵衛も意味が分からず、

「結構大変やったってことちゃうかな」

と、さらっと誤魔化した。

まさかの展開に、目を泳がせたのは宗乃進だった。

自分を追って、友である新十郎が介錯にやってきたかと思えば、今度は新十郎を追って仇討ちの親子が目の前にやってきたのだ。

時間を稼ぎに稼いだものの、やっと気持ちを整理し、辞世の句まで詠み上げたにもかかわらず、ひょっとすると持ち越しになるやもと思うと、何だか不思議な気持ちだった。

「……よかろう！　お二人のご意志、しかと承った。宗乃進殿、申し訳ないが、今しばらくお待ちくだされ」

「も、もちろんでござる」

新十郎は右手に「フゥ〜」と小さく息を吹きかけると、切っ先を母子に向けた。

向かい合う母子と新十郎。

「うわあ、オカンの方、手が震えてるやん」

五郎左衛門のような素人でも、お良の腕が未熟なのはすぐに分かった。

死をも覚悟した母親の胸の鼓動が、今にも聞こえてきそうだった。

恐怖に震える母親の長刀が新十郎に向けられる。

しかし新十郎はピクリとも動かない。

ジリッジリッと新十郎の草鞋が、乾いた地面を踏みしめる音がする。

ためらうお良の気持ちを悟ったのか、先に動いたのは息子の庄之助だった。

「おのれ、父の仇」

大きく振りかぶり、新十郎の頭に斬りかかった。

新十郎は刀で軽く弾いて庄之助をいなすと、息をつく暇もなく一直線に突いてくるお良の長刀を身をよじりながら躱《かわ》した。

背後から庄之助がまたもや斬りかかってくるが、明らかに腰が浮いている。

すでに新十郎はこの戦いを見切っていた。

いくら二人とはいえ、まだまだ剣のさばきも自由にできない十歳ほどの息子と、剣の心得も知らぬ、ど素人の母親。腕の差は歴然としていた。

しかし新十郎は剣の怖さを知っていた。過信することなく、まずは相手の腕を見極めるために、その動きを確かめるように剣を交える。

剣を振り下ろすしなやかさがないのは、極度の緊張のせいで力が全身に伝わっているため。しかも飛び込んでくる剣の距離がわずかに近い。敵への強い怒りが仇となり冷静さを欠いている証である。

「新十郎、覚悟！」

そう言って突っ込んでくるお良の長刀を、またもいとも簡単に弾いた。

素人であればあるほど、その緊張と焦りでどんどん視野が狭くなっていくため、相手の動きを予測できない。

新十郎はわずか二、三度剣を交えただけで、この親子が生身の人間と本身で戦うのは初めてであることを確信した。

お良と庄之助が目配せをしながら、新十郎の両側に立った。

新十郎がその位置を嫌い、庄之助の横に移動し、三角形の位置を取ろうとした時、庄之助がまたもや肩から斬りつけてきた。それを剣で左に弾くと、新十郎の胴体が一瞬無防備になった。その瞬間お良の長刀が新十郎の腹めがけて飛び込んでくる。

一瞬あわやと思ったが、これは新十郎があえてすきを見せ、お良に自分の腹めがけて突かせたのだ。切っ先を躱すと、長刀を脇に挟み込み、手でしっかりと柄の部分を握りしめ、お良の動きを完全に封じ、庄之助を斜めに捉えた。

わざと庄之助から目線を外し、庄之助がここぞとばかりに斬り込んでくるのを待った。

「来たっ！」

前方には長刀を抱え込まれ、身動きが取れないお良。焦った庄之助が案の定、新十郎に斬り込んでくる。

それを予測していた新十郎は素早く剣を躱すと、ヨロヨロッとつんのめりそうになった庄之助に向けて上段から一気に斬りつけようとした。

「危ないっ」

鼓膜が破れんばかりに大きな声でそう言ったのは宗乃進だった。

「小僧、後ろに気をつけろっ」

まさかの大声にビックリしたのは五郎左衛門と又兵衛だった。

宗乃進の助言が聞こえたのか、すんでのところで逃げた庄之助が地面に倒れ込んだ。

「砂じゃっ！　砂を持てっ、投げろっ！」

言われるがままに砂を取り、新十郎の顔めがけて投げつける庄之助。

埃っぽい乾いた砂がパッと新十郎の顔に当たり、目の前が一瞬白くなった。

「今じゃっ！　行けっ！　斬れ！　斬れ！」

ものすごい形相で怒鳴る宗乃進の声が山中にこだました。

新十郎の長刀を持つ手が緩んだすきに、それまで身動きがとれなかったお良が一気に長刀を引き抜くと、ここぞとばかり、新十郎の顔面めがけて斬りつけた。

砂で前が見えなくなった新十郎が身を少しかがめながら、むやみやたらに刀を振り下ろすと、すんでのところでお良の長刀から逃れたものの、冷静さを欠いた剣ほど脆いものはない。

休む間もなく振り下ろされる母親の長刀がついに新十郎の右肩を捉えた。

新十郎の肩から血が飛び散り、地面に滴り落ちた。

「うぎぃ」

斬りつけられた痛みからか新十郎から小さな声が漏れる。

視界を失い、肩を斬られ、それでもなお諦めない新十郎が音を頼りに刀を持ち続ける。

ポタポタと落ちる血の音が妙に生々しく聞こえた。

すると今度は、大声をあげながら庄之助が背中から斬りつけた。

着物が一瞬で真っ赤に染まり新十郎が反り返ったところで、お良の渾身の一撃が新十郎の胸を捉えた。

「うぐっ」

またもや鈍い声が漏れた。

新十郎は握っていた刀を地面に落とし、自らの心臓を突いた長刀を両手で持ち、こめかみに血管を浮き上がらせながらも、ぐっと抜いた。

髪を乱し、ハァハァと息遣いが荒くなる。

落とした刀を手に持ったが、天を仰ぎ見ながら口から血を吐き出し、よろよろと二、三歩後ずさりした。

倒れそうな体を刀で支えようとするが、上手くいかず、新十郎は膝をつき、ゆっくり倒れ、地面にその体を横たえた。

新十郎は唇をぶるぶる震わせながら、土に埋まった宗乃進の方を見ると、弱々しいかすれた声で呟いた。

「宗乃進殿、な、ぜ……」

近づく死への恐怖から逃げようと、知らず知らずのうちに、友である新十郎を裏切ってしまった自分に、宗乃進はハッと我に返った。

「新十郎！」

「遅っ！」

五郎左衛門は吐き捨てるように言った。

新十郎は宗乃進の目を見つめながら、動かなくなった。

よく見ると新十郎の血が宗乃進の顔にかかっていた。

動かなくなった新十郎を確認すると、お良は長刀を投げ捨て、勇敢に戦った息子の庄之助を抱きしめた。

「母上」

悲願成就の喜びを噛みしめながらお良は庄之助の頭に顔を押し当てて泣いていた。

「良かったなぁ～、坊主。何があったかよう知らんけど、これからお母さん、大切にするんやで」

すると母親が、埋まっている三人の方にやってきた。

「敵の新十郎を倒せたのも、こちらの方が妙案を息子に授けてくれたから。ここで会ったのも何かのご縁。私どもに出来ることは何かございませんか？」

ばつが悪そうに、宗乃進は目をパチパチとさせながら黙っている。

宗乃進が何も言わずに黙っているので、代わりに五郎左衛門が話の継ぎ穂をさらった。

「そうや、だったら握り飯とか食わしてもらえないですかね」

「それならお安いご用です」

お良がそう言うと又兵衛がすぐに打ち消した。

「いえ、それは大丈夫です。それより、俺らはいつ死ぬか分からん身なので、お坊さんにご供養してもらえないですかね？」

数日間水しか口にしていない五郎左衛門が「坊主より今は飯やろ」と語気を荒らげて言うと、

「おまえ、極楽行きたないか？」

と又兵衛が少し声を低くして切り返した。

「そりゃ行きたいけど……」

「ほな、飯より坊主や。お願いします、我々だけじゃなく、せっかくなんで、あのお侍さんも一緒に弔ってやりたいんです」

感慨深げな顔をして母親は小さく首を縦に振った。

それを見て又兵衛は申し訳なさそうに、もう一つ願いごとを託した。

「厚かましいこととは重々承知の上で、もう一つお願いを聞いてはもらえないっすかね？」

お良の反応を見ずに又兵衛は話を続けた。

「できればその時に、我々の汚れきった首を真っ白な布か何かで包んではもらえないでしょうか？　洗ってくれとは言いません。せめて清いもので包まれて、あの世に行きたいんです」

少し間があったものの、お良はしっかりとした声で答えてくれた。

「なるほど分かりました。そのようなことなら……。今日というわけにはいきませんが、明日には必ず」

そう言うとお良は庄之助とともに新十郎の着物で長刀と刀の血を拭きとり、刀を鞘に収めると、三人に一礼をし、足早にその場を去ろうとしたが、又兵衛の横に立っている高札を見て足を止めた。

先を歩く庄之助も足を止め、その視線を高札に向けた。

高札をしっかり読むお良。

「えっ？」

土に埋まった三人の口から一斉に同じ言葉が漏れる。

そして、ちらっと三人の前に置かれたノコギリに視線を落とした。

血で少し黒くなったムシロの端には、欠けた茶碗とサイコロがある。

「あかんで……」

そう呟いた五郎左衛門をチラッと見たお良。

その目は一瞬、蛇の目のように冷たく感じられたが、「母上」と呼ぶ庄之助の声で笑顔に戻り、三人にペコリと一礼して賽の目坂を下っていった。

又兵衛と五郎左衛門は大きなため息をついたが、それをかき消すように大きなため息をついたのは宗乃進だった。

ひときわ赤く染まった夕焼け空にカラスが数羽、ゆっくりと伸びのある声で鳴きながら、山深い森の奥へと帰っていく。

6

薄暗くなると日中の暖かさも消え、土から出た顔が少し寒かった。しかし土の中は意外にも暖かく、雨が降らない限り寝るには問題はなかった。

この頃になると、人通りもめっきり減り、見張り番の定吉も一度来ると、あとはほぼ見に来ない。小便にでも起きた時は、ついでに見に来ることもあるが、来ない時の方が多い。

ちょうど夕方にやってきたので、ここで仇討ちがあったと定吉に伝えたが、杓子定規なこの男は自分の仕事以外は全く我関せずといった感じで、死体を処理してくれと伝えても、規則にないからそれはできないの一点張り。

ここにいる六人が皆死んでからじゃないと何もできないと言い張るばかり。

ただ死人の顔を見たくないということで、宗乃進の傍に倒れている新十郎にはムシロが一枚かけられた。

夢の中では、奪った大金を神社の境内で五郎左衛門と山分けし始めると、必ず誰かがやってきて、なぜか次の瞬間、二人で息を潜めて床下に隠れている。

五郎左衛門は「おい、おい、どうする？」と小声で話しかけているつもりだろうが、その声がだんだん大きくなって、床の上の者に結局気づかれてしまうハメになる。

よほど人に追われていることに敏感になっているのだろう。

何度も同じ夢を見るものだから、もう床下に隠れている時ぐらいから「どうせ夢なのに」と思いながら目覚めるようになっていた。

「はっ！」

今日もそうして、またこんな夢で目を覚ますのかと思った時だった。

「おい、おい」

いつものように自分を呼ぶ声。

案の定、初めの声が小さい。

どうせこの後、声が大きくなって、床の上の者に見つかって目を覚ますのだろうと待ち構えていると、いつまで経っても声が小さいままだ。

「起きろ」

又兵衛がゆっくり目を開けると、薄ぼんやりとしか顔が見えないが誰か男が立っている。

「こんな展開の夢もあるんだなぁ……」

そう思ったのも束の間、また意識がだんだん遠のいていくのを感じた。

「おい、おい」

声のする方から、目の前に明るい光が飛び込んできた。

提灯をぐっと顔に寄せて、低くかがみ込みながら又兵衛を呼ぶ者がいた。

又兵衛が目を大きく見開くと、その先にいたのはなんと昼間の旅人だった。

「お前！」

又兵衛の声を聞いて、隣で寝ていた五郎左衛門がびっくりして大声を出した。

旅人が急いで五郎左衛門の口を手で押さえ、黙らせた。

「し――――っ」

そう言って二人を黙らせると、静かな声で話し始めた。

「お前ら、お宝隠してるらしいな」

「さぁ～何のことかな」

白々しく答えたのは五郎左衛門だった。

「しらばっくれても、ちゃんと調べがついとんじゃ」

ぐっと顔を寄せてくる旅人の顔を五郎左衛門は睨みつけた。

「知っててもお前に言うわけないやろ」

「ほぉ～、ええ根性しとるがな」

そう言うとゆっくりと立ち上がり、ムシロの上にあるノコギリを手に取り、ちらっと一瞥をくれると、ゆっくりと戻ってきて、五郎左衛門の前に立った。

「遅かれ早かれ、お前らはどうせ死ぬんや。いつまでも大事にお宝隠しててもしゃ～ないやろ」

そう言って旅人は目を細めた。

「絶対言わん。死んでも言うかえ」

口を尖らせて、そっぽを向いたのは五郎左衛門だった。

「残念やな、ほなこれで終わりや」

旅人がノコギリを五郎左衛門の首にピタリと当てる。

持っていた提灯を地面に置き、ノコギリを両手でしっかり握り直したその時、又兵衛が声をあげた。

「ちょっと待て。分かった。言う。そやからノコギリは置いてくれ」

「おい、又兵衛！」

五郎左衛門が又兵衛を制した。

「どうせ死ぬんや、隠してもしゃあない」

薄笑いを浮かべて、ノコギリを地面に置くと、旅人が又兵衛の方に近寄ってきた。

「もしも嘘をついてたら、お前、分かってるやろな」

「分かってる！　この期におよんで嘘なんかついて何の得があるんじゃ。その代わり、ひとつだけ頼みがある」

「頼み？」

「ああ、頼みや」

7

朝方になると冷え込んだ空気が林の中を通り抜け、新しい一日が始まる。

東の空から朝日が昇り始めると、スズメのさえずりがうるさいぐらいあたりに響き渡る。

スズメの声につられたかのように、どこかに行っていた鶏が三人の周りをウロウロし始めた。

新十郎の遺体の上に無造作にかけられているムシロが朝露を含んで少ししっとりしている。

新十郎の遺体はまだ腐敗はしていないが、変色した手が妙に生々しく、鶏がついばんで動く指を見ていると、命の儚《はかな》さをより一層感じる。

昨日まで元気な声を出し、話をしていた者が、今は鶏の餌になろうとしている。

いつか必ずこうなるなら、土に埋まって生き永らえることは得なのか？

定吉がいつも心ない会話を交わしているのは、人の死に対してできるだけ無感情でいたいからなのだ。

罪人とはいえ、ともにいる時間が増えれば、交わした言葉や表情も思い出す。

人の死をいかに自分の頭の中に残さないでいられるか、をいつも考えている。

その一つの結論は、関わりを持たないことである。

関わりを持つと、ろくなことがない。

一日目で六人全員が死ぬ時もあれば、一人だけ十日経っても死なない者も今までにいた。ガリガリに痩せたその男は、餓死寸前でも、人より一日でも長く生き残っていたいのだと言った。

長い人生においては、十日間など誤差みたいなものだ。

骨と皮だけになり、髪も抜け落ち、意識すらなくなろうとしているのに、どうして生きていたいのだろう。

人より少しでも長く生きることに、どれだけ意味があるんだ？

少しだけノコギリを引かれ、首に食い込んだままの半死半生の状態で、翌日に最期を迎えた者もいた。

以前に一度、心臓が張り裂けそうなほどドキドキする夢を見たことがある。

見張り番なのに土の中に首まで埋められ、自分でもなんだかさっぱり分からない罪を勝手に受け入れ、ただひたすら悔いているというものだ。

心臓をぎゅっと、一気に鷲摑みにされたような恐怖を覚えた瞬間、目を覚ました。

「人と関わりなど持つとろくなことがない」

今日も、自分の頭の中に何も残らないような会話をしよう。

そうするのが一番なのである。

近くの川に水を汲みに行く道すがら、朝から嫌な気分になるのをかき消そうと口笛を吹きながら、三人が埋められている賽の目坂に来た。

「参と四と伍、まだ三名のままか」

ムシロがかけられている数（死んだ者）を数えて、定吉は罪人たちに挨拶をした。

「おはようさん、朝の水や」

定吉の声で高札の横に埋められている、一番端の壱番の罪人が目を覚まし大きなあくびを一つした。

「おはようございます」

「いつもより遅なってすまんな。こいつ（鶏）がちっとも鳴かんかったもんでな。ほれ、朝の水や」

川で汲んできた水を、いつものように左端にいる壱番の男から飲ませる。

ごくんっ、ごくんっと喉を鳴らしながら、柄杓で二杯飲んだ。

朝の水は冷たく、空っぽの胃の中にす〜、と流れていくだけで顔を水で洗ったかのようにすっきりする、と一年ほど前にここにいた罪人が言っていた。

昨日までガブ飲みしていたその横の弐番の男が今日は柄杓で二杯しか飲まない。

「もう、もういいです」

相変わらず声が大きいが、どこか憎めない。

「あ、そうや。今日な、坊さんが来てくれることになったで」

この声のうるさい弐番の奴に水を飲ませながらそう言うと、嬉しさのあまり、憎まれ口を叩き合っていた侍の方をちらりと見たが、六番の侍の方はいつものように決して目を合わそうとしなかった。

「なんやお武家さんの奥方が手配してくれたらしいわ。誰かの知り合いか？」

と彼らに尋ねても口ごもったまま、誰もちゃんと答えようとしない。

それにしてもこんな罪人のために坊さんを呼んであげるとは、もの好きな人もいるもんだ。長年ここで見張り番をしているが、ご供養に来てくれるっちゅ～話は聞いたことがない。

「極楽じゃぁ～」

感慨深くそう言ったのは弐番の五郎左衛門という男だった。

「これで思い残すことはないのぉ～又兵衛。首を斬られても、辛いのはちょっとの間だけやし、次に目を覚ます時は極楽じゃ～」

それはいいことをした者だけじゃ～と言いそうになったが、慌てて言うのをやめた。あまりにも短絡的なこの弐番の男の言うことを否定することは、なぜかできなかった。

「お前は、いらんかったな」

定吉がそう言って、六番の侍に水をやるのを飛ばして帰ろうとすると、六番が急いで止めた。

「ちょ、ちょっと待った」

「なんじゃ？」

すると六番の侍は申し訳なさそうに水が飲みたいと言ってきた。

桶を少し傾けて、すくいやすくしながら、柄杓に水をたっぷり入れる。それを六番の口に持っていってやると、一瞬で飲み干し、渇ききった体は三杯の水を一気に飲み切った。

「あのぉ～、いつごろ来てくれるんですかね？」

そう言って、高札の横に埋まっている壱番のヒゲ面の男が聞いてきた。

「それはしっかり聞いてないな」

来る時間を適当に答えてしまうこともできたが、なぜかそんな気にはなれなかった。

「早く坊主が来《け》～へんかな」

すると山道を力強く歩いてくる足音が聞こえる。

「し――っ、来たんちゃうか？」

声が大きな弐番の男がみんなを黙らせた。

みんなが一斉に動きを止めて耳をすますが、何も聞こえない。

「風拾いじゃ」

ということは死神が近くに来ているという証でもある。

「うん？　ちょっと待った」

今度は高札の横に埋まっている、壱番のヒゲ男がみんなを黙らせた。

すると微かではあるが、山道を登ってくる音がした。

「来たっ！」

そう言って喜んだのは、声の大きな弐番の男だった。

しばらく定吉も柄杓での水やりを止め、足音をみんなで聞いている。

すると坂の下から「ハァ～ハァ～」と人の息遣いが聞こえ始める。

「やったの～、これで極楽行けるぞ」

壱番のヒゲ面の男が笑顔になると、さっきまで無表情だった侍もつられて初めて目を合わせて笑った。

足音がどんどん近づいてくると、なんだか急いでいるようにも聞こえる。

「極楽！　極楽！　極楽！」

気分が良くなった弐番の男が大声で連呼し始めた。

それにつられ壱番のヒゲの男、そして愛想のなかった六番の侍までもがみんなで連呼し始める。

「ハァ〜、ハァ〜、ハァ〜、ハァ〜、ハァ〜、ハァ〜、ハァ〜、ハァ〜、ハァ〜」

息を切らして現れたのは、奴らが待ち望んでいた坊主ではなかった。

息が苦しいのか鬼のような形相で、怒っているように見えるのは、少し痩せた旅人だった。

目を大きく見開き、殺気立った様子で壱番の男の前に立った。

「ハァ〜ハァ〜……お前、ようも騙しやがったな！　お宝なんかどこにもあらへんやないかえ！」

怒った旅人がノコギリをつかむとそれを持って、壱番の首を斬ろうとする。

「このガキ、俺を騙しやがって！」

見かねた定吉が慌てて止めに入った。

「おいおい、ちょっと勝手なことせんといてくれるか。斬りたいんやったらサイコロ振ってからにせんと」

「誰やお前！」

「ここの見張り番じゃ。決まりが守れんなら、奉行所に報告するしかないな〜」

息を整える間もなく、鋭い目はサイコロに向けられ、さっと座ると、手の中に入れ、拳の中でグルグルと回すと、すぐに茶碗の中に投げ入れた。

出た目は『弐』。

『弐』の立札の下には大声の男が埋まっている。

旅人は勢いよく立ち上がると、弐番の男をギョロッと見た。

「えっ!? 俺？」

旅人は手の平に唾をペッと吐きかけると、躊躇なくノコギリをぎゅっと握り、弐番の男の髪の毛を荒々しくつかんだ。

「この糞野郎が」

と罵声を吐きかけ旅人が首をはねようとした時、壱番のヒゲの男が大声を張り上げた。

「ちょっと待て。頼む、頼むから、もうちょっと待ったってくれって。もう少しで坊さんが来るねん。首を斬らんといてくれとは言わん。でももうちょっとだけ待ったってくれ」

そう言って壱番の男が旅人に懇願した。

「坊さんが来ようが来まいが、そんなこと俺の知ったことかえ！」

あまりの怒りに、旅人は全く聞く耳を持とうとしない。

「頼む、念仏唱えてもらうだけでええねん。その時間だけ」

「無理やな、俺を騙したお前らが悪いんじゃ」

そう言ってノコギリを横にすると、血で黒くなった歯を弐番の男の首に当てた。

「ちょっと待ってくれ！　俺の首も、お前にやる」

ヒゲの男がそう言うと、旅人が動きをピタッと止めた。

ノコギリを持つ手を緩めると壱番の男を見た。

あまりの急な展開に一瞬、何が何やら分からなくなったが、奉行所から見張り番を任されている以上、黙って見過ごすわけにはいかなかった。

「おいおい、それはあかんぞ。決まりを破ることはできん」

「お願いします。どうせ死ぬなら二人一緒がいいんです」

壱番の男が言うと、

「お願いします！　坊さんに念仏唱えてもらったら、もしかしたらこんな俺らでも極楽行けるかもしれへん」

弐番の男も声を震わせながらそう言った。

すると必死に懇願する二人につられてか、ずっと仏頂面をしていた六番の侍も口を開いた。

「だったら、某《それがし》も一緒に殺してくれんか？　ここまで来たら、もう一人では死にとうない。某も一緒にお頼み申す」

神妙な面持ちで、こっちを見る目が心なしか潤んでいるようにも見えた。

「いや困ったなぁ〜、しかし決まりやからなあ。それに旅の人、あんたも困るやろ？」

「全然困らんな、むしろそうしたいぐらいや。こいつらの命をもらわんことには治まりがつかん」

そう言って壱番の男の頭に足を置き、ポキポキッと指を鳴らしながら、上から顔を睨みつけた。

「ちょっ、ちょっ、ちょっと待って。そんなのバレたら、わしの首が飛ぶがな」

「お願いします」

「お頼み申す」

いくら言っても話は平行線のままだった。

三人の気持ちは分からんでもないが、定められた規則は守らねば逆にこっちの方に裁きが下る。

「あかん、あかん、一人一振りって決まりやから、あかんもんはあかん」

せっかく水をやるだけの、薄い関わりでいたのに、最後の最後になってこんなにも重い、人の願いごとを耳にすることになってしまった。

「そこをなんとか」

「頼みます！　どうか見逃してください」

いくら言っても彼らは一向に引き下がろうとしない。

「だから、それは無理やって言うて……ん？　今なんて言った？」

本来人に嘘をつくことが大嫌いな自分だが、奉行所に咎められない妙案を思いついてしまった。

いくらダメと言っても一向に諦めてくれない罪人たちをこのまま放っておくと、何か良からぬことが身に降りかかってきそうだったので、この妙案はちょうど良かった。

「ほな、見てないことにするってどうや？」

「……見てないこと？」

「そや。水汲みに行ってる間に勝手に起こったことならわしもなんも言われへんしな。そのうちにちゃちゃっとやってくれるんやったらええけど……」

苦肉の策だったが、これなら誰に何と言われても咎められることはない。

水汲みの間に、変質者が現れて、皆殺し。

初めて三人は喜びを露わにしたが、一方で今ひとつ納得していなかったのが旅人である。待つことは待つが、もしも坊主が今日中に来ない時には、丑三つ時を待ってこの三人の首を斬ると言葉をつけ足した。

8

待っている間、春のこぬか雨が時折降ってきた。

目は少しは開けていられるものの、まるで霧のように細かいとはいえ雨は雨。こぬか雨はみんなを黙らせた。

草木が雨に濡れ、よりいっそう青々とした新芽があたり一面を彩っていく。

しっとりとした土の匂いは新緑の強い匂いと相まって、じっと春を待っていた森の強い息吹が感じられた。

やがて森の静けさの中に、しっかりとした足音と、鈴の音が聞こえる。

「来たっ！」

鈴の音は、冬眠明けの熊避けのためだろうか、シャンシャンと音を響かせながらこっちに向かってくる。

「賽の目坂はこちらで間違いございませんか？　遅くなりまして、拙僧は風岳山栄啓寺《ふうがくさんえいけいじ》から参りました照見《しょうけん》と申します」

見た目は十五歳前後だろうか。歯切れのいい物言いはともかく、髪が少し伸びていて、後頭部のあたりの寝癖を見るに、位の高い坊主でないことは一目瞭然だった。

「ご苦労様です」

まだ額にニキビを残した若い坊主のお経がどれほど有り難いものなのか分からないが、お経を覚えて間もない俄《にわか》坊主の念仏でも、この者たちにとっては何ものにも代えがたく、有り難いものなのだろう。

その俄坊主は早く仕事を終わらせて山を下りたいのか、みんなへの挨拶もそこそこに、

「こちらのご遺体のご供養でよろしいですか？」

といきなり尋ねてきた。

それとなく世間話の一つや二つあってもいいものだが、この俄坊主は一切無駄話をすることなく本題に取りかかった。

「このあたりの遺体と、厚かましいんですけど、そこに倒れているのも一緒にお願いしたいんですけど」

と又兵衛が言うと、懐から数珠《じゅず》を取り出しながら、分かってると言わんばかりにこっちを見て頭を一つ縦に振った。

「俺らも極楽行けるよう、お願いします」

「頼む」

壱番がそう言うと俄坊主は「分かりました」と小さく答え、手際よくムシロをさっとめくり、腐敗し始めている遺体を眺めた。

血が大の苦手な定吉はとにかく悲惨な光景が目に入ってこないように、急いでその場を後にしたかった。

「じゃあわしはこのへんで……この下の川まで水汲みに行くので、後はご自由に……」


俄坊主が、ムシロを剝いだ状態にして、新十郎や既に死んでいる罪人のために念仏を唱え始めた。

定吉の背後から、念仏を唱える俄坊主の声が聞こえてきた。

念仏にどれぐらい時間がかかるものなのかよく分からないので、いつ首を斬り落とされてもいいように、できるだけ声が聞こえない距離まで離れようと、急いで坂を下りた。

川の近くまで来ると、声の大きな弐番の男の唸るような声が聞こえてきた。

「ウガァァァァァァ〜」

聞いたこともない唸り声に恐怖を覚え、着物の裾をからげ、膝まで川の中に入っていこうと思った。すると、しばらくして今度は壱番のうめき声が聞こえた。

「グァァァァ〜」

振り返らずに、一目散に川の中へ入っていった。

すると最後に、六番の侍のうめき声が聞こえた。

「うあぁあぁぁ〜」

あまりにも大きな声に、思わず目をつぶってしまった。

忘れよう、できるだけ今日も忘れよう。

川の流れを足に感じながら、ゆっくりと川辺の岩に腰掛け、しばらく淙々《そうそう》と流れる川を見つめながら動けないでいた。

静かに流れる川の音に耳を傾けていると心が少し落ち着く。

いやなものを流し去ってくれるように感じるのかもしれない。

少し心が落ち着くと、河原に上がり、比較的凹凸の少ない場所を見つけ、そこに寝転びながら目をつぶった。

まぶたの裏がゆっくり赤く染まっていくのを感じながら、少し伸びをした。

すると、終わったことを伝えるように鳶が鳴きながら大空を旋回し始めた。

血の臭いを嗅ぎつけたのだろうか……。

人間の肉があるぞと仲間に教えているようにも聞こえる。


どれだけここにいただろうか？

ひょっとすると、しばらくうとうとしていたような気さえする。

河原で寝転んで時間つぶしをするなんて何年ぶりだろう。

桶の水を全て捨てて、来た道を戻った。

坂をゆっくり歩いているが、誰の声もしない。

さっきと何も変わらないが、もうあそこに生きていた者たちはこの世にいない。

首を落とされ、命尽きて屍となっているはずだ。

困ったものだ、歩きながらそんなことを、もう考えてしまっている。

できることなら無残に斬り落とされた首など確認せずに、このまま山を下りて奉行所に行きたいものだ。

坂道を半分ほど来た頃だろうか、ふとよからぬことが頭をよぎった。

「あっ、ダメだ。やっぱり水を桶に入れなければ、わしが水汲みに行った間の出来事にならない。万が一誰かに見られてしまうとえらいことになってしまう」

そうして、登ってきた道を急いで下りて、水を桶に入れると、また坂道を急いで登っていった。

再び登ってくると、僧侶と旅人が石の上に腰掛けて定吉を待っていた。

旅人の着物と手は血まみれで、返り血だろうか、頬のあたりにも血がついていた。

斬った首を清めるためだろう、わざわざ真っ白い布で包み、布は頭の上でがっちりきつく結ばれ、鼻やおでこの形まで分かるほどだった。布に包まれた首は、地面の上に立ててあり、真っ白な布から真っ赤な血が今なおゆっくりと滲み出している。

三名とも結び目からはざんばらになった髪の毛が出ていて、むき出しのままの生首より、なぜか生々しく感じられた。

「無事、この旅の方が介錯してくれました。ご確認を」

そう言うと、俄坊主が六番の侍の首を持ち上げた。

「血で真っ赤だな……六番、確認」

続いて旅人が黙ったまま白い布で包まれた壱番と弐番の首を、むんずと持ち上げた。地面には未だに生々しい血がポタリポタリと滴り落ちている。

「こっちが壱番で、こっちが弐番」

旅人が無造作に結び目をつかんで、しっかり切断されている様子をこっちに見せると、そのままドスンと土の上に落とした。ゴロンゴロンと土の上を転がり、旅人がすっと足で止めた。

「壱番、確認。弐番、確認……じゃあ、わしは日が暮れぬうちに山を下りて、奉行所に報告してくるから」

すると旅人が「この水、もらっていいかな」と聞いてきた。

返事をしようとする前に桶を奪い取り、手についた血をザブザブと洗い落とし始めた。

俄坊主も首を包んだ布に血がついていたのか、旅人と一緒になって桶の中で手を洗っている。

足元に転がる血まみれの生首がなんともおぞましく、死者の怨念が漂っているようなこんな場所から一刻も早く離れたかった。

――とにかくここで息をしたくない。

旅人たちに悟られないように口笛で気を紛らわしながら、坂を足早に下った。

「すごい血でしたね」

「ジタバタしやがったからな」

旅人が指の皺の中に染み込んだ血を、もう片方の手の爪で刮《こそ》げるようにしながら答えた。

「しかし可哀相なことをしました」

「まっ、しゃ〜ないやろ」

少し心がとがめたのか、俄坊主は洗った手を桶から出して、濡れたまま合掌した。

「しっかり供養してあげんと……。しかし案外取れんもんやな、この鶏の血ってやつは……」

両手を強くこすりながら、旅人は何度も桶の中ですすいだ。

周りを一度ぐるっと見回すと、人気《ひとけ》がないことを確認し、俄坊主がムシロに手をかけた。

「さぁ〜、もう行きましたよ」

そう言うとバサッと『参』『四』の立札の下のムシロをめくった。

中には又兵衛と五郎左衛門の顔があった。

二人がつぶっていた目をパチッと見開くと、にっこり笑い出した。

すると仇討ちで殺された新十郎のムシロの方からも声がする。

「お〜い、お〜い」

一番端で倒れている新十郎のムシロを旅人がめくると、すでに笑いが止まらない様子の宗乃進の顔があった。

「いや〜、しかしうまいこといったな!!　さすが又兵衛」

「それを言うんやったら、この坊さんのおかげや！」

「いえいえ、私なんて。こちらの旅の方のおかげです」

「しかし、よう考えたな！」

旅人の言葉にみんなが頷くと、照れ臭そうな顔で又兵衛が見張り番を欺いた方法を話し始めた。

「あの見張り番が、いつも俺らの方をしっかり見てないような気がしてたんや。これは相当ビビリやなと思ってな。なんとかここから逃げられんもんか、ずっと考えとったんや。

問題はこの土の中で繋がれてる足かせ。土の中から出ても、これを外すには相当時間がかかるし、音も出る。そうなると俺らが死んだことを確認した見張り番が下の町へ報告に行くように仕向けるしか方法がなかった。だとするとや、俺らがみんな死んだとあいつに思わせるしかない。

だが俺らは一切動けない。そこで目をつけたのがこの俺の横に刺さっている高札や。この高札なら短時間で動かすことができる。

まず俺の横にある高札を誰かに少し離れたところに刺してもらう。見張り番は、高札の横が壱と思い込んでいるから、少々移動させても分からんはず。この参と四の首を高札の真横に持ってきて、壱と弐の俺らの首のように見せる。そうすることで、壱の俺と弐の五郎左衛門が参と四の位置に来るので、俺らは黙ってムシロの中で死んだふりをしながら隠れる。

ただ問題はビビリの見張り番でも、俺らの顔は覚えていることや。壱と弐のところに置かれた参と四の首を俺らのように思わせるには何かで隠さんといけなかった」

「なるほど、だから真っ白な布を持ってきてくれと頼まれたんですね」

俄坊主がそう言うと、又兵衛は自慢げににっこり笑って話を続けた。

「あとは誰にそれを頼むかや！　うっかり話した相手が見張り番の定吉に言いつけに行ったら、この作戦も一巻の終わりやからな。

それでも、神さんは俺らを見捨てへんかったねぇ〜。なんとこの宗乃進のところに、古い友がやってきた。こいつなら頼めるかもと一縷《いちる》の望みを抱いたが、横で見ていると、糞がつくほど真面目な奴だったので、一瞬で無理だと悟った。

神さまが粋なのは、この後があったことや。

その友達に恨みを持ち、仇討ちをしようとずっと追っかけていた母子が来たことや。ただどう見ても勝負は決まってたけど、勝負の流れを変え、奇跡を呼び起こしたのはこの宗乃進の『砂、投げろ！』の一言や」

なんともバツが悪そうな顔をしたのは宗乃進だったが、又兵衛はなおも話を続けた。

「友人の死は申し訳ないが、仇討ちに成功した親子にお坊さんを呼んでもらえることになったのは、めちゃくちゃ有り難かった。

なぜなら、清められた真っ白な布をお坊さんに持ってきてもらうのは理屈にも合う。しかも、その布で顔を覆ってもらっても坊さんの行為として不自然じゃない。

問題は六番や。宗乃進だけ妙に少し離れてしまう。

だがこれが解消できたのは全て、死んでいった新十郎という友のおかげや。お前はほんまに感謝せんといかんで」

宗乃進が感慨深げに、一つ大きく頷いた。

「で？　結局、宗乃進はどうやって隠れたんやっけ？」

五郎左衛門の問いに、そう焦りなさんなと又兵衛がまた続きを話し始めた。

「討ち取られた新十郎という侍が、死んだ状態で道に横たえられたまま、大きめのムシロが雑にかけられているだけになっていた。

なので、この新十郎の首をぶった斬り、移動した六番の立札の位置に持っていき、白い布でくるみ、宗乃進の首のようにお坊さんが持ち上げてみせる。

当の宗乃進のところへは新十郎の胴体を移動させて、さも新十郎の死体のようにしてムシロで隠す。これでお膳立ては全て整った。

あとは誰にこの高札のことを頼むか、や。するとその日の夜に思いもよらない訪問者が現れた。一か八か俺は賭けてみた。この人ならあの見張り番も信用するはず、と」

初めて旅人が柔和な顔を見せた。

「しかし、見ず知らずの方によく全てを託されましたね？」

と俄坊主が感心すると、

「蛇《じゃ》の道は蛇《へび》じゃ」

そう言って又兵衛と旅人が目を合わせた。

「あとはビビリの見張り番を脅かして、信用させるための仕掛けや。そのためには真っ赤な生々しい血が必要不可欠やからな。その血は申し訳ないけど、俺らの周りにいた鶏に犠牲になってもらった。これが全てや」

そこまで聞いても五郎左衛門は今ひとつ分かっていなかった。

「あの『六』の宗乃進はどうなったんだっけ？」

手を洗い終えた旅人が、五郎左衛門に近づいていった。

「それ以上、ごちゃごちゃ言うと、お前だけここに置いてくぞ」

「ちょっとそれは勘弁してくれよぉ～」

慌てる五郎左衛門の声に一同が初めて笑った。

又兵衛は旅人と五郎左衛門のやり取りを微笑ましく眺めながらも、みんなを急《せ》かした。

「とりあえず、誰か来る前に、ここを出よう。足の鎖を石で叩き壊すにも、それなりの時間がかかるしな」

「よ～し、善は急げじゃ！」

と相も変わらずでかい声で言ったのは五郎左衛門だった。

「それはそうと、本当にお宝あるんやろうな」

「当たり前やがな」

旅人の方を見ながら、又兵衛は片目を閉じ「大丈夫だ」の合図を送った。

「私も分け前をいただいてもよろしいのですか」

「もちろん、二人は俺らの命の恩人やからな」

俄坊主は数珠を持ったまま、手を合わせた格好でニンマリ笑った。

朝方降ったこぬか雨のせいで山道は少し柔らかく、死体にかぶせてあったムシロで作った即席の草鞋でも、何の不都合もなかった。

青々とした新緑の中を、ふんどし一丁で疾走する五郎左衛門と又兵衛。

五郎左衛門は道端の地蔵に供えられた饅頭を手に走っていく。

「そんなの食うと腹壊すぞ」

又兵衛の忠告にも一切耳を貸さず、饅頭で口の中をパンパンにしながら、ひたすら、ただただひたすら、一本道を走り続けた。

その後を旅人と僧侶が追いかけていく。

かなり遅れてついてくるふんどし一丁の宗乃進。

「待たれい。置いていくでない、友よ！」


賽の目坂は穴が掘り返され、外された鎖だけが残っている。

そして高札には石ころで擦《こす》るようにして一行書き添えられている。

『賽を二度振ることなかれ』


男たちは急勾配の森の坂を一気に駆け下りる。

ぜ~ぜ~と息が上がり、体がバラバラになりそうでも、誰一人立ち止まることはなかった。

山すそから細い道に出てくると、その先には突き抜けるような青い空が広がっていた。

第二章　甲冑峠

9

ジー……ツクツクボーシ、ツクツクボーシ……ツクツクゥイヨー、ツクツクゥイヨーゥイヨー、ジ――

勢いのあるミンミンゼミではなく、ツクツクボウシが鳴き始めると、暑い暑い夏から秋へと移り変わるしるしと昔からよく言われているが、まだまだ蒸し暑い日々が続いていた。

この国では色合い豊かな四季の移ろいと同じように、人の感情も移ろいやすく、平和な世の中だと安堵したのもつかの間、すぐにまたきな臭い世の中になってくる。どうしてこうも争いが多いのか、誰かが謝ればそれで済みそうなものだが、ことはそう簡単ではないのかもしれない。

とにかく日本中の各大名たちが、この国を治めようとやっきになっていた時代だった。

誰に仕えればいいのか？

どこにいれば安全なのか？

さまざまな噂が噂を呼び、朝から晩まで鍬《くわ》や鋤《すき》を持って一日を終える農民でさえ、大名たちの動静に一喜一憂していた。

そもそもこの時代の農民は兵に等しく、農耕する民は、領土を守る兵士として戦っていた。

軍隊の九割が足軽で、騎馬の武士は一割にも満たない。

そんな戦をみんなは嫌がっていたと思うだろうが必ずしも皆が皆、そうではなかった。

この頃の農民は米を作ってもそれは年貢となり、自分たちが食うことは決してなかった。

食えるのは粟《あわ》や稗《ひえ》のようなもののみ、天候が悪いと途端に飢餓が彼らを襲う。

彼らは常に死と隣り合わせの人生を余儀なくされていた。しかし、足軽となって戦に参加するだけで、日当の他に、一人につき水一升、米六合、塩は十人につき一合、味噌は十人につき二合など、大体三日分の食事が付いてきただけでなく、年貢も軽減され、恩賞を与えてもらったり、万が一、名のある武将の首級など挙げようものなら、その褒美は計り知れない。

足軽の彼らにとって、戦は生きるためには必要不可欠のものだったのだ。


「なぁ〜又兵衛、明後日《あさって》の戦は楽勝やって、みんなが噂してるんやけど、ほんまかな？」

「みんなそう言うてるんやったら、たぶんそうちゃうか」

「久々の白米かぁ〜」

五郎左衛門は目をつぶると温かくホッカホカの白米を思い浮かべ、口の中でほおばってみた。

「ヒャアッホ――、うつめぇ〜」

五郎左衛門の勝手な想像劇が始まると、きまって妄想がどんどん膨らみすぎて、自分が質問攻めに遭うのをよ〜く知っていたので、又兵衛は早々に寝たふりをした。

「相手方の大将の首なんかはねれば、一生白米食えるかな?」

あまりにどうでもいい話だったので又兵衛は目をつぶったまま、寝心地が悪そうに体をゴロンと横たえると、黙ったまま五郎左衛門に背を向けた。

「一生白米食えることになったらどうしようかな〜。そうや、白米ばっかり食うたら体の色まで白くなるってホンマかな?」

木漏れ日が揺れる林の中で、だらだらと仕事もせずに昼寝をしながら馬鹿な妄想を語っていたのは、賽の目坂に埋められる半年も前の又兵衛と五郎左衛門だった。

「な〜又兵衛、毎日味噌汁飲んだら、体が黒くなるってホンマか?」

又兵衛は寝息を荒くして、しっかりと寝ているふりをした。

「な〜又兵衛!」

又兵衛の顔を覗き込むように五郎左衛門がしつこく聞いてくる。

このまま黙っていても質問を止めそうにないので「そうやな」と返事にもならない言葉を一つ返すと、又兵衛は襟首から耳まで着物を引っ張ってすっぽりと自分の顔を覆った。

二人が休んでいる林があるところから少し離れた場所に川が流れていた。

すっぽりと着物をかぶった又兵衛だったが、それでもうっすらと聞こえてくる水の音で、いつもより川の水量が多いとすぐに分かった。

少し小高いところに位置していた林は二人の格好の昼寝場所だった。

そこからひょいっと見下ろすと、眼下に壊れた橋がある。数日前の大雨で上流から流されてきた大木がぶつかり、通ることが出来なくなっているのだ。

この川を渡るためには、この橋か、さらに四里ほど行ったところにある橋を利用するしかなかった。

だがこのあたりの水深はそれほど深くもなく、子供や老人でもない限り、急いでいる者は皆、着物や荷物を頭に載せて、腰まで水に浸かりながらも、橋のヘリを上手に伝い、向こう岸に渡っていた。

ただ足場は相当悪く、川の中に入ると見た目よりも水流が激しいので、ほとんどの人はよろめいて、尻餅をついてしまう。

その時に着物や持ち物を落としてしまう人を度々見かけた二人は、ここでゆっくり昼寝をしながら、川に荷物を落とす間抜けを、ずっと待っていたのだ。


「来たぞ、又兵衛」

五郎左衛門がそう言うと、眠そうに目をこすりながら又兵衛はむっくり起き上がり、水かさが少し増した川に入っていこうとしている山伏を目で追った。

上から静かに見ていると、山伏は壊れている橋の前でじっと向こう岸を眺めていたかと思うと、おもむろに着物をスルスルと脱ぎ始めた。

歳は三十前後、肩の筋肉の盛り上がり具合からすると、普通の山伏ではなさそうだ。

肩から法螺貝《ほらがい》を丁寧に下ろし、頭につけた小さく黒い頭襟《ときん》を外した。

首からかけている結袈裟《ゆいげさ》も外し、鈴懸《すずかけ》を手早く脱ぐと、その中に入れて小さく畳んだ。

その上に、獣の毛皮でできたお尻の引敷《ひっしき》で数珠や手甲《てっこう》や脚半《きゃはん》を包み込み、網でくるまれた法螺貝を、またその上に載せて、綱のような螺緒《かいのお》でぐるぐるっと二回巻くと、それをゆっくり頭の上に持っていき、両端から余った螺緒を顎の下でぎゅっと縛った。

ふんどし一丁という姿になると、何やら大事そうに、薄い桐の箱のようなものを口に咥《くわ》えた。たぶん手紙のようなものが入っているのだろう。そして数日前の大雨で河原に乗り上げた木々を避けるように、ゆっくりと川の中へ入っていく。

大事そうに咥えているのだから、きっとどこかの国の密使、いわゆる密かに書状を大名などに送り届ける飛脚のような者が山伏になりすましているのだろう。

ただ、二人にはそんなものはどうでもよかった。二人が狙っているのは単純に金目のものだけだった。

「そろそろやな……」

五郎左衛門の言葉に黙ったまま又兵衛がこくりと頷き、二人はじっと山伏を見つめている。

川底を確かめるように、一歩、また一歩、上流からの川の流れをしっかり受け止めながら、ゆっくり進んでいく。ちょうど真ん中を過ぎて安心した、その時だった。思っていたより川底がやわらかい場所に足を取られ、案の定ぐらぐらとふらつき、頭に載せていた荷物と口に咥えていた桐の箱を川に落とした。

「行くぞ！」

「よっしゃっ！」

又兵衛と五郎左衛門は急いで山を駆け下りていき、どんどん流れていく荷物を目で追いながら、木の根や凹凸のある山道を器用に、ひょいひょいと飛び越え、川下へと流れていく荷物を追いかけた。

あらかじめ倒しておいた木に引っ掛かったのを確認すると、二人はザブザブと川に入っていく。しかし、もう少しのところで荷物は手をするりと抜けて、また川下へと流れていった。

こんなこともあろうかと何箇所か大木を川の中に倒してあるのだが、次を抜けると水流が川の中心へと向かい出し、荷物が木に引っ掛かる可能性はうんと低くなる。

「止まれ！　止まれ！　止まれ！」

急いで川から上がり、二人は先に流れていく荷物を目で追った。このままではまた同じように一旦木に引っ掛かったとしても、水の勢いで流れてしまうと思った又兵衛が、先回りするために近道を選んだ。

山の尾根からむき出しになった岩肌に足をかけると、器用にひょいひょいと登り始め、あっという間に、くの字に曲がった川を一直線に越えていった。

「入るぞ！」

又兵衛が、そう五郎左衛門に言うと、一目散に川の中へ入っていく。

上流から荷物がクルクルと回りながら流れてくると、又兵衛が思った通りに大木の枝に止まった。

しかし運が悪かった。足の届かない場所に引っ掛かっているため、すぐそばにあるにもかかわらず又兵衛は手を出すことができなかった。

ダメだ。そう思った時、五郎左衛門が一間《いっけん》弱の枝を手際良く使いながら、着物と荷物を上手に引っ掛けた。

「はい、一丁上がり」


ジリジリ照りつける太陽で熱くなった河原の石の上にぺたんと着物と荷物を置き、中身を素早く物色した。

高価で簡単に売りさばけそうな法螺貝や数珠、鈴懸に引敷だけ手にすると、あとの安そうなものをまた川に投げ込んだ。それらの荷は、どんどん下流へと押し流されていき、あっという間に見えなくなった。

本来なら書状など見向きもしない。捨てていこうかと思ったが、やたらと大事そうに咥えていたので、又兵衛は一応書状の入った薄い桐の箱を懐にしまい込んだ。

「行くぞ！」

長居は禁物、二人は一目散にその場から遠ざかった。

ジー……ツクツクボーシ、ツクツクボーシ……ツクツクゥイヨー、ツクツクゥイヨーゥイヨー、ジ――

ツクツクボウシが鳴く鬱蒼とした山の中を必死に走って逃げる。

ジー……ツクツクボーシ、ツクツクボーシ……ツクツクゥイヨー、ツクツクゥイヨーゥイヨー、

ジ――

どれほど走っただろうか？

道幅はどんどん広がり、いつの間にかすれ違う人も次第に増えてきた頃、五郎左衛門が又兵衛に声をかけた。

「もうそろそろ、ええやろ」

ハァ〜ハァ〜と息を切らしながら、そう言って足を止めようとした五郎左衛門に「あかん、いつもの土倉《どそう》（質屋）まで走るぞ」と又兵衛は息を切らしながらも、しっかりした口調で言った。

「ハァ〜、マジか……」

長く走って一旦足を止めると、一気に体が重く感じるものだ。

五郎左衛門はため息を漏らすと、顔を上げ、石のように重くなった体を起こし、又兵衛を追ってまた走り出した。

10

ジー……ツクツクボーシ、ツクツクボーシ……ツクツクゥイヨー、ツクツクゥイヨーゥイヨー、

ジ――

空きっ腹のまま走りに走った二人は、いつもの土倉の中にいた。

今までいろいろな物をここへ持ってきたが、今回のような大きな法螺貝を持ってきたのは初めてだったので、いつもより多く金を貸してもらえるのではと淡い期待を寄せていた。

「こんなに大きいのに？」

「ああ」

「こんなにツヤツヤしてるのに？」

「ああ」

「こんな音が出るのに？」

「ああ」

いくら二人が言っても土倉の主人は頑として値段を変えなかった。

「たったの百八十文？」

又兵衛は驚いた。

「この袈裟だけでも、その値段するやろ」

加勢するように五郎左衛門があとに続いた。

しかし土倉の主人はそろばんを弾きながら、呆れ顔で二人を見た。

「山伏の服を欲しがる奴なんてどこにいる？　この法螺貝も音が出るかもしれんが、必要でない者にはただの大きなゴミじゃ。百八十文、これで精一杯。嫌なら他を当たってくれ」

「もうひと声！　なっ、二百文」

五郎左衛門が粘る。

「それ以上は貸せん」

きっぱりそう言い切ると、主人が二人から目線を切った。

「じゃ〜分かった。百九十文」

なおも食い下がる五郎左衛門。

「しつこい奴だな、百八十文」

店主はぴしゃりと言い切った。

「見てくれよ、この法螺貝を」

そう言って、五郎左衛門が網から取り出そうとした時に、法螺貝の穴から残っていた水が流れ出し、表面が少し濡れていたせいもあって、手を滑らせてしまった。

「あっ！」

五郎左衛門の両手をするりと抜け、地面に落ちた法螺貝から、「ベキッ」という鈍い音がした。

店主はにっこりして二人を見つめるとこう言った。

「ということで半分の九十文でいいな？」

二人は黙ったまま頷いた。

街道を歩きながらコメツキバッタのように必死に又兵衛に謝っている五郎左衛門がいた。

「すまん」

五郎左衛門の言葉に一切答えようとしない又兵衛。

「頼むわ、許してくれや、この通りやから、すまん……」

壊れた鹿威《ししおど》しのように五郎左衛門が頭を下げながら、又兵衛の周りにまとわりついている。

「うるさい！」

急に怒鳴る又兵衛に及び腰になりながらも、繰り返し謝った。

「そんなに怒るなよ、頼むわ……」

「お前はいつもそうや。やることなすこと失敗ばっかり」

又兵衛は五郎左衛門の目を一切見ようとせず、前を向いて歩きながら、文句を言い続けた。

「もう余計なことすんな！　お前がなんかするとロクなことが起きへん」

「いや、俺もなんとかしようと思って……」

「そのなんとかが、要らんねん」

声を荒らげながら又兵衛は足をスッと止め、五郎左衛門をキッと睨みつけた。

「すまん……」

ねずみのような小さな声で五郎左衛門が謝ると、又兵衛は何も言わず、また前を向いて歩き出した。

又兵衛と五郎左衛門は一間半ほど離れた状態を保ちながら、眩しいほどに白く乾燥した道を一言も話すことなくただ歩き続け、半刻（一時間）が経った。

又兵衛がまたスッと足を止めた。

五郎左衛門はずっと下を向いて歩いていたので、前を歩く又兵衛が足を止めたことに気づかず、又兵衛の背中にドスンと頭が当たってしまった。

「あっ、ごめん」

「着いたぞ」

「はっ？」

又兵衛が足を止めたのは、町で一番の甲冑屋《かっちゅうや》の前だった。

「甲冑屋や」

ずっと黙って自分の後についてきていたので、それなりに反省もしているだろうし、少しきつくお灸を据えすぎたかなと思った又兵衛は顔を和らげながら五郎左衛門を見た。

「うわっ！　スッゲェ～」

目を合わすどころか、五郎左衛門は又兵衛を押しのけて、店頭に飾られた甲冑を子供のような笑顔で覗き込んだ。

さっきまで反省していた人物とは到底思えない五郎左衛門の無神経な行動に、又兵衛はまたイラッとした。

「お前さぁ……」

呆れてものが言えないとはこのことである。

「ちゃうねん又兵衛、ここ見てみ。俺らの顔がめっちゃ映ってるねん、ほら〜」

と、あまりにも無邪気な笑顔で甲冑を覗き込む五郎左衛門に又兵衛は怒る機会を逸してしまった。黒々と光る兜《かぶと》に顔を寄せると、自分の顔が映り込む。その重厚感のある光沢に心奪われない男などこの世にはいない。

又兵衛の眉間の皺も瞬時に消え、目を輝かせながら、一緒になって甲冑を覗き込んでしまっていた。

なんとも言えない迫力ある甲冑に五郎左衛門が「ハァ〜」と思わずため息を漏らした。漏らしたというより、甲冑の迫力に唸らされたという方がぴったりくる。

「なんでこんな甲冑の店に？」

不思議に思った五郎左衛門が又兵衛に聞くと、又兵衛は川で男が落とした薄い桐の箱を見せた。

「ここをよ〜見てみ！　この書状に書かれている字と、この店の字一緒やろ？」

そう言って又兵衛が水で文字がにじんだ書状を、破れないように指の腹を使って丁寧につまみながら、ゆっくり広げて見せた。

「あっ、ほんまや、一緒や！」

字が読めない二人だったが、同じ文字が書かれていることぐらいは分かった。

「せやから土倉の親父にはこれは見せんかったんや。俺が想像するに、あれだけ大切そうに咥えていた書状や。なんかええもんに変わったりするんちゃうかなと思ってな」

本来なら城内に甲冑職人を迎え入れ、国が武具を生産するのが通常であったが、ここ多幸《たこう》の国では、城外に職人たちを住まわせていた。

「多幸の武具は目で脅す」

そう言われるほど、その装飾は美しく、しかも鉄の精錬技術が高く、ここで造られた刀は、百回の戦で使っても刃こぼれ一つしない「百戦刀」と呼ばれ、大名の中には大枚をはたいてでも、それらを手に入れたがる者が多かった。

原則、他の国への武器の売却はご法度《はっと》ではあるが、多幸の武具は普通の武具の数倍の値で取引されるほど人気が高く、表向きはこれを禁止するも、城外に職人を置くということは国が黙認していることを意味していた。

優秀な武具職人を数多く抱え、国が農作物以外で手っ取り早く稼ぐのにこの武具売買が一役買っていると言われている。

「ええか、とにかくシャンと背筋を伸ばして、武士やと思わせるこっちゃ。そこそこ戦も経験した兵《つわもの》感を出さんと、怪しまれるからな」

「しかと心得もうしたでござる」

と武士になったつもりで、難しい言葉で答える五郎左衛門。

「なんや、その言葉？」

「知らんのか？　これは侍の言葉や」

「ええか、お前は余計なこと言うな、ていうか一言も喋るな、分かったな！」

と調子に乗り出した五郎左衛門にきつく言い聞かせた。

いつもなら食ってかかるところだが、土倉での法螺貝の一件もあるので、五郎左衛門は言い返すことなく、バツが悪そうにぺこりと頭を下げた。

又兵衛は着物のホコリをパンパンと二回叩いた後、咳払いを一つして甲冑屋の暖簾をくぐっていった。

入るなり畳のいい匂いがぷ〜んと漂ってきた。

中にいたのは、皺一つない小綺麗な着物をまとった店主に、使用人らしき者が五人、口数も少なく忙しそうにしている。

「ごめん。ちょっとええかな？」

するとその中でも、一番下とおぼしき者がこっちにやってきた。

「いらっしゃいませ。何かご入用で」

又兵衛は何も言わず、少し湿った書状を手渡した。

使用人が中を開けようとしたので、又兵衛は「おい」と軽くそれを制した。

お前みたいな下っ端じゃなくて、もっと上の者に見せろと視線を奥に座る主人に送ってみせた。

すると慌てて頭を下げて、奥にいる主人の元へバタバタと早足で歩いていった。

怪訝そうに書状を受け取ると、主人は黙ったまま読み始めた。

すると、こりゃまずいとばかり、慌てて又兵衛の元へやってきて跪《ひざまず》いた。

「これはこれはどうも、遠いところから、はるばるありがとうございます。今日はどういったものがご入用でしょうか？」

明らかに主人の態度が変わったことに又兵衛は気づいた。

書状は二年に一度、百戦刀や武具を一式買い替える近隣の大名のものだったのだ。

簡単に言うと武具の目利き役が書状を持って、何百人、何千人分の買い替えにはどれがいいか、先行して視察にきたのだろう。


「あのぉ～、ちょっと甲冑を見たいんやけど……」

「どういったものをお求めでしょうか？」

「えっ？」

「どのようなものをお求めですか？」

不審に思われないか過度に心配すると、普通なら何でもないことでも、途端に不安になったり妙に相手の言葉を深読みしてしまうことがある。そういう時は当たり前のことでも、何を聞かれているのか一瞬わけが分からなくなることがある。

兜にも何か型によって呼び名が違ったり、専門用語のようなものがあるのではないかと不安になった又兵衛は、一瞬にして取り乱した。

「硬いものでお願いしたい」

あまりにもすっとんきょうな返事をしてしまったことは、店主の表情を見ればすぐに分かった。

焦って心細くなった又兵衛は、チラリと五郎左衛門を見てしまった。

五郎左衛門は又兵衛が自分に助けを求めていると勘違いし、二人の会話に割り込んだ。

「こう見えても意外にがっちりしてて、中というより大ぐらいの方が体に合うのかもなぁ～、特大ほどではないと思うんやけど……」

主人が甲冑の大きさを聞いていると思った五郎左衛門は、しっかりとした口調で答えた。

どう考えても大きさのことではない。それぐらいは又兵衛にも分かっている。

しかもあれほど黙っていろと言ったのになんで喋り出すんだ、と又兵衛は五郎左衛門を睨んだ。

その顔を見た五郎左衛門が、もう少し小さくしろと言われているのだと勘違いし、慌てて言い直した。

「やっぱり大は大きすぎるので、中と大の間ぐらいを……」

主人は自分の言葉が足りなかったと言わんばかりに、丁寧に言い直した。

「いえいえ、大きさではなく、おいくらほどのものをお求めかと？」

主人の返答に、五郎左衛門が大きく頷いた。

「あ――っ、だったら中の上ぐらいでお願いします、なっ？」

と五郎左衛門が又兵衛に了解を取るように、なっ？　と付け加えた。

又兵衛は、もうお前は喋るなという意味を込めて、顔を横に振ったのだが、「値段が高すぎる」と言っていると勘違いした五郎左衛門は、「中の上じゃなくて、中の中ぐらいで」と急いで言い直した。

「中の中？」

そう言って聞き返した主人を見て、又兵衛が焦って答えた。

「すいません、こいつはくだらない冗談が大好きで。もちろん中のことです。ハハハハ」

と引きつりながら笑う又兵衛につられて、五郎左衛門と使用人たちも笑った。

「本当に面白いことをおっしゃる。中ぐらいのお値段ですね、かしこまりました」

そう言って、主人が奥へ引っ込むと、又兵衛は大きく息を吐きながら胸をなでおろした。又兵衛は五郎左衛門に向かって大きな咳払いを一つした。

咳払いに気づいた五郎左衛門に向かって、人差し指を口に当て「黙れ」のしぐさを送った。それを見た五郎左衛門は、すまなそうに静かに頷いた。


主人が大きな桐の箱に入った甲冑を、大事そうに又兵衛の前に出してきた。

ゆっくりと桐の蓋を開けると、中から白檀《びゃくだん》の香りがした。

「こちらのものなどは、いかがでしょうか？」

紫色の布をひらりとめくると、見事なまでの漆の光沢と、金色に光る蛸のような文様があしらわれた兜と、目だけがくりぬかれ、鼻下に作りもののヒゲの付いたお面のようなものが出てきた。

次に大きめの箱からはピカピカに光った漆塗りの胴や籠手、それに絹で織られた美しい模様の腰に巻くようなものなど、いろいろ出てきた。

「すっげぇ～」

「ご試着されますか？」

「えぇの？」

「どうぞ、どうぞ」

又兵衛は、主人に言われるまま床几《しょうぎ》に腰掛けた。

主人が甲冑を取り出そうとしている時に、一番しっかりしていそうな使用人がいきなり又兵衛に話しかけてきた。

「前立《まえだて》も素晴らしいでしょ？」

「ですよねぇ〜」

自分が分かっていないことを悟られまいと、又兵衛は使用人が話し終わる前に当たり障りのない言葉を食い気味に返した。

又兵衛はまたまた焦った。

――「前立」とは一体どこのことを言っているのか？

聞き返したい気持ちがあるが、ここで聞いては、自分たちが侍ではないことがバレてしまう。

しかし待てよ、又兵衛は思った。

とは言いながら候補は大きく三つぐらいしかない。

前立というからには前についているものに違いない。

となるとまず腰から下に着ける綺麗な絹織物の「前掛け」のようなものかもしれない。確かにこれは綺麗だし、いろいろな模様がありそうだ。

次に考えられるのが顔面を覆うお面のようなもの。

目の部分と口の部分と鼻の穴が開けられ、鼻下に立派なヒゲが付いており、これはこれで工芸品のように美しく、頭部の前を覆うので、前立と呼ぶのではないか？

三つ目は兜の上、いわゆる額に付いている飾りみたいなもの。

使用人は金色に光る蛸の文様のことを言ったのではないか？

わずか数秒の間に又兵衛は三つに絞り込んだ。

ただ勘で答えるには情報が不十分だ。

「どういった前立がお好みですか？」

こちらがしっかり考える間もなく、使用人は会話をつなごうと、なおもこの話題を続けてきた。

困った！　どうしよう？

その瞬間、頭で考える間もなく、自分でもびっくりするほどの起死回生の言葉が出た。

「逆にどういったものが、あんたは好きなんだ？」

分からない時は質問返しに限る。

何を言おうとしているのか探るにはもってこいの方法である。

「もちろん人それぞれ好みがあろうと思いますが……私としては……」

私としてはなんだ？

又兵衛は使用人の言葉に耳を傾けた。

「私としては前立より、佩楯《はいだて》の方が気になりますね」

——やばい！

相手の答えによって絞り込む作戦が、逆にわけの分からない言葉をもう一つ登場し、余計な情報が増えてしまうということになってしまった。

全くの裏目に出てしまった又兵衛。

こうなれば、質問を繰り返される前に、どんどん相手に聞いていくしかない。

「このヒゲは何を使ってるんだ？」

「馬です」

そこへ五郎左衛門が「俺に任せろ」と言わんばかりに、勝手に加勢してきた。

「それって、メスですかオスですか？」

こういう時の五郎左衛門は相当やばい。

「オスだと思いますが……!?　それが何か？」

無意味な質問から、逆にそれはどういう意味だと聞き返された。

――やばい！

さすがの五郎左衛門も咄嗟にそう思った。

思いのほかあっぷあっぷしてしまっている状況に落ち込む間もなく、またもや「前立」はどういうのがいいか、下の使用人が聞いてきた。

あまりにも情報がなさすぎて、さすがの又兵衛も、今回は観念して正直に前立とはなんのことなのか聞こうと思った。

主人が兜を慎重に持ちながら五郎左衛門にかぶせようとした時、文様のあたりを使用人が手で持ってしまい、主人が「前立に気をつけろよ」と注意するのが聞こえてきた。

――しめたっ！

なるほど、前立とはこの兜の額にある文様みたいなものか……。

そう確信した又兵衛は主人に尋ねた。

「この前立は蛸？」

「さようでございます。そもそも、この蛸は……」

と話し出す主人の言葉に、又兵衛はニコニコしながら聞き入った。

ダメな使用人のおかげで窮地を脱した又兵衛は、使用人たちに兜を顔に固定させるために首が右へ左へと揺れるほどヒモをきつく締められ、兜と鎧《よろい》を装着し終えた自分の姿を鏡に映して見た。

立ち上がる際に武具同士が微かに擦《こす》れ合う、なんとも重厚感のある音が実に心地よく、顎に食い込む兜のヒモは少々苦しいが、どこか身の引き締まる思いがした。

まるで自分が信長にでもなった気分で、大きく股を広げて、又兵衛はまだ見ぬ戦場を目を細めながら想像した。

数千、数万という兵士たちが「うぉ～っ」という、まるで地響きのような唸り声をあげてぶつかり合っている。

必死の形相で切り込んでくる敵軍の中を馬に乗って颯爽《さっそう》と駆け抜け、戦の猛者《もさ》たちをバッタバッタと薙《な》ぎ倒し、大将を本陣に追い詰めて首をはねた自分にどっぷり酔いしれていると、店の主人が又兵衛を夢から覚ますように話しかけてきた。

「あのぉ〜……続きを説明させてもらっても宜しいでしょうか？」

又兵衛はハッと我に返った。

「どうぞお座りください」

主人は床几に座った又兵衛の横に膝をつき、さまざまな兜の絵が描かれたものを又兵衛に見せてきた。

「こちらをちょっと見てもらっても宜しいでしょうか？　こちらに描かれているのは、うちに依頼があった兜の一覧です」そう言うと主人は頬に弾むような笑みを浮かべた。「今はもうお取引はないのですが、この前立に漢字を一文字かたどった兜は直江兼続《なおえかねつぐ》様のものです」

墨で丁寧に兜が描かれている紙を店主が自慢げにパラパラとめくりながら語り始めた。

「あとこちらも、もうしばらくお取引はないのですが、隣の三好《みよし》の国のお殿様からご依頼があった兜です」

「前立に付いてるのは蜂？」

「さようでございます。三好は昔から養蜂が盛んで、国の守り神にもなっているそうです」

「ほ〜、こんなの見たことないなぁ〜」

「あとは富士の山よりも高い、はるか天竺の山に棲息するヤクという生き物の毛を使った信玄公の兜も好きな人は好きですねぇ、若干ご年配向きかなとも思いますが……。そうそうこの三日月形のものも良いかもしれませんね」

「へぇ～そうなんや。で、こっちの長いのは？」

又兵衛はその横に描かれていた長い円錐状の塔が載った兜を指さした。

「そうですね、こちらは加賀の前田利家様からご依頼を受けてお造りした兜でございます」

「めちゃめちゃ長いけど、頭がぐらぐらせぇ～へんの？」

「それは大丈夫だと思います」

と少し笑った。

「ちょっとご覧になられますか？」

「えっここにあんの？」

「ちょうど今朝、仕上がったばかりでして……」

主人が使用人に声をかけると、使用人が奥からひときわ長細い箱を大事そうに持ってきた。

桐の蓋をゆっくり開けると金色に輝く塔みたいなものが兜から空に向かって、大人の顔三つ分ぐらいの高さまで伸びている。

「こちらが加賀の前田利家様の兜です」

「ホォ――ッ、ちょっと着けてええかな？」

「それはちょっと……」

「ええやん、丁寧にかぶるから」

又兵衛は半ば強引に主人の承諾を得ると、さっさと鎧をはずし兜を脱ぎ、使用人たちが桐の箱から丁寧に出しているのを床几に座りながら眺めた。

「ごめん」

するとそこに若侍が二人やってきた。

いかにも慣れた様子で、中に入ってくるなり主人を呼び、何やらひそひそ話を始めた。

五郎左衛門は使用人と無駄話をしているが、又兵衛は明らかに不穏な空気を察した。

すると先ほどまでの主人の笑顔は何処へやら、冷たい目つきでこちらに視線を向けてきた。

「ちょっとつかぬことをお伺いしますが、先ほどの書状に伊香《いか》の武具御調達係の三上《みかみ》様とありましたが、お宅様はご本人様で……」

「そうだが、何か？」

「大変申し訳ありませんが、もう一度書状をお見せ頂けませんでしょうか？」

相手がそう言い終わる前に、又兵衛は目の前で使用人たちが大事そうに持っている桐の箱を奪い、主人めがけて投げつけていた。

「逃げろ！」

五郎左衛門はつかみかかろうとする若侍の手をさっと払うと、ひょいと飛び上がり、一段下にいる使用人たちの頭の上を簡単に越えてみせた。

二人はそのまま外に出ると、脇目も振らずとにかく走った。

生まれつき面の皮も足の皮も厚くできている二人にとって、裸足で走ることと草鞋を履いて走ることの差などあまりなかった。

足の指の付け根にある母指球で、灼熱の太陽でからからに乾いた道を力強く蹴って、道ゆく人を避けながら悠々と走り抜けていく様は圧巻で、この逃げ足の速さだけは誰にも引けを取らなかった。

疾風《はやて》の如く走ってきた二人は、二里ほど先にある根城《ねじろ》に着くまで一度も止まることはなかった。

人通りが多い街道を抜け、人里離れた山道をしばらく行った山側に笹林が見えてくる。

その前に漬物石ほどの石が二段に積まれている。

これが二人の根城の目印だ。

周りを見回し誰もいないことを確認すると、二人は笹林の中へするりと入っていった。

薄暗い中に、一箇所だけ空から陽の光が降り注ぐ、ちょっとした空間が見えてきた。

見上げると、周りの木々が風で動く度に、太陽の光が降り注ぎ、足元には石畳のようなものが見える。あたり一面は笹に覆われた緑の世界。

ちょうど人一人が通れるぐらいの道が出来ていて、そのまま中へ入っていくと、小さな階段が見えてくる。

時折差し込む太陽の光で苔が緑色の絨毯《じゅうたん》のような表情を見せ、二人はその緑の絨毯が敷かれた階段を上って、奥へ奥へと入っていった。

しばらく行くと、小さくて雨風で朽ち果ててしまいそうなボロボロの神社の本殿のような建物が見えてくる。

よく見ると左手奥には手水舎《ちょうずや》らしきものも見える。

もちろん水は流れておらず、ぼうぼうの草木の中に埋もれている。

その口から水を流していただろう竜の顔は青緑色に錆びながらも、こちらを睨みつけているように見えた。

どういう理由でこの神社が幽霊屋敷のようになったのかは分からないが、かなり年月が経っていることは間違いない。

二人は朽ちた賽銭箱の奥にある本殿の扉を開けた。

ギーと音はするが、軒が深く、風雨に直接さらされていなかったからか、扉はまだしっかりしていた。

意外にも中は小綺麗に整頓されていた。

二人はどんと腰を下ろし、「ハァ〜」と大きなため息をつくと、大の字になったままゴロンと寝転んだ。

少々カビくさいが、雨風がしのげるだけでも御の字だった。

「どうする又兵衛？」

「ん？」

「兜も胴も籠手も何もないんやけど？　これで戦に行けるか？」

「無理やな」

「どうする？」

「調達しに行くしかないやろ」

「どこに？」

「明日になったら教えたる」

「え〜どうすんねん。戦は明後日やぞ」

「やいのやいの煩《うるさ》いな」

唾を飛ばしながら話す五郎左衛門から逃げるように、又兵衛はくの字になって耳をふさいだ。

11

合戦前夜といえば、なんとも緊張感のある言葉ではあるが、当の二人はそうでもなかった。草鞋を履くことなく、裸足のまま二人が早朝から向かったのは、戦で盗賊や農民たちが死体から剝ぎ取った盗品ばかり集められた闇甲冑屋。通称「こそぎ屋」だった。

決してほめられた商売ではないが、戦の前になると訪れる人も多い。

死体から剝ぎ取ったものなので、「縁起でもない、これなら着けない方がましだ」と嫌う人もいるが、「体を守る武具が安く揃うなら」と、戦になると買いに来る常連も多い。

二人が訪れたこそぎ屋は、日差しや雨風をしのげるように簡易な軒を作り、その場に甲冑などをどさっと並べて売っていた。

戦場に放っておけばゴミにしかならないものを、こうして持ってきては金にするのだから商魂たくましい限りだ。

戦のどさくさの中、死人から剝ぎ取った武具だろうがなんだろうが、こうしてまた人の役に立つのだから、何も後ろめたいことはないとこそぎ屋の店主は言う。

「おやじ、こっちのはいくらだ？」

と又兵衛が聞いた。

天日干しした渋柿のように、しわくちゃな顔をして店主が答えた。

「そこのは三百文」

「そんなにすんの？」

「刀傷も少ないし、何より武具としての頑丈さが、その辺のものとは全然違うからな」

「八十文ほどで、武具を揃えたいんやけど」

「だったら、一番端に積んである、あのあたりの武具全部が一律四十文」

指さされた先には藁縄で繋がれた武具があり、大小種々雑多《しゅじゅざった》な兜や鎧が山のように積まれている。

傷が付いているもの、古くて色がはげたもの、血の跡がどす黒く残っているもの、鎧の裏に何やら文字が書かれているものなど、さまざまだ。

「こんなボロいのを着けるのか？」

「仕方ないやろ、金がないんやから」

「こんなの、どれでもええわ」

「文句言わずに、ちゃっちゃと選べ」

ハァ〜と大きなため息をつきながら、五郎左衛門は又兵衛がしているように自分の胴体に合わせるために、武具を手に取った。

しかし最初こそ、こんなオンボロの中古はどれでも一緒だと言っていたものの、見ているとそれはそれで少しでも程度のいいものや、自分に合ったものを選ぼうと二人の眼差しは次第に真剣なものになっていく。

「色味とかはええねんけど、どうしょうかな……」

手に取りながら細かい傷はないか確かめるように、念入りに見極める又兵衛。

「ええのんあった？」

そう言いながら、又兵衛の武具をジロジロ見る五郎左衛門。

「あったんはあったんやけど、ここの傷みたいなもんが気になんねんけどなぁ〜」

「でも色とかええやん、ちょっと合わせてみて？」

又兵衛が武具を自分の体の前に持ち、五郎左衛門の前に立った。

五郎左衛門は顔を少し後ろに引き、又兵衛の顔と武具の釣り合いを目を細めながら確かめている。

「あっ、ええんちゃう？」

「ほんま？　ほなこれにしょうかな……よし、決めた」

「又兵衛、ちょっと俺のやつ、どう思う？　俺も二つええのがあんねんけど見てくれへん？」

今度は両手に武具を持って五郎左衛門が又兵衛に聞いてきた。

「この茶色のやつと、こっちの脇に模様の入ったやつと、どっちがええと思う？」

五郎左衛門が大事そうに持っている二つの武具を見比べる又兵衛だったが、正直どっちもいいとは思っていなかった。

自分が見てもらった以上、そうそう無下にもできないので、それなりに考えているふりをしただけだった。

「基本はこの茶色のやつがええんやけど、ちょっとだけきついねん。そういう意味ではこっちの方がぴったりやねん。この横の模様もええし……。ただここに刀傷みたいなんがあるやろ、これがちょっと気になんねん」

ため息が漏れそうになったのを又兵衛は心の中で必死に堪《こら》えた。

「なるほどな……俺はあんまり気にならんけどな」

「うわ～どうしょうかな？」

一応、五郎左衛門の話に合わせて、いろいろ助言はしているものの、それもこれも正直さっさと選んでほしいからであって、本音は早く帰りたい気持ちでいっぱいだった。

「これ系のやつで、もう一つ大きいのがどっかにないかな？」

誰も取らないのに片手に茶色の武具をしっかり持ちながら、もう一方の手で積み上げられた武具の中に、少し大きめのものがないか物色している五郎左衛門。

それからどれだけ経ったたろうか。

決められない男ほど質《たち》の悪いものはない。

五つほどの武具を並べて、ずっと睨み続けて、はや半刻。又兵衛はいい加減しびれを切らしていた。

と同時に、店の主人も選ぶのにこれほど時間がかかる客を見たことがないのだろう、最初はイライラしていたが、怒るのを通り越し、半ば呆れ顔で二人のやりとりを見つめていた。

「ええ加減決めたらどうや」

「ちょっと待って、ここにある刀傷って、やっぱり縁起悪い感じせぇ〜へん？」

「そもそもこれ全部死体から剝ぎ取ったもんやねんから、刀傷で縁起悪いって言うたら、ここにある武具全部、縁起悪いって。ほなちょっと小さめの茶のやつでええんちゃうか？」

「体に合わへん武具ってどうなん？　明日、戦やぞ！」

「知らんがな！」

「あ〜どうしょう。マジで決められへんわ。もうこうなったら、どれがええか又兵衛が決めてくれ！」

呆れ果てた又兵衛は、黙ったまま ちょっと小さめの茶色の武具を奪い取り、主人に八十文を渡した。

「この二つで八十文。もらってくで」

又兵衛は五郎左衛門の武具と自分の武具の二つを持って、店から足早に出ようとした。

「ちょっと待った、やっぱりこっちにする」

五郎左衛門は刀傷のある模様の入った武具を拾い上げた。明らかに機嫌が悪そうな主人を尻目に、又兵衛は店から出ていった。

「又兵衛！　ちょっと待ってもらってええかな？　やっぱり刀傷は縁起悪いわ。ちょっと茶色のやつに替えてもらってくるわ」

五郎左衛門はそう言うと店に駆け込んでいった。

12

陽はすっかり翳り、日中の暑さも何処へやら、涼しくなった笹林の中にある神社の本殿に戻ってきた。

二人は武具を着けたまま、残りの金子で買った一匹のアタリメを真っ二つに折り、皮がへばりつきからっからに乾いた身を大事に舐めながら、酒屋からせしめた安酒を飲んでいた。

「明日の戦は、話によると早朝かららしいぞ」

そう言って、アタリメをぺろりと舐めて茶碗酒を一口飲んだのは又兵衛だった。

「あ〜わくわくするの〜。しかし初めての俺らでも、うまいこといくんかな？」

「大丈夫や、話は戦慣れした銀八《ぎんぱち》（友人）にちゃんと聞いてある」

「ほんまか？」

「当たり前やがな。負けそうになってくると、殿さんは早めに逃げるらしいから、その逃げ道を塞いで、出てきたところをバッサリ斬る」

又兵衛が茶碗酒を床に置くと、よろめきながらも立ち上がり、持っているアタリメを刀に見立てて、斬りつける真似をした。

「殿さんの周りには、それなりの護衛たちがいるから気を緩めるな。殿さんを守るために死に物狂いで向かってくるから、そいつらを斬って、斬って、斬って、最後は殿さんめがけて、一突きでブスッ」

「なるほど！　そしたら首を斬って相手側に持っていく」

「せや！　そうすると持ちきれんほどの褒美がもらえるってわけや」

「そうなったら、こんな安酒飲まんでええし、アタリメもぎょうさん食えるってわけや」

「せや！」

又兵衛と五郎左衛門は自然と頬が緩み出し、ニコニコしていたが、どんどん想像が膨らみ、笑みを抑えきれなくなり、二人はガハハと笑いながらどちらからともなく、酒の入った茶碗でお互いに乾杯をして、ぐいっと一息に飲み干した。

「ブハァ〜」

「勝利の前の酒はうまいの〜」

ガハハと笑う二人は同時に自分のアタリメを前歯で小さくかじった。


一升あった酒も、残りわずかになってきた頃。

二人の呂律は次第に回らなくなり、お互いにうなだれたままでいる時間が徐々に長くなり、下を向いたまま寝息だけで静かに会話でも交わしているように見える。時折首をぬっと持ち上げては、むにゃむにゃと意味の分からない言葉を吐いたかと思えば、夢と現実の間を行ったり来たりしながら、決して成立しない会話をずっと繰り返していた。

「グヒッ、やっぱり茶色の方がよがったかなぁ〜」

結局、店に戻ったものの、そこからなおも一刻（二時間）が経ち、最終的に決めたのは刀傷がある模様のついた武具だった。

「ぶふぅ〜」

酒臭い息を吐き出しながら、目が閉じかかったまま、又兵衛が話し始めた。

「やっぱ、少々見た目が悪くても体に合ったものがええよなぁ〜」

「ぶふぅ――、ちょっと待った！　聞き捨てならんな、その言葉。少々見た目が悪いってどういうことやねん？」

すっと立ち上がった五郎左衛門だったが、勢いよく立った途端にフラフラし始め、目線も定まらないまま、バタ〜ンと仰向けに倒れてしまった。

「大丈夫か？」

大の字に倒れた五郎左衛門から、ぐ〜ぐ〜と熊のような高いびきが聞こえてきた。

「おい、寝るにはまだ早いぞ、おい」

そう言って五郎左衛門の武具を揺すって起こそうとした又兵衛も覆いかぶさるように、そのまま寝入ってしまった。

「ぐ――――、ぐ――――、ぐ――――」

13

扉の隙間から入る光が、空中の埃をキラキラ輝かせて、二人の顔をやわらかく照らしていた。

外では長い夜を越えて、警戒心をすっかり解いたスズメたちがすぐ軒先まで来ては、チュンチュンと自分の美声を競っている。

眩しそうに眉間に小皺を寄せながら、目を覚ましたのは又兵衛の方だった。

五郎左衛門の腹の上に俯《うつぶ》せに寝ていたので、五郎左衛門の武具にべったりとよだれが垂れていた。

安酒を飲みすぎたのか、顔を上げた途端、嘔吐しそうになったが、又兵衛はぐっと堪えた。

「ん？」

扉の隙間から入った光が又兵衛の顔にす〜っと当たっている。

「やばい！　やばい！　やばい！　やばい！　五郎左衛門起きろ！」

そう言ってまだ酒が残る体を持ち上げ、本殿の扉を開けた。

光がぱ〜っと本殿の中に差し込み、外にいたスズメが一斉に飛び立った。

「五郎左衛門！　起きろ！」

五郎左衛門はゆっくりと目を開けた。

「えらいこっちゃ、寝過ごした！　間に合うかどうか分からんけど、峠まで走るぞ」

薄眼を擦っていたが、自分たちがすっかり酔いつぶれてしまって戦に遅れたことを認識すると、五郎左衛門は聞いたことのない大声をあげて外へ走り出した。

二人はとにかく戦場の峠まで必死に走った。

太陽の位置からすると、すでに巳の下刻近い（午前十一時半）。

太陽がジリジリ照りつける地面に、額から流れ落ちる汗が染み込んでいく。

そんな二人の気持ちを煽るように、ジージージージーシーシーシーと蝉がわずかな命を焦がしながら鳴いている。

ジー……ツクツクボーシ、ツクツクボーシ……ツクツクゥイヨー、ツクツクゥイヨーゥイヨー、ジ――

すでに午の刻（午後零時）を過ぎていたに違いない。

二人が戦場に着いた頃には、死体がそこかしこに転がっているだけで、相手の大将の姿など、もちろんあるはずもなかった。

屍に蠅がたかるように、近所の農民たちが死体から武具を剝ぎ取りにぞろぞろと姿を現した。初めはごそごそと静かに物色しているだけのように見えたが、次第に目の色が変わり出し、位の高い侍の死体を見つけると、一斉に群がり、まるで何かに取り憑かれたように奪い合っていた。女、子供、老人、赤子を背負った母親……一心不乱に金目のものを剝ぎ取りながら、みな同じ歌を歌っていた。

「死人は風邪をひきませぬ。
天に向かうには重すぎて、鎧を捨ててまいりましょう。
ほら、エッサラサァ〜、ほら、エッサラサァ〜。

憎んで嫌った者なれど、
裸になれば皆一緒、鎧を拾ってあげましょう。
ほら、エッサラサァ〜、ほら、エッサラサァ〜。
お手を合わせてお辞儀して、
生きて残った者たちに、恵みを与えてまいりましょう。
ほら、エッサラサァ〜、ほら、エッサラサァ〜」

硬直した顔を蹴りながら手を血で真っ赤にして、剝ぎ取っていく。

まだウゥ〜と、うめき声を出している者からでさえ、歌を歌いながら農民たちは容赦なく剝ぎ取っていく。


本当の地獄とは戦いの最中ではなく、戦が終わったこの時なのかもしれない。


「あぁ〜遅かったぁ」

異様な光景を眺めながら又兵衛はその場に立ち尽くした。

数時間前まで生きていた人が物のように扱われ、赤い血の海と化した地獄で、邪鬼たちが黙々と武具を剝ぎ取っていく光景と二日酔いがたたったのか、又兵衛はその場で胃の中のものを全て吐き出した。

「オエ〜、オエェッ」

そんな中、五郎左衛門は、死んでいる者から甲冑を剥ぎ取ろうとしている。

「お前、何してんねん」

「違うねん、あの店にあった茶色の武具の大きいのをこいつが着けてんねん」

そう言うと五郎左衛門は自分の武具を外し、死体から茶色の武具を剝ぎ取り、装着した。

「どう？　やっぱり茶色の方がええよな」

呆れてものも言えない又兵衛は黙ったまま、また嘔吐した。

14

ジー……ツクツクボーシ、ツクツクボーシ……ツクツクゥイヨー、ツクツクゥイヨーゥイヨー、ジ――


二人は何も話さず、来た道をとぼとぼと帰ってきた。

照りつける太陽と二日酔い、そして汗の臭いに混じって漂ってくる死臭で、二人の胃袋はまともな機能を果たせていなかった。

ツンとした生温かい唾液が、喉の奥へ流れ込むと、又兵衛はまた戻しそうになった。

「大丈夫か？」

五郎左衛門が聞くが、又兵衛は「やばい」としか言えない。

人を気遣っている場合ではなかった。五郎左衛門のお腹をキュ〜ッと締め付けるような感覚が襲った。

「あかん、ちょっと糞してくるわ」

そう言うと五郎左衛門は足早に茂みの中へと入っていった。

茂みに入った五郎左衛門が、いざしゃがみ込もうと思っても、なかなか思うようにいかない。

「なんじゃ、これ」

合戦に向けて、気合を入れて縛った緒に汗が染み込み、ぜんぜんほどけない。

爪を立てて引っ張っても、一向に緩む気配がない。

お尻を突き出し、腰を反り返らせながらも、足だけは動かしていないと、どうにもこうにも我慢ができない。

徐々に激しさを増す便意に合わせるように足が勝手に動く。

「ちょっと！　どないなっとんねん、この緒！」

焦れば焦るほど、きつく縛り付けた緒はなかなか、ほどけてはくれない。

武具を前に浮かせて緒を歯で噛んで引っ張ろうとするが、もう少しのところで、これまた口まで届かない。

想像を超える時の経過に、五郎左衛門の額からは汗が浮き上がり、想像を超えるこれまた大きな便意に、思わず息が止まった。

大波が収まるのを待っている顔は、まさに鬼の形相そのもの。

もうこうなると最後の手段に出るしかない。

緒をほどくことは諦め、武具の間から、なんとか用を足す究極の方法である。

「あぁ～っ」

一旦収まったのに、またすぐさま便意が襲ってきた。

暴走し始めた尻の訪問者に思わず声が出てしまう。

明らかに便意の周期が早まり、もう残された時間はそう長くはない。

着物を手繰り寄せて、腰のところに空いているわずかな隙間に手を入れて、一気に力を入れる。

ビリビリと布が破れる音に触発されたのか、奴はその姿を現し、雪崩《なだ》れ込むように地面に横たわった。

「ハァ～」

間一髪とはこのことである。

中腰のまま武具を両手で持ち上げ、奴を跨いだものの、尻を拭くものがない。

中腰のままカニ歩きをし、糞を拭き取るための、めぼしい葉っぱを探した。

すると落ち葉に埋もれている布らしきものを見つけた。

つかみ取ろうと手を伸ばすも、いっこうにつかめない。

「うん？」

体重をかけてグイッと引っ張ると、湿った落ち葉の中からギョロッとした目玉のようなものが見えた。

「うわあぁぁ～」

五郎左衛門の足元の落ち葉にまぎれて、男が一人隠れていたのである。

尻も拭かず、あらわにしたまま腰を抜かした五郎左衛門。

しかし誰より驚いたのは自分の足元に糞を引っ掛けられ、落ち葉に身を隠していた男の方だ。

「グワァァ」

五郎左衛門がつかんだものは、この男の着ていた着物の一部だった。

まさかの出来事に五郎左衛門は腰が抜け、動くことができなかった。

隠れていた男が起き上がり刀を抜こうとした瞬間、大声を聞いて駆け付けた又兵衛が、刀を蹴り上げ、寝そべる男の肩を足でグイッと踏み付けると、男の胸を膝で押さえ付けた。

「ぶ、ぶ、無礼者、何をする」

「動くな！」

起き上がろうとする男の首に錆びた鎌を押し付けると、寝そべっている男が動きを止めた。

「お前、どっち側の人間や」

又兵衛が聞くと、ぶるぶると唇を震わせながら男が睨みつけてきた。

震えているようにも見えるのは、恐怖を感じているのか、怒りを覚えているのか、どっちにもとれるようなその目を又兵衛も睨み返した。

「……多幸、多幸じゃ」

「えっ、えらいこっちゃ、すいまへん。失礼しました」

そう言って又兵衛の鎌を五郎左衛門が奪い取ろうとしたが、又兵衛はその手を払いのけ、なおも鎌を押し付けた。

「味方の者が何で、こんなところに隠れてる？」

「…………」

「五郎左衛門、でかしたぞ。お前のウンはどえらい運を見つけてきよった。こいつは相手側や」

そう言うと又兵衛は、落ち葉から顔を覗かせた蜂の前立のついた兜を見つけた。

「マジか？　ほな早いとこ首とって、褒美に換えてもらおうぜ」

そう言うと五郎左衛門は中腰のまま、又兵衛をけしかけた。

「話がある！」

男が五郎左衛門を制するように口を開いた。

「わしと取引をせんか？　もしもこのまま、わしを逃がしてくれたら、三好の殿様に伝えてお前たちに褒美をやる。いくら欲しい？」

「そんな約束、信用はできんな」

五郎左衛門が強く突っぱねた。

「信用してくれ、約束は絶対に守る」

「信じようやないか。こうやって三好の殿さん本人が直々に言うてるんやから」

又兵衛がそう言うと男は話すのをやめた。

「…………」

「はぁ？　このおっさんが殿さん？」

五郎左衛門が男に顔を近づけた。

「そうや、あそこに見えている蜂の兜が何よりの証や」

「隠しても無駄なようだな、さよう、わしは三好の大将、藤田《ふじた》重盛《しげもり》じゃ」

「おもろなってきたぞ」

そう言うと又兵衛が首をコキコキと鳴らした。

「三好の殿さん？　こいつが？　ほんまかいなぁ……ハハハハッハハッハハッハハハッハやったな。ほな、ぱっぱと首斬って帰ろう」

薄暗いので分かりづらかったが、よく見ると明らかに身なりが自分たちと違い、着けている武具も色鮮やかで刺繍がそこかしこに施されている。

殿様の藤田はじっと又兵衛を見つめたまま、口を真一文字にして、特に抵抗しようともしなかった。

「いや、助けたろ」

「はっ？　気でも狂ったんか、又兵衛」

又兵衛がギラギラした目つきで藤田に詰めよった。

「あんたさっき、褒美くれるって言うたな」

藤田は顔を上げ、又兵衛を睨みつけながら、小さく頷いた。

「ほな、俺らが無事に城まで送り届けたる。その代わり生きて帰れたら、相当な褒美をもらうで」

そう言うと首を曲げてまたコキッと鳴らした。

「命がけで守ってくれるんだ、好きなだけ持っていくがいい」

又兵衛には作戦があった。

この殿さんからすればここはまだ敵国。

もしも途中で見つかったら、敵方の藤田だとバラしてしまい、その首を差し出せばいい。

仮に国界《くにざかい》を越えられれば殿さんの領内になるので、うんと楽になる。無事に相手側まで辿り着くことができればそのまま褒美をもらう。

いずれにしても助けた方が褒美の額が高くなるのは確かだ。

五郎左衛門はあまり納得がいかなかったが、別に自分の意見を言おうともしなかった。又兵衛が首をコキコキと鳴らす時には、必ず何かいい考えが浮かんだ証だと、知っていたからだ。

ひょんなことから敵方の殿様を無事に城に帰すという旅が始まった。

15

「そうと決まれば、さっさと出発しょうか」

と五郎左衛門が落ち葉で尻を拭きながら言うと、

「明るいうちに動くのは、得策やない。動くのは夕方と朝や」

そう言って又兵衛は、藤田の刀を握りしめたまま、その場にどっかと座り込み、夜になるまで三人はこの草むらで、五郎左衛門の異臭とともに時間を潰すことにした。

夕日が空を赤く染め始めると、あたりを上へ下へとコウモリが舞い出した。

お互いの顔も次第に見えなくなり始めると、おもむろに又兵衛が立ち上がり、藤田の襟首をぐいっと引き上げ、同じように立たせた。

暗くなるまでに少し時間があったので兜の緒を丁寧にほどき、一本の長い縄にすると藤田を後ろ手に縛り上げた。

又兵衛と五郎左衛門、そして藤田の三人は武具を全部その場に脱ぎ捨てた。身軽な格好になると、先頭に藤田を歩かせながら、藤田の居城がある三好の領内へと向かった。

とはいうものの距離にして三十里は優にある。

朝夕だけで移動するなら一日五里から七里が限度。

そうすると五日から六日はかかる計算になる。

薄暗くなった道は歩きづらく、一里も行かないうちに藤田が文句を言ってきた。

「ちょっと待て、このあたりで一度休まんか？　足が痛《いと》うなった……」

そう言って、勝手に地蔵の足元に腰掛けた。

「おいお前、足を揉んでくれんか？」

囚われの身のくせになんだ？　とは思ったが、あまり歩き慣れていないのだろうと、しぶしぶ五郎左衛門が足を揉むと、

「なかなか上手いではないか。城に帰ったらわしの所で足揉み番として、使ってやってもいいぞ」

一度わがままを言い出すと、藤田の図々しさはとどまるところを知らなかった。

「おい、ちょっと背中を掻いてくれんか」

「おいお前、ちょっと汗を拭いてくれんか」

「おい、水をくれ」

手が使えないのをいいことに、藤田が五郎左衛門を自分の家来のように使い出した。

五郎左衛門も藤田の指図を断ろうとはしなかった。

殿様と聞いて、藤田に親切にしていれば、きっと褒美もたくさんもらえるだろうと考えた五郎左衛門は、休む度に、自分から率先して藤田の足を揉むようになった。

「しかし夜だというのに、まだまだ暑いですよね〜」

あからさまなまでに、へこへこする五郎左衛門を見て、又兵衛はあきれてものも言えなかった。

又兵衛は二人のやりとりをよそに、自分の腰に下げていた水筒を手にとると、水をぐいっと一気に飲んだ。

殿様が帰ってこないと家臣たちはどうするか。

ほぼ死んだものと覚悟するだろう。

戦った敵側も死体が確認できないとなると、どう思うか？

又兵衛が水を飲みながら、ふとそう思った時だった。

遠くで馬の蹄が地面を蹴る音がしたような気がした。

すると不審な顔をした又兵衛が気になったのか、岩に腰掛けながら藤田が話しかけてきた。

「どうした？」

「いや、遠くで馬の足音がしたような……」

「こんな暗くなってから馬を走らせる馬鹿がどこにおんねん」

藤田の足を揉みながら五郎左衛門が又兵衛を馬鹿にして笑った。

又兵衛は五郎左衛門の笑い声を聞きながら、すっと水を飲む手を止めた。

「しっ！」

藤田と話している五郎左衛門を制すると、又兵衛は静かに耳をすました。

するとと夜の蟬の鳴き声に混じって、確かに馬の蹄の音がする。

「隠れろっ」

藪の中に身を隠すと数名の侍たちが勢いよく走り去っていった。

「やっぱりな」

「どうした？」

少し不安げな顔を見せた藤田に又兵衛は答えた。

大将が戻らなかったら死んだものと思うだろうが、大将の首が見つからない敵側はどう思う？　きっと今頃、多幸の者も藤田を捜そうと血眼になっているはずだ。

いくら夜で見えないとはいえ、普通の道を通っていくのは危険だ。山の尾根に沿って川へ出て、川べりを歩きながら国界を越えることにしよう。

「尾根に沿って？　勘弁してくれよ、それだったらここで殺して首を渡そうぜ」

自分の足を揉みながら、さらりと凄いことを言う五郎左衛門の言葉に、藤田は耳を疑った。

にこやかに笑みながら足を揉み続ける五郎左衛門をどう受け止めていいものやら、心の整理がつかなかった。

「お前、わしを裏切る気か？」

「いやその、又兵衛が川沿いを歩くって言うから」

「もう大丈夫だ、さぁ〜歩くぞ。何をしてる、さぁ〜行くぞ」

人間とは現金なものだ。さっきまで疲れて一歩も歩けないと五郎左衛門に足を揉ませていた男とは思えないほど、しっかりした足取りで藤田は川が流れる谷へと率先して下りていった。

「なにをぼさっとしておる。早くせんか！」

キョトンとした二人を尻目に、藤田はどんどん先を急いだ。


しかしいくら藤田が文句も言わず、休まずに進んだとしても、一晩かけて歩ける距離はたかが知れている。

それでも昼は林に隠れ、夜になると川べりをひたすら歩いた。

五郎左衛門の言葉に少し過敏にはなっていたが、命が狙われないと分かると、やる気になっていた藤田も、すっかり元に戻っていた。

そもそも贅沢を極めた生活の中で、何不自由なく育っている殿様の性格など、そうそう変わるものじゃない。

「三好はまだか？」

「もう少しだ」

声を荒らげる藤田をたしなめるように又兵衛は答えた。

とは言ったものの、土地勘があるわけでもない又兵衛にはあまり自信がなかった。それどころか誰も気づいていないが、明らかに同じところをぐるぐる回っているだけで、三好に着くどころか、二晩歩いたのに、多幸の国の中にどんどん入ってしまっていた。

「どうなっておるんじゃ？」

汗ばんだ顔を暗闇からぬっと出すと、ヤブ蚊に相当やられたのか、月明かりに照らされた藤田の顔は出来の悪いデコポンのようにボコボコになっていた。

「なんじゃその顔？」

「お前らこそなんじゃ、その顔は……」

夏の夜に汗を嗅ぎつけて寄ってくるヤブ蚊ほどしつこい奴はいない。

ブゥ〜ンという羽音を立てながら顔の周りに集まってくるヤブ蚊を頭を振りながら払い除けた瞬間、石に乗せていた足を踏み外し、藤田は右足をくじいてしまった。

「痛たっ！」

暗くてあまり見えないが、かなり腫れ上がり、この先歩けそうもない。

「大丈夫か？」

五郎左衛門が手を貸そうと近寄ると、後ろ手に縛られた藤田は、肩を振ってその手を弾いた。

「近寄るな！」

急に大きな声をあげた藤田に五郎左衛門はびっくりした。

「わしを殺す気だろ？」

「被害妄想もはなはだしいな」

そう言うと、嫌がる藤田を五郎左衛門は無理やりおぶった。

「こらっ、やめろ！」

藤田を背負い夜の川べりを歩き始めて間もなくすると、突然雨が襲った。

道中、空き家を見つけ、少し早めに休むことにした。

「おい、この手拭いを川の水で冷やしてきてくれ。あっ、それが済んだら、ふくらはぎをまた少し揉んでくれ」

五郎左衛門は「褒美のためじゃ、褒美のためじゃ」と誰にも聞こえないような小さな声で自分に言い聞かせて、藤田の右足首に当てていた手拭いを替えると、渋々ながら藤田のふくらはぎを揉み始めた。

又兵衛がイヌハッカという草を懐から取り出し、それを数回揉み解《ほぐ》す。草の汁が手の平に付くと同時に、なんとも言えない臭いがぷ～んと小屋の中に充満した。

「臭いの～。なんじゃそれは？」

「蚊よけや」

「効くのか？」

「ああ」

「わしにも塗ってくれ」

すると残りのイヌハッカを、ふくらはぎを揉んでいる五郎左衛門のそばにポンと投げた。

「おい」

藤田がお前がやれと言わんばかりに、五郎左衛門に軽く顎を振った。

五郎左衛門はそれに気づかないふりをした。

すると揉まれていない方の足で、五郎左衛門の太ももをちょんと小突くので、それ以上無視することができず、仕方なく藤田の足、手、背中、腹、顔へとすり込んだ。

塗り終える頃になると、二日間山道や川べりを歩き続けた疲れが溜まっていたのか、藤田はコクンッ、コクンッと頭を揺らし、バタンと床に倒れ、ガーガーと高いびきをかいて寝始めた。

五郎左衛門はおもむろに藤田の顔を覗き込み、寝ていることを確かめると、又兵衛の横に近寄り、静かな声で話し出した。

「こいつ、うざくない？」

「なんや急に？　さっきまでヘラヘラしてご機嫌とってたやんけ」

「そりゃ〜褒美をたくさんもらえるんやったら、誰でもするやろ」

「もともと三好つ〜のは代々下のもんにはめっぽう厳しいって噂やからな」

「そうなんや」

「特に罪人には半端なく厳しくて、よその国より刑が数倍重いらしいわ」

「な〜又兵衛、この間のこと覚えてるか？」

「こないだって？」

「あいつをこうせ〜へんかってこと」

と寝ている藤田を指差して、五郎左衛門は自分の首に親指を立てて真横に斬る格好をした。

「今から殺すってか？」

驚いた又兵衛が思わず大声を出すと、五郎左衛門は慌てて又兵衛の口を押さえた。

「しっ、声がでかい」

ガーガーと部屋中に響き渡る藤田のいびきが一瞬止まったように思えたので、二人は腰を少しかがめながら、黙って様子を窺った。

嫌な音を立ててまとわりつく蚊を、首を振って追い払うと、藤田はまた大きないびきをかき始めた。

五郎左衛門が藤田ににじり寄って、ゆっくりその顔を覗き込んだ。

「大丈夫、寝てる」

寝ているのを確認するとまた小さな声で五郎左衛門が話し始めた。

「だって、文句ばっかり言いよるしさぁ〜。少々褒美は少なくなるけど、そっちの方がてっとり早いやん」

「まあな……」

「で、どうする？」

「なにが？」

「どっちがやる？」

又兵衛は、五郎左衛門のまさかの言葉に自分の耳を疑った。

「はっ⁉　そりゃ〜言い出したお前やろ」

と間髪を容れずに又兵衛が言うと、

「そこはじゃんけんやろ」

「アホか、お前がそうしたいんやろ？　俺は三好に連れ帰った方がええと思うから」

「いや、ここで殺そうや」

二人がもめていると、ガーガーといびきをかいて、背を向けて寝ている藤田の片目が、ゆっくり開いた。

「じゃんけんしようや」

「生かして戻した方が褒美がもらえるぞ」

背中を向けた藤田の顔が少し緩む。

「いや、それは分かるけど……わがまま放題でうっとうしいねん」

「少々は我慢せ〜や」

「いやや」

「ほなお前がやれや、俺は連れて帰った方がええと思う派やねんから」

背中を向けたまま藤田は小さく頷いた。

「え〜マジか、俺がやるしかないんか……」

「そりゃそうやろ」

決して心から納得は出来ないが、この先の数日間、あれやこれや言われ続けることを考えると、やっぱりここでバッサリいった方が得策だと思った五郎左衛門は渋々ゆっくり立ち上がった。

「これ使ったら？」

そう言うと又兵衛は藤田から奪っていた刀を五郎左衛門にひょいと手渡した。

「そいつの刀や、きっとよう斬れるで」

五郎左衛門は小さく頷くと、腹をくくったのか刀をギュッと握りしめ、真剣な表情で深呼吸を一つした。

背中を向けた藤田は、ガーガーと嘘の高いびきをかきながら、この場をどう切り抜ければいいのか必死に考えていた。後ろ手に縛られたまま寝ている以上、咄嗟に立ち上がって逃げ出すのは難しい。かといってこのまま転がって体当たりしても大したことにはならない。こうなると逃げるという選択肢は残念ながらなくなる。

——どうしたらいいんだ……。

五郎左衛門が、静かに刀を抜き藤田の方にゆっくりと近寄ってくる。

藤田は背筋に力を入れたままガーガーと嘘のいびきをかくだけで、何も出来ないことに焦っていた。

手にペッと唾をかけ、五郎左衛門が刀をゆっくりと頭の真上まで振り上げた。

藤田の、その丸まった背中からは心臓の鼓動が今にも聞こえそうだった。

一瞬にして緊張した空気が小屋の中を覆った。

頭上から木の梁《はり》が軋む、キッという小さな音が聞こえた瞬間、五郎左衛門が刀を振り下ろした。

「わぁ〜っ」

又兵衛がつぶっていた目を見開いた時には、立っているはずの五郎左衛門の姿はなかった。

当の五郎左衛門も一体何が起こったのか分からなかったが、刀を振り下ろそうとしたら目の前が真っ暗になり、知らないうちに床を睨みつけていたのだ。

俯せに倒されたと思ったら、何者かに首を押さえつけられ、持っていた刀は一瞬のうちに取り上げられてしまっていた。

黒ずくめの男が五郎左衛門の背中の上に乗り、片膝で首を押さえつけたまま刀を持ち、又兵衛を睨んでいた。

「誰だ、お前？」

軽い身のこなしから、黒ずくめの男は、噂に聞く忍びの者だと又兵衛は直感した。

慌てて又兵衛が自分の鎌を取ろうと手を伸ばすと、忍者は目にも留まらぬ速さで手裏剣を投げてきた。

とっさに躱《かわ》したが手裏剣は又兵衛の頬をかすめていった。

五郎左衛門の首根っこを押さえつけたまま、刀を持ち替え、切っ先を又兵衛に向けて詰め寄った。

「遅かったな、猿」

そう言うと、くるっと回りながらあぐらをかいたのは藤田だった。

「すんでのところでヒヤヒヤしたぞ」

「申し訳ございません」

「だ、だ、誰やお前？」

小刻みに震えながら聞く、又兵衛の声は上ずっていた。

動こうとした瞬間、忍びの男の刀の切っ先は又兵衛の鼻先まで迫っていた。

「無駄なことはやめろ。お前らごときど素人に、こいつは倒せん」

藤田がそう言うと、忍びの男が藤田の方に視線を送り、頭を少し下げた。

「ど、どうするつもりだ？」

あまりの恐怖からか、又兵衛の上ずった声が戻らない。

目を少ししか覗かせていない忍びの男に隠れていた藤田が笑いながら一歩前に出てきた。

「じゃ〜逆に言うが、どうしてほしいんじゃ？」

「た、助けてくれ」

牛の糞のように顔を踏みつけられた五郎左衛門がそう言うと、目尻を下げ、聞き分けの良い恵比須様にでもなったような笑みを藤田は浮かべた。

「そうかそうか、お前はわしの世話をよくやってくれたからな。わしもお前のおかげで助かった。そうじゃ、足も揉んでくれたからの〜」

「は、はい」

すると黒ずくめの忍びの男が、踏んでいた五郎左衛門を又兵衛の方に蹴飛ばした。

「まぁ～まぁ～猿、手荒な真似はよせ。お前にはずいぶん世話になったからの～」

満面の笑みを浮かべた五郎左衛門が殿様に握手を求めようと近づくと、忍びの男がすっとその手をねじり上げた。

「痛てて……」

「よい、よい」

藤田がそう言うと忍びの男が五郎左衛門の手を放した。

「臭いなんとかの葉もわしに塗ってくれたしの～。だから命は助けてやる」

「本当ですか、ありがとうございます」

「わしも鬼じゃないからの～。ここではそんなことはせん」

「ここでは？」

そう言うと忍びの者と目を合わせ、不気味な笑みをこぼした。

16

朝露が木々の葉を濡らし、目覚めの早い蟬の声が静かな山道に響く。

夏とはいえ、山の朝は少し肌寒い。

昨夜までとは打って変わり、日が昇り夜が明け始め、人が動き出してから四人は街道をしっかり歩いて三好に向かった。山の尾根をつたい、夜に移動しても道に迷うばかりで、なかなかうまく多幸領から抜けられないのなら、ちゃんとした道を通り、明るいうちに三好に通じる街道に出た方が早いと藤田が言い出したからだ。忍びの男はせめて夜が明けるまでの移動をと勧めたが、風呂にも入れず、ろくな物を口にしていないのがよっぽど辛いのか、何を言っても一向に自分の考えを変えようとはしなかった。

「だから言わんこっちゃない」

五郎左衛門が苦虫を嚙みつぶしたような顔で又兵衛に言った。

「殺されんかっただけでもええやないか」

「そもそも初めから殺しといたら、こんなことにならんかったんやからな」

「済んだことをやいのやいの言うても仕方ないやろ」

「最初の時にスパッとやっとけば……」

藤田のきらびやかな衣装に身を包み、縄でぎゅっと後ろ手に縛られた五郎左衛門がそう言うと、忍びの格好をさせられ、これまた縄で後ろ手に縛られた又兵衛が、横にいる五郎左衛門のお尻を蹴り上げた。

「しつこいねん！」

「痛って！」

「こらこら、静かにせんか」

その少し後ろには縄を持って泥で顔を汚した藤田と忍びの男がいた。

二人は五郎左衛門たちの着物を身にまとっている。万が一、多幸の追っ手に見つかっても、こうして入れ替わっておけば、身の安全を確保できると踏んだのだ。

「猿、まだか？　こんな臭い着物を着て、もう歩けん」

「今しばらくのご辛抱を……」

「どこかに温泉でもないのか？　これほど臭いと鼻がひん曲がってしまうわ」

くるりと振り返り、そんな二人の会話に五郎左衛門が割って入った。

「お取り込み中すいません……」

「なんじゃ急に」

「昨晩、〝ここでは〟と言われたことが妙に気になってしまって……三好に入っても大丈夫ですよね、俺ら？」

「悪いがそうはいかん」

「えっ！　ダメなんですか？」

「わしに刀を向けた者で、生きていた者は未だかつておらん」

「俺は向けてないぞ」

すかさず又兵衛が言った。

「そうじゃの～。しかしお前も止めんかった、ってことは同罪じゃ」

「同罪？」

五郎左衛門が思わず笑ったのを又兵衛が見逃すはずもなく、間髪を容れずにまた五郎左衛門の尾《び》骶骨《ていこつ》のあたりに膝蹴りを食らわした。

「痛っ！」

二人が体をぶつけ合いながらもめていると忍びの男が縄を強く引き、

「静かにしろ」

と低い声で二人に凄んだ。

そっぽを向いた二人はそれ以降一切話もせずに、明るくなり始めた道を黙々とただひたすら歩いた。

朝日がゆっくりと山の端《は》から顔を覗かせ始めると、差し込む日の中に小さく舞う埃が浮かび上がる。

からからに乾いた道の土埃も歩く度に舞い上がっている。

ゆらゆらと陽炎《かげろう》が揺れる中、蟬の声が壊れた鈴のように鳴り響く。

このあと自分が殺されるかもしれないという不安の中にいても、いつの間にかそんなことはすっかり忘れて、ただただ無心に歩いている自分にまた気づく。

そんな中、藤田だけは一人で文句を言い続けていた。

「猿、まだか?」

「もう少しでございます」

「お前のその言葉はもう聞き飽きた。一体いつまで歩かせるつもりじゃ」

「申し訳ございません」

「わしは足が痛い。お前ら、わしをおんぶしろ」

そう又兵衛と五郎左衛門に言うと、忍びの男が首を大きく振った。

「それはなりませぬ。万一のために、せっかくこの者たちと着物まで交換しているのに、それでは意味がなくなってしまいます」

「ではお前がわしをおんぶしろ！」

「おぶっていては咄嗟の動きがとれませぬ。それにこやつらを縛った縄を誰も持つことができません」

「それなら、ここで殺してしまえばよい」

「えっ!?」

又兵衛と五郎左衛門はびっくりした。

あまりにも自然に出てきた「殺してしまえばよい」という藤田の言葉に動揺を隠せなかった。

何か言わなければ殺されてしまう。ただ又兵衛たちは、この状況で口にできる言葉を持ち合わせていなかった。

僅かな沈黙の後、その場を救ったのはまさかの忍びの男だった。

「しかし……」

「ええい、うるさい。口答えするでない。これは命令じゃ！」

言い返そうとしたが、忍びの男はもうそれ以上は何も言わなかった。

意外にあっさり引き下がる忍びの男に、五郎左衛門はありえないようなズッコケを見せた。

「嘘やろ！」

二人は後ろ手に縛られながら逃げようとするが、忍びの男は縛った縄を左手でしっかり持ち、眼光鋭く二人を見つめた。

「俺らは逃げへんから、信じてくれって」

忍びの男は残念そうに首を横に振った。

そして懐から、鎌のようなものが見えた瞬間、又兵衛が大声をあげた。

「アァァァ――、山賊が、山賊が、襲ってくるぞ」

忍びの男がすっと足を止めた。

「昔からここは戦が多い。そのぶん国界には落ち武者を襲う山賊が多いって聞いたことがあるんや」

「見たのか？」

「正直見たことはない。噂や。でも、もしも出たらどうする？」

忍びの男が鎌を持ったまま目を細めた。

「どうした、猿？」

藤田が後ろから聞いてきた。

「この先に山賊が出るかもと」

「それがどうした」

「もしこやつの言うことが本当なら、私一人ではどうにもなりませぬ。ここは、この者の言う通り、殿の身代わりとして残しておくのも一計かと」

「お前一人じゃどうにもならんのか？」

「はい」

「う――ん」

まるでやんちゃな子供のように、藤田はお尻を地べたにつけて座り込むと、両手を後ろにつきながら右足を上げ、つま先を忍びの男に向け、決断を任せた。

「お前に任す、勝手にせい」

忍びの男が又兵衛に近寄り、藤田に聞こえないように小さな声で耳打ちしてきた。

「無事に三好領内に入ったらどうにかして俺が逃がしてやる。それまで静かにしてついてこい。もしも途中で逃げようとしたら、その時は命がないと思え」

縄を確認しながら、そう又兵衛たちに凄むと、鎌を懐にしまい込んだ。

いろいろ考えた挙句、又兵衛と五郎左衛門が順番に手の縄を解き藤田をおんぶすることになった。もしも敵方に見つかっても「一度は殿さんや忍びの者におんぶさせたかった」と言えばなんとか筋は通る。


いつの間にか太陽が真上に昇り、強い日差しが四人を襲った。

国界近くまで来ると次第に道幅が狭くなり、それに伴って人気も少なくなってくる。

二人の縄を持った忍びの男が街道を歩くのをやめ、側道に進んだ。

初めは分からなかったが、どうやら忍びの男が、人目につかぬようにと、予め調べておいた道らしい。

一列になり、どんどん奥に入っていくと、中腹あたりにひときわ大きな杉の木が一本。その横から湧き水がチョロチョロと流れ出ている。

「ここで一旦休憩しましょう」

藤田を下ろし、急いで湧き水を飲もうとした五郎左衛門を、目にも留まらぬ速さで忍びの男が蹴飛ばした。

「いてっ」

くの字に倒れた五郎左衛門に引っ張られるようにして又兵衛も地面にへたり込んだ。

忍びの男が藤田に自分の肩をすっと差し出すと、藤田は忍びの男に片手をかけ、支えられながらしゃがみ込み、日に焼けた腕を湧き水で冷やすかのように、手の平から肘まで水をかけ、両手に溜まった水で勢いよく顔を洗った。

「冷たくて気持ち良いの〜」

濡れたままの顔から水が滴り落ちてゆく。ちょろちょろ流れる湧き水に口を持っていき、息が続く限り飲み続けた。

「はぁ〜生き返るの〜」

藤田が十分に飲み終え、その場を離れるのをしっかり確認した後、忍びの男は焦ることなくゆっくりと前に進み、ちょろちょろ流れる湧き水を両手で受けた。

溜まった水を上手に口へ持っていき、音を立てることなく静かに飲み干すと、懐から出した深い紺色の布に水を染み込ませ、より一層深い紺色に染まるそれをぎゅっと絞り、顔、首、腕と丁寧に拭き上げた。

拭き終わると流れ落ちる水でざぁ〜っと手早く洗い、一気にぎゅっと絞った。布を広げて、両端をつまむと、それを素早く振り下ろし、パンッといい音を鳴らして手際よく畳んだ。

丁寧に畳んだそれを咥え、腰にぶら下げた竹筒を取り出し、さっと水を入れ終わると、顎を突き出し、二人に「飲んでいいぞ」と合図した。

後ろ手に縛られ、手を自由に使えない五郎左衛門と又兵衛が、流れ落ちる湧き水に顔を近づけると、二人のおでこがぶつかり、ゴツンと鈍い音がした。

「痛っ！」

「ちょっと待てよ」

と五郎左衛門が文句を言うと又兵衛も食ってかかった。

「お前が待てや」

揉める二人を忍びの男がさっと止めた。

「いいかげんにせんか！」

そう言うと五郎左衛門の襟首を持ち、先に飲むように促した。

ざまぁ見ろと言わんばかりに五郎左衛門が笑って水に顔を近づける。

悔しそうな顔の又兵衛を尻目に、餌に寄ってくる鯉のように口をパクパクさせながら、流れ出る湧き水を飲むと、空きっ腹に冷たい水が流れ落ちていくのが分かった。

腰を少し上げ、体を深くくの字にしながら熱くなった頭から水をバシャバシャとかぶり、五郎左衛門はすっくと立ち上がった。

終わると勘違いした又兵衛が近寄ると、まだだと言わんばかりに肩で撥ね返した。

「おえ！」

「まだ終わってないやろ」

「もう十分やろ、早よ代われや！」

「まだやっちゅ〜ねん」

湧き水に再び口をつけようとすると、忍びの男が五郎左衛門の腕をぐいっと引っ張った。

引っ張られた拍子に五郎左衛門は地べたに倒れ込んでしまい、代わりに又兵衛がすっと湧き水の前に入り込んだ。

「すんまへんなぁ〜」

憎たらしい顔で五郎左衛門を見下ろすと、湧き水を頭からかぶった。

水が滴り落ちる中、又兵衛はこれでもかというほど水を飲み続けた。

水を飲み終えると両腕を縛られた二人は滴り落ちる水を拭くこともできず、そのまま木陰まで歩いて戻った。

おんぶをして相当疲れている二人を気遣ってか、さすがの忍びの男も木陰から動こうとはしなかった。

こんもりと盛り上がった大きな杉の根元に座り込み、揺れる杉の葉の影を、風が抜けていく音を聞きつつボ〜ッと眺めている。

ふと横を見ると藤田は日陰になった大木の根っこを枕にし、大の字になって、既にいびきをかいていた。

この場所は三好からそう遠くない。

なのに、どうしてこんなところでじっと休んでいるのか、又兵衛には不思議でしょうがなかった。さすがにこう暑くては動くのも嫌なのだろうと最初はそう思っていた。が、時折忍びの男がキョロキョロする仕草を見て又兵衛はハッと思った。

――誰かを待っているのか？

半刻ほどすると太陽の光が藤田の足に当たり始め、藤田はゆっくりと起き出した。

「いつの間にか寝てしもうた。そろそろ行くとするか？　猿！」

「もうしばらくお待ちを。味方の者とここで落ち合う算段でして……」

「あれは天狗山じゃろ？」

大きな岩が山裾に突き出し、天狗の鼻のように見える小高い山が三好と多幸の境となっていた。

「はい」

「だったら、三好はここからそう遠くない。こやつらの言う通りに山賊がいるならなおのこと、暗くなる前に三好に入るぞ」

「ですが念には念を入れて……」

「相変わらず心配性じゃの〜。お前が付いていれば大丈夫じゃ」

「しかし殿……」

「大丈夫じゃ。さっ、行くぞ」

「では一つだけお約束を」

「なんじゃ？」

「この先は休まず一気に三好まで向かうと」

「分かった、分かった」

そう言うと、すたすたと又兵衛たちのところへ近寄ってきた。

又兵衛と五郎左衛門は手が使えないので口でじゃんけんをした。

「じゃんけん、ほい……あっ」

思わず声が出てしまったのは、一発で負けた又兵衛だった。

へへっと五郎左衛門が笑ったので、又兵衛はイラッとしたが、藤田がすでに後ろに来て立っていたので、しかたなく跪き藤田をおぶった。


大通りに出ると、人気はなく、少し早足で歩くように藤田が言った。

何から何まで自分勝手な男だと又兵衛は思ったが、囚われの身ではどうすることもできなかった。

一行は言葉を交わすこともなく、まだ夏の太陽がジリジリと照りつける中、三好へと向かった。

気温はどんどん上がり、影が土に染みつくほど、日差しが強い。

陽炎がゆらゆらと立ち上る中、休むことなく歩き続けた。

天狗山の頂上を越え、下れば三好の国に入るというところで、さっきまであんなに晴れていたのが嘘のように、どす黒い雲が空一面を覆い、今にも一雨来そうな雲行きになった。

するとポタポタと大粒の雨が音を立てて降ってきた。

運よく、すぐ先に壊れた茶屋の跡のようなものがあった。

「あそこで一休みしようか？」

そう藤田が言うと、その言葉を遮るように忍びの男が、

「通り雨です、先を急ぎましょう」

と返した。

足を止めようとした又兵衛を追い立てるように忍びの男は縄を引っ張った。

「あの小屋へ向かえ」

そう言う藤田に気遣いながらも忍びの男は強く言い返した。

「殿、先ほどお約束したことをお忘れですか？　三好まで足は止めないと」

「通り雨なら少し経てば止むのであろう。ならばそれまで休んでもそう時間は変わらん。おい行け！」

藤田が又兵衛に言うと、忍びの男はもう言い返そうとはしなかった。

又兵衛は何も言わない忍びの男の顔をチラッと見たが、仕方がないとでも言いたげに小さく頷いたので、そのまま急ぎ足で小屋へと向かった。

走り始めるとボタボタボタボタッと雨がさらに強く降り出した。

店を畳んで数年は経っているのだろう、立てかけてある日よけを触るとボロボロと崩れた。しかし蜘蛛の巣があまりないところを見ると、こういう雨の時などに歩き疲れた者が時折使っているのだろう。

「ちょっと下ろせ」

藤田がそう言うと又兵衛は膝を曲げて、藤田を下ろした。

壊れかけの扉のようなものを見つけた藤田が、中に入ろうとした瞬間、藤田の踏み出した足元で「ギシッ」と妙な音がした。

忍びの男はとっさに藤田を突き飛ばしたが、一本の槍のようなものが床に敷かれた藁の中から飛び出し、忍びの男の眉間《みけん》を貫いた。

あまりにも突然だったので、一体何が起こったのか誰にも分からなかった。

忍びの男は槍を抜こうと両手を添えたものの、深く刺さった槍はどうにもならなかった。

忍びの男の額からドクドクと流れ落ちる血で床が真っ赤に染まった。

「おい、おい、おい！」

藤田が近寄り大声で呼びかけると、忍びの男は最後の力を振り絞って何か言おうと口を開いた。

しかしその声はあまりにも小さく、ほとんど何を言っているのか分からなかった。が、最後に言った言葉だけはしっかり聞こえた。

「お逃げください……」

そう言うと目を見開いたまま息絶えた。

あまりに突然の出来事に又兵衛たちは腰を抜かした。

藤田と又兵衛たちは這うようにして奥に逃げ込んだが、バサッという音とともに、スルスルと網のようなものが三人を包み込み、小屋の梁に吊されてしまった。

一体何が起こったのかさっぱり分からないまま、三人の男はギュ〜ギュ〜の団子状態で吊された。網が顔や体に食い込み、身動き一つ取れなかった。

すると小屋の端に積み上げられた荷物の後ろから真っ黒に日焼けした毛むくじゃらの男たちが次から次へと現れた。

降り出した雨による湿度とムッとする蒸し暑さとが相まって、部屋の中には一瞬にして男たちの汗の臭いが立ち込めた。

五郎左衛門が異常にジタバタするので、網がより体に食い込み、三人はどんどん動けなくなっていった。

「俺は殿様じゃね〜ぞ、こいつが殿様だからな〜、俺じゃね〜からな」

五郎左衛門は網の中から必死に叫んだ。

「ジタバタするなって！」

又兵衛が五郎左衛門にそう言った。

咄嗟に「このあたりには山賊が多いぞ」と口からでまかせを言ったのだが、現実に目の前で起きている。又兵衛は悪い夢でも見ているかのように目の前の出来事を受け入れることができなかった。

止まっていた思考が動いた時には、十五人ほどの山賊たちがニタニタと笑いながら獲物を得た野犬のようにひたひたと床によだれを垂らして群がっていた。

「おい、網を下ろせ」

額に「犬」と入れ墨を入れた、とりわけ毛深い男が仲間に指図した。

するとゆっくりと網が下ろされ、山賊たちは又兵衛たちをぐるりと囲んだ。

又兵衛には分かっていた。そこにいるほとんどが罪人であることを。

罪人の体や顔にはいろいろな入れ墨が入れられ、罪人だと一目で分かるようになっている。

見回してみると腕に線が一本の者や二本の者もおり、また額にもさまざまな文字が書かれている。

以前、額にカタカナの「ナ」のような文字を入れ墨で彫られている奴に聞いたことがあった。

初犯は額に「一」と彫られ、二度目はその文字に縦棒を書き足して「ナ」となる。その男は二度捕まったことがあり、「今度捕まると『犬』と彫られちまう」と笑いながら言っていたことを思い出した。

「犬」と額に彫られたその前科三犯の男が「お前たちは何者だ?」と少しダミ声ですごんできた。

三度も捕まったということはよっぽどダメな子分格だと思っていたが、他の奴への話しぶりから、どうやらこの男が、ここにいる者を取り仕切る親分、山賊の頭《かしら》のようだ。

名前は鬼虎《おにとら》といい、どうやらこのあたりを縄張りにする山賊の大親分らしい。

「てめぇら何者だ?」

「俺たちはこいつを……」

と五郎左衛門が話そうとした時に、

「こいつは三好の殿様だ」

と藤田が強引に割り込んできた。

一瞬、何を言い出すんだこの野郎、とムカついた顔をした五郎左衛門は、すっと立ち上がって藤田を押しのけるようにして話し出した。

「違う、違う、俺らは多幸の小作人や。ただの〝おわりもん〟や。こいつが三好の殿様や」

〝おわりもん〟とは、親や身内のいない者を意味する。

「バカ、じゃ〜なんでそんな着物を着てんだよ」

と藤田が目くじらを立てて応戦し出した。

「お前とあの猿とかなんとかって忍びのあんちゃんが、もしもの時のために俺らを身代わりにしたんだろうが」

「知らね〜なぁ〜」

と藤田はツンとした顔でうそぶいた。

「汚ねえなぁ〜お前」

するとそれを聞いていた山賊の親分である鬼虎が大きな声で笑った。

「どっちでもかまわん。いずれにしろ貴様らの誰かが殿様なら、三つの首を持っていけば、どれかが当たりってわけだからな」

「わしじゃない、殿様はこいつらじゃ、わしを助けてくれ」

と藤田が鬼虎の足にしがみつくようにして寄っていくと、子分たちがそれを引き離した。

「足の裏を見てくれ！」

ずっと黙っていた又兵衛がそう言った。

又兵衛が言ったことを、まるで自分が気づいたかのように、自慢げに五郎左衛門が続けて言った。

「俺らの足の裏とこいつの足の裏、見比べればよ〜分かるはずや」

藤田が自分の足を隠すように正座をすると、鬼虎が爪の伸びたゴツゴツとした手で藤田の足首を握り、ひょいと引っ張った。

少し汚れているものの、ずっとおんぶをしてもらっていたので、足は美しく、よく見ると綺麗に爪が切り揃えられている。

かかとの小さな皺まで黒ずんでいる又兵衛たちの足との違いは明白だった。

「なるほど」

鬼虎はそう言うと又兵衛と五郎左衛門を放してやるよう、顔を小さく横に振って指図した。

子分たちは又兵衛と五郎左衛門から手を放した。

「お前が俺らを苦しめた三好の殿様かぁ〜」

鬼虎は大きな手で藤田の髷をぐいっと摑むと、少し持ち上げ自分の顔の前まで引き寄せ、額に彫られた「犬」という字を見せつけるように言った。

「お前ら、こいつが俺たちを苦しめた張本人だ」

周りの子分たちは言葉にこそ出さないものの、その恨みがこもった目つきは、又兵衛たちを一瞬でゾッとさせた。

三好の殿様はどこよりも罪人に厳しく、三好で捕らえられた罪人は皆あまりよく思っていないことは、噂に聞いて知っていた。

「俺は、三好から逃げた罪人だ。まさかこんなところで恨みを晴らすことができるとは な……オイ！」

すると横にいた子分が自分の鎌を鬼虎に差し出した。

鬼虎は鎌を手に持つと、瞬きもせずに、じ〜っと藤田の目を見ながらうすら笑いを浮かべた。

「怖いか？」

藤田は腰に力が入らず、足がガクガク震え、冷や汗がこめかみから頬を伝った。ドクンッドクンッと早鐘を打つ心臓の音がそばにいる又兵衛たちにも聞こえてきそうなほどだった。

「頼む、なんでもするから助けてくれ」

「助けていいことでもあるのか？」

少し黄色く見える白目を大きく見開き、鬼虎が藤田を睨んだ。

「金、金をやる！　いくらだ？　いくら欲しい？　そうだ、城まで連れてってくれれば、お前らが望むだけやる」

「おい、みんな。金ならいくらでも出すってよ」

上気した鬼虎が狂ったように大声で叫んだ。

すると子分たちは一気に気持ちを高ぶらせ、奇声を発するように笑った。

五郎左衛門と又兵衛は異様な空気に呑み込まれたまま、言葉を発することができなかった。

奇声をあげて笑っていた鬼虎がさっと鎌を大きく振り上げ、藤田めがけて一気に振り下ろした。

鎌が藤田の着物の帯を切り裂き、藤田は瞬時にしてふんどし一丁にされた。

日を浴びたことのない藤田の肌は、腕とくるぶしから下だけが黒く日焼けし、体は白いというより青白く見えた。

又兵衛と五郎左衛門以外の全員が狂ったように大声で笑い出した。

すると少し遅れて、又兵衛も一緒になって、より一層大きな声で笑い出した。

横にいた五郎左衛門が不思議そうに又兵衛を見た。

すると又兵衛が五郎左衛門を肘で軽くつついた。

「えっ？」

「いいから笑うんだよ」

そう小さく呟くと五郎左衛門も引きつりながら必死に笑った。

一体何がそんなに面白いのか？　なぜ又兵衛がそんなに大声を出して笑ったのか、正直分からなかった。

しかし又兵衛は違った。

ここで自分たちだけ黙っていると、藤田の仲間と思われる恐れもあり、妙に勘違いされると自分たちの命までやばいと考えたのだ。

「ハハハハハハハッ、こいつぁ～面白い」

又兵衛と五郎左衛門は引きつりながらも必死に笑った。

すると大声で笑う五郎左衛門の目の前に光るものが見えた。

「？」

どす黒く熊のような鬼虎の手が、綺麗に研ぎ上げられた鎌を持っていた。

「やれ！」

「えっ、何を？」

「お前がこいつの耳をまず削ぎ落とすんだよ」

そう言うと、後ろ手に縛られていた五郎左衛門の縄を解き、持っていた鎌をしっかり握らせ、怪しく笑った。

「俺が？」

「そうだ、その後は順番に鼻や唇や指などを斬っていく。どうだ面白いだろ？」

「なるほど」

顔がこわばったのがバレていないか心配になりながらも、五郎左衛門は鬼虎にこびるようにそう言った。

「じゃ～早くやれ」

突き放すような鬼虎の口調から、どうあがいても自分がやらないことにはこのまま終われないのだと五郎左衛門は悟った。

鎌を右手に持ち替え、五郎左衛門はゆっくり藤田に近づいていった。

「おっさん悪いな、堪忍やで……」

二人の子分に体を押さえられている藤田は身をよじらせた。

「やめろっ！」

ジタバタする藤田を見ながら、周りの山賊の子分たちもニタニタと笑っている。

すると一緒になって笑っていた又兵衛が、横にいる鬼虎になにやら話しかけた。

「もっと面白いこと思いついたんやけど……」

「面白いこと？」

「俺やったら、もっとこいつを苦しめられるんやけどなぁ……」

又兵衛の言葉が聞き取りづらかったのか、鬼虎は子分たちが騒いでいるのを手で制すると、又兵衛の話をしっかり聞き始めた。

「どういうことだ？」

「こいつをこのまま殺したんじゃ勿体ない。俺だったらこの世でもあの世でも、もっともっと苦しんでもらう」

「あの世でも？」

「そうや、あの世でも」

すると又兵衛が鬼虎の耳元にすっと近寄り、片膝をついてなにやら話し始めた。

鬼虎はじい～っと又兵衛の話を聞いていたが、聞き終わると目を輝かせ、獣臭い息と唾を飛ばしながら「面白《おもしれ》ぇ～じゃねぇか」と大声で笑った。

17

藤田と又兵衛たちはボロ小屋からさほど遠くない山賊らの根城へと連れていかれた。

そこは又兵衛たちが予想していたものとはちょっと違っていた。

洞窟を利用しており、造りは単純だが、中はきちんと整理されていて、人数の割には広かった。

なんでも半年ほど前に流行《はや》り病《やまい》で十数人が死んだらしく、広く感じるのはそのせいなのかもしれない。

むさ苦しい男たちが住んでいるとは到底思えないほど居心地が良さそうに感じた。

根城の出入り口付近の木々が綺麗に伐採され、人数分の石が丸く円を描くように並べられていた。

おそらくここで火を焚き、食事を摂っているに違いない。

一本だけ太い杉の木が立っている。そこには見張り台のようなものが設けられ、粗末なはしごがかけられていて、夜には見張りが付いているようだ。

根城の入り口には水瓶が並び、中は少しひんやり涼しく、一見普通の洞窟だが奥に入ると薪が積み上げられていて、そこが隠し扉になっている。

どうやら今までせしめてきたものがたくさん隠してあり、そこは鬼虎以外はなかなか見ることができないようだ。

きっとこれまでも、自分たちを襲ったのと同じようにあの小屋で一休みする者を襲ったり、戦で傷を負って山中を逃げ回る侍の身ぐるみを剝いでは金にしてきたに違いない。

一体どれだけの人間が彼らに命乞いをしたのか、想像もつかない。

聞くところによると後始末は実にあっけなく、根城に来る途中にあった深い谷底に、素っ裸のまま突き落として処分しているらしい。

女であろうが子供であろうが関係なく、まるで貝の中身を食べてはぽんぽん殻を捨てていくように、人を殺めることになんのためらいもないようだ。

果たして、自分たちはこれからどうなるのか？

人間はあまりにも恐怖を感じすぎると、目の前で起こっている出来事をどこか他人事《ひとごと》のように思うことで、恐怖から逃げようとするのかもしれない。

あんなに大声を出していた五郎左衛門や藤田までボ〜ッと一点を見つめ、考えることを止めている。

又兵衛はなんで鬼虎にあんなことを言ったのか、自分でも分からなかった。

気づいた時には勝手に行動し、鬼虎に耳打ちしていたのだ。

もうとっくに夕刻を過ぎ、上空をコウモリが飛び、薄暗くなった根城にも松明《たいまつ》が焚かれ始めた。

昼間よりなぜか蟬たちの鳴き声は大きく、まるで森中が何かに興奮しているかのようにも思えた。

「あの鬼虎になんて言ったんだ？」

藤田が又兵衛に聞いてきたが、又兵衛は答えようとしなかった。

「お前、わしを売ったのか？」

すると又兵衛は、周りをぐるっと見渡し、見張りの手下に聞かれないよう、小さな声で藤田に言った。

「これだけは言っとく。俺があの時何も言わなかったら、お前はもう今頃あの世にいる」

藤田はバツが悪そうな顔をして、言葉を止めた。


子分たちがフーフーと炎に息を吹きかけ、空気を送り込みながら、薪の火を強くしているのをじっと見ている藤田には、一体これから何が起ころうとしているのかさっぱり見当もつかなかった。ただゆらゆらと揺れる炎に顔を赤く照らされながら、どこか緊張しこわばっているような又兵衛を見ていると、一旦は助かったものの、何か良からぬことが起ころうとしているのはうすうす肌で感じていた。

ゴーゴーと山風が吹くと、薪が真っ赤になり、火の粉が飛び散る。

ガサッと薪が崩れると、火の粉が煙と一緒になって空へと舞い上がっていく。

すると前歯が数本抜けて少し痩せている〝オケラ〟という子分が何やら鬼虎に言った。口から空気が漏れて、何と言ったか五郎左衛門と藤田には分からなかったが、この提案をした又兵衛にはすぐに分かった。

「用意ができました」

子分はそう言ったのだ。

火に焼かれて、赤くなった十本ほどの針の束のようなものが火から取り出されると、見る見るうちに黒くなっていく。

歯の抜けた男が墨を鉢の中に入れ、手拭いを首に巻くと、そのまた下の子分に藤田を自分の前に連れてくるように指図した。

すたすたと自分たちの方にやってくる子分たちに驚く五郎左衛門。

「えっ!?　何するんだ、オイ？」

すると子分たちは藤田の手をつかんだ。

「何をする、放せ！」

暴れる藤田を一緒になって押さえながら、又兵衛は子分たちに聞かれないような小さな声で「これで命は助かる、信用しろ」と藤田の耳元で囁いた。

藤田が又兵衛の方をチラッと見ると、又兵衛は周りにバレないように片目をつぶってみせた。

藤田は半信半疑だったが、又兵衛の言うことを信じる他なかった。

後ろ手に縛られたまま藤田は歯の抜けたオケラの前に連れてこられた。

縛《いまし》めを解かれると、藤田は俯せの状態で地面に押さえつけられた。

するとオケラが針の束を藤田の腕に刺した。

「あっ！」

と大声をあげた藤田だったが、刺した後の腕に墨を染み込ませた布を擦りつけているのを見て、自分が何をされているのか気づいた。

入れ墨を入れられているのだ。

その光景を見ていた五郎左衛門が又兵衛に話しかけてきた。

「どういうことやねん、あれ？」

「殿さんが罪人になるんや」

「なんのために？」

「あいつらとおんなじ辱《はずかし》めを受けるんや」

「なんで？」

「ただで殺しても意味がない、あの世に行っても罪人として生きていかなあかんってわけや」

五郎左衛門は、痛がる藤田が少し哀れに思えてきた。

「やめろ！　放せ！　わしを誰だと思ってるんだ！」

自分が罪人と同じ入れ墨を入れられることに気づいた藤田は、いちだんと大きく足をジタバタさせて、暴れ出した。

その姿を見ながら、鬼虎はニタニタと笑った。

まるで地獄の閻魔様《えんまさま》の前で、裁きを受けている下僕《しもべ》のようになっている藤田を五郎左衛門と又兵衛はなんとも言えない気持ちで見ていた。

あっという間に腕に二本のどす黒い筋が入った。

「これで、こいつも俺らと同じ地獄行きだ」

そう言うと、また大声で笑う鬼虎につられて、子分たちも笑った。

心から笑っているというより、どこか無理に笑っているようにも思われた。

悪事を働いた罪人は地獄行きという思想がしっかりと根づいているせいか、日頃忘れていた死後の不安が脳裏をよぎり、心から笑うことができなかったに違いない。

その心境は屈強そうに見える鬼虎も同じだった。

変えることができない自らの境遇にいらだちを覚え、ともすれば弱音を吐きそうになる自分を鼓舞するために笑っているのだろう。

しばらくすると鬼虎は笑うのを止めた。

すると、自然とみんなが鬼虎の方を向いた。

「やれ！」

静かな洞窟内に鬼虎の冷めた声が響いた。

「やれ！　ってどういうことなんだ？」

又兵衛は自分たちの横にいる子分に尋ねた。

「殺すんだよ」

「なんで？」

「そんなことは知らねぇ〜よ」

すると又兵衛がすっと立ち上がり鬼虎に向かって大声で叫んだ。

「お〜い、ちょっと待った！　それでもう殺してしまうのか？　あぁ〜勿体ない。なんでもっと苦しめへんねん。俺やったらもっと生き恥かかしてから殺すけどな」

シーンとした洞窟の中に又兵衛の声が響くと、しばらく間ができた。

「どういうことだ？」

又兵衛を睨みつけながら鬼虎が口を開いた。

「多幸にこいつを生きたまま連れていく。罪人の印を付けられた無様な三好の殿様が大勢の前で、じりじりと八つ裂きにされるのを見物するっていうのはどうや？」

鬼虎は鋭い目で又兵衛を見て、こめかみをピクピクさせたまま黙っている。

又兵衛はなおも話すことを止めなかった。

「しかも土産までついてくる。金や。こいつの首は金になる」

鬼虎は鋭い目を細くすると顎鬚を触りながら頬を緩めた。

「金は折半！」

「面白ぇ〜」

すると鬼虎は何かをふっ切ったようにまた大声で笑い出した。


早速、翌朝まだ暗いうちから、又兵衛と五郎左衛門が藤田を連れて多幸の城まで急いで向かうことになった。あたりはまだ薄暗く、草木もまだ半分眠っているような感じさえする。

藤田を連れていくのは又兵衛と五郎左衛門に加え、山賊の子分が一人、「トンボ」とみんなから呼ばれていた男だ。

金になると聞いた鬼虎が見張りのために、多幸出身のトンボを同行させたのだ。

日に焼けた藤田の顔にも無精髭が伸び始め、一国一城の殿様という面影は既になく、どう見てもそのへんの落ち武者、それどころか、足軽にしか見えなくなっていた。

三人の刀や衣装、武具は全て没収され、又兵衛たち一行は山賊の男たちの汗臭い着物を着て、一度通った道を今度は藤田が後ろ手に縛られ、五郎左衛門がその綱を持って歩いた。

ただこの男が藤田であるという証拠にと、懐剣だけはトンボが預かっていた。

昨日までは立場が逆だったのに、今度は五郎左衛門が藤田の綱を持って、来た道を戻っている。

一体自分たちは何をしているのか訳が分からなかった。

大きな街道に入っても大八車などの轍《わだち》で土はえぐれ、御世辞にも歩き易いとは言い難い道が続いていた。

ここ数日慣れぬ山道ばかりを歩いてきたせいか、藤田はちょっとした道の窪みに足をとられることが多くなった。

あぶない！　そう思った時だった。

藤田は後ろ手に縛られたまま石に躓《つまず》き、よろめくように前に転んだ。

地面に顎を打ちつけ、片膝を擦り剝き、僅かに血をにじませた。

「おっさん大丈夫か？」

心配そうに五郎左衛門が後ろから呼びかけても、藤田からは何も言葉が返ってこなかった。

五郎左衛門が近寄り、立ち上がる藤田の腕をつかもうとすると、身をよじりながら、その手を躱した。

「触るな、この裏切り者……」

「はっ？　そもそも俺らとあんたは味方でもなんでもないし、しかも先に裏切ったのはおっさん、あんたの方やからな」

五郎左衛門がそう言うと、藤田は又兵衛の方を見たが、又兵衛は何も言わず、藤田の方を一切見ようともしない。

道をすれ違う者が時折綱に繋がれた藤田の顔を覗き込んでいくが、藤田はぶすっとしたまま何も言わなかった。

又兵衛と五郎左衛門がトンボに少し休まないか？　と恐る恐る提案すると、案外簡単に言うことを聞いてくれた。

話してみると、トンボという男は思いの外いい奴だった。

何の罪を犯したのか、どういう経緯で鬼虎の子分になったのかなど聞くと、何でも教えてくれた。

トンボと呼ばれ出したのはこの山賊たちのところに来てからだという。

なんでも、あっちにフラフラ、こっちにフラフラと、トンボのように飛び回っていたことから、トンボと呼ばれるようになったらしい。

鬼虎のところに来たのは一年ほど前。多幸出身というのも実は全くの嘘らしく、ちょっと外に出てみたかったから、口から出まかせを言ったのだという。

ただいろいろなところをフラフラしていただけあって、実際にこのあたりの土地には詳しく、先導してもらうには打ってつけだった。

それにしても拍子抜けするほどのトンボのぶっちゃけぶりに、又兵衛は面食らった。

「だからよ~俺らも辛いわけ。親分におべっかばっかり使うのも大変だぜ」

明け透けに何でも話すこの子分に、又兵衛は思い切って聞いてみた。

「で、あの鬼虎のところに、また戻るのか?」

「戻りたかぁねぇが、そうするしかね~からな」

「そろそろちゃんとした仕事に就いた方がええんちゃうか?」

「俺らみたいな半端者を使ってくれるとこなんか何処にもね~よ」

「だったら自分でやったらええやん」

「簡単に言うけどよ、このご時世、何をやるにも元手がいるからな」

「元手ができたらどうする?」

「元手ができたら、そりゃ~ちゃんとした商売を始めて~さ」

「ほな、そうしょうか」

「はっ!?」

そうトンボに言うと、又兵衛はコキコキと首を鳴らしながらニッコリ笑ってみせた。

18

戦に勝った多幸領内を行き来している者の顔はどこか晴れ晴れしている。

三好の国の主である藤田の首は見つかっていないものの、三好を内偵している者からの密書に、三好の殿様が行方不明とあり、どこかで山賊にでも捕まって殺されたのではないかと記されていたというのが町中の噂になっていたからだ。

城下町を進んでいくと、数日前に逃げた甲冑屋が見えてきた。

店をできるだけ見ないようにして、通り過ぎた。

町の大通りを過ぎ、橋を渡ると正面にデンとそびえ立つ多幸城が見えてきた。

「誰もあんたが、三好の殿様だと思わないだろうな？」

そう、又兵衛が藤田に言った。

すると藤田は静かに足を止め、道のまん中で立ち止まった。

「どうした？」

「逃がしてくれんか？」

最後の悪あがきとでもいうのだろうか、後ろ手に縛られ、前を歩いていた藤田がすっと振り向き、又兵衛の目をしっかり見て言った。

「な、頼む」

「おっさん、それはもう無理や」

又兵衛が言う前に、五郎左衛門が即答した。

藤田はむすっとした表情で、お前なんぞに聞いてはおらぬわ、とでも言わんばかりに五郎左衛門を睨みつけた。

「なんや、その目？」

五郎左衛門の言葉に一瞬腹を立てたものの、自身の無力さを呪うかのように目をつぶると、五郎左衛門の足元に跪いた。

「今までのことは本当にすまなかった。逃がしてくれたら今度こそ褒美をやる。頼む！」

「おっさん、気づくんがちと遅すぎるって」

「頼む！」

「それは虫が良すぎまっせ、なっ又兵衛」

藤田にとって又兵衛だけが希望の光だったが、五郎左衛門の言葉に頷く又兵衛を見て、最後の望みが絶たれたかのように、がっくりと肩を落とし、その場に頽《くずお》れた。

うなだれたまま、藤田は立ち上がる気力もなく、ただ地面をじっと見つめている。

又兵衛が藤田に近寄り、彼の両腕を持って、ゆっくりと起こそうとした途端、藤田が身をよじって又兵衛の手を振り払った。

「放せっ」

「おっさん、よ～聞いてくれ。俺らは助けることはできひんけど、ただ、あんたなら城から絶対に出てこられる」

「そんな気休めなどいらん」

「もしも俺の言う通りになったらどうする？」

「もういい……」

「ちょっと聞いてくれ。殿様のあんたが俺らのように何もかも捨てることができたら、あんたはいつでも城から出てこられる」

「えぇい、うるさい！　おわりもんが偉そうに何をぬかすか！」

「なんやとコラァ〜ッ！」

五郎左衛門が今にも殴りかからんばかりに藤田に詰め寄ったが、又兵衛が静かにそれを止めた。

「ええかおっさん、確かにおぎゃ〜とこの世に生まれ落ちた時から何でもあるあんたと、何もあらへん俺らとは全く違う。けどな、俺らはいくら悪いことが起こっても命さえ残ってたら御の字や。寝て起きて、お天道さまがからっと晴れてるだけでお釣りがついてきよる。でも殿様から罪人になったあんたはどうや？」

「………………」

「捨てんねん、なんもかも……そしたら大丈夫や」

「これ以上、何を捨てろと言うんだ」

「いや、まだある。あんたのここに残ってる」

と又兵衛は自分の胸を軽く二度叩いた。

「この期におよんで、そんなでたらめを誰が信じる」

「もしも、俺の言う通りになったらどうする？」

又兵衛は藤田の目をしっかり見て言った。

「その時は、お前が欲しいものは何でもくれてやるわ」

「ほんまやな？」

「あ〜、ただそれもこれも、命が助かればの話だ」

「ええこと聞けたわ。その言葉忘れんといてや」

又兵衛がうなだれる藤田の肩をポンと叩くと、持っていた布で藤田に猿轡《さるぐつわ》をかませた。

藤田は逃げる気力も一気に失せてしまったのか、地面にしゃがみ込んだまま、なかなか立ち上がろうとしなかった。


豪壮な石垣の上にそびえ立つ多幸城。

真っ青な空を突き刺すように天守閣がそそり立っている。

トンボは堀にかかる橋の少し手前で待つことにした。

又兵衛たちが櫓門《やぐらもん》に進むと門番が行く手を阻んだ。

大きな声で門番が何やら中の者に伝えると、城の門がギィ〜という音を立てて、ゆっくり開いた。

その中へ藤田を連れて又兵衛たちが入っていったのを見届けると、トンボはそそくさとその場を離れた。

城内では慌ただしく侍たちが走り回っている。

ずっと捜していた敵方の大将の首、それも生きたまま捕らえられたというのだから、城中の者が騒ぎ立てないわけがない。

武器を持っていないか、又兵衛たちは着物の上から調べられたが、五郎左衛門が三好の殿様である証拠の懐剣を侍に差し出すと、そのまま中に通された。

綺麗に整備された城内は壁一面が白く、太陽の光が当たって眩しいほどだった。

三の丸を抜け、二の丸にさしかかったところで又兵衛たちは止められた。

しかし藤田はそのまま中へと連れていかれた。

その去り際に又兵衛が藤田の耳元で「竜頭ヶ滝《りゅうずがたき》で待ってる」と小さな声で告げた。

一瞬、「えっ⁉」という顔をしたが、藤田はくるりと振り返るといつのまにかキリッとした殿様の顔になっていた。

さすがに藤田も武士の端くれ。城内に入ってからは泣き言ひとつ言わず、少し前の命乞いが嘘のように、敵方の武将たちの間を歩いていく姿は異様な存在感を放ち、城内にピンッと張り詰めた空気が自然と流れ出すのが又兵衛たちにも分かった。

一歩一歩、城の奥に入っていく毎に、顔が引き締まって見えるのが不思議だった。

出るところに出ると、さすが一国一城の主であると思わせる迫力がまだ藤田には残っていた。

藤田と離された又兵衛たちは、三人の侍に導かれ、三の丸内の奥にある離れのような小屋に通された。

中にも侍が一人待ち受け、合計四人の侍がどういう経緯で藤田を捕まえたのかを詳しく聞いてきた。

「いやね、糞した時に落ち葉でケツを拭こうとしたら、足元にゴソゴソ動くものがいるから蛇かなって見てみたら、人が隠れてたんで、こっちもびっくり仰天したわけよ」

こういう時の五郎左衛門は厄介だ。まるで自分が英雄にでもなったかのように、藤田を見つけた時のことを大声で話し始めた。

自慢げに語り始めていい気分になっている時の五郎左衛門ほどやばいものはない。なんとか話を奪おうと又兵衛が試みるが、とにかく次々と話すので、なかなか割り込んでいけない。

「そしたら〜変な忍者みたいな男が出てきよってさぁ〜」

「その男はどこにおるんじゃ？」

不思議に思った侍が聞くと、

「それが不運なことに山賊に殺されちゃって」

と、まぁ〜言わなくてもいいことをどんどん勝手に口を滑らせ、藤田が入れ墨を入れたことまで言いそうになったので、又兵衛は慌てて話を奪った。

「そこでなんとか我々だけ逃げて、今日ここまで来たってわけなんです」

と強引に話を終わらせた。そう又兵衛が言った後も侍たちはまだ他のことを聞きたそうだったので、すぐに褒美のことを切り出した。

「で、褒美っていただけるんですよね？」

まだ他のことを聞きたそうだった四人の侍は顔を見合わせていたが、又兵衛はなおもしつこく褒美のことを聞いた。

「いくらぐらいもらえるんですか？」

明らかにムッとした感じだったが、この四人の中で一番上の侍だろうか、そいつが下の者に褒美を持ってくるように指図した。

奥の二の丸に用意してあるお裁き場に通された藤田は心を既に決めていた。

家臣たちが既にずらりとお裁き場の周りを囲んだ。

「本当にあれが三好の藤田重盛公なのか？」

「それにしても貧相じゃの〜」

と小さな声でヒソヒソ話をしている。

長い廊下の奥からそろそろと多幸の殿様が現れた。

周りのヒソヒソ声は一気に消え、お裁き場をピリッとした空気が覆った。

口には猿轡をかまされ、後ろ手に縛られ、地べたに正座させられた藤田が伏し目がちのまま顔をゆっくり上げた。

「待たせましたのぉ」

そう言ったのは多幸の殿様、義信《よしのぶ》だった。

しかし、あまりにも頬がこけ貧相な姿の藤田に、義信は驚いた。

「これは驚いた、まるで別人のようじゃ〜」

検分役の侍が藤田が肌身離さず持っていた懐剣を義信に渡した。

それを一瞥するとまた藤田に話しかけた。

「相当逃げ回ったみたいですのぉ〜藤田殿。そんなに命が惜しゅうござるか？」

すると周りの家臣たちはどっと笑った。

藤田は猿轡をかまされたまま微動だにしなかった。一国一城の主である自分が今更ジタバタするより、武士としての誇りを失うことなくここを最期の場としていさぎよく死を選ぼうと、城内に入ってから心に決めていたのだ。

多幸の家紋が大きく描かれている真っ白な絹の布をめくると、藍色の巾着が三つ。中には金子が入っている。

又兵衛たちはさっさとその巾着を受け取ると、無理を承知で藤田の首を斬り落とすところを見せてほしいと下っ端侍たちに頼んだが、無論許されるはずもなかった。

褒美を受け取った二人は、三の丸を抜け、門の外へ出ると門番に五郎左衛門が一両、手渡した。

「ほいよ、これとっとき」

びっくりした門番は何度も五郎左衛門に礼を繰り返していた。

「門番の顔見た？　びっくりしとったな」

五郎左衛門は嬉しさを抑えることができず、笑いが止まらなかった。

「あかん、顔が勝手ににやけてくる。これで俺らも大金持ちやな」

五郎左衛門がそう言うと、

「まだまだ、勝負はこれからや」

と又兵衛はまた首をコキコキと鳴らした。

「勝負って？　博打《ばくち》でもするんか？」

「そやっ、大博打や。丁と出るか半と出るか楽しみやで。五郎左衛門、急ぐぞ」

そう言うと又兵衛たちは急ぎ足で橋を渡った。

切腹の用意が着々と進められていく中、藤田は又兵衛に言われた言葉をふと思い返していた。

「殿様のあんたが俺らのように何もかも捨てることができたら、あんたはいつでも城から出てこられる」

こんな自分にはもう何も残っていない。まっ、あるとしたら殿様としての僅かな誇りだけだ。実際、これも多幸の者たちに馬鹿にされたくないだけで、捨てろと言われれば捨てられるのかもしれない。

——捨てんねん、なんもかんも。

「なるほど……」

下を向いていた藤田がゆっくり顔を上げながら、フッと笑った。

猿轡はまだかまされたままだったが、藤田が何か言おうとした。

「おい、藤田殿の猿轡を取って進ぜよ」

と義信が言うと、介錯人の侍が藤田の猿轡を外した。

すると藤田が堰を切ったように、勢いよく話し出した。

「俺は藤田重盛なんかじゃない、お前たちは騙されてる」

「この期におよんで命乞いとは、ちとみっともなくはございませんか？　じゃ〜これは何だと言い張るおつもりか？」

と検分役が綺麗に装飾された懐剣を藤田に見せた。すると藤田は、

「俺のものじゃない、全部あいつら二人が企んだことだ」

と目を血走らせ、なりふり構わず必死に言い張った。

家臣たちのほとんどがここで正座している貧相な男が三好の殿様だとずっと信じ込んでいたが、どうやらそうではない可能性に、周りがざわつき始めたところで、藤田が縄を解いてくれと頼んだ。

義信が介錯人に縄を解くように命じると、藤田は両手に唾をペッペッと吐くと、着物の袖をまくり上げ、拳を高く突き上げた。

「これを見てくれ」

と二の腕に彫られた入れ墨をみんなに見せると、すっと立ち上がり義信の方に駆け寄った。

周りにいた家臣たちが藤田のところへ飛び降りていき、藤田を地べたに押さえつけた。

検分役が素早く腕の入れ墨を調べると、また義信の元へ戻っていき耳打ちをした。

「なに？」

地べたに顔をつけたまま藤田はニタッと笑ってみせた。

「貴様、どういうことだ？」

「だから俺は藤田重盛じゃないって言ってるだろ。連れてきたあいつらが俺を殿様役に仕立てたんだ。罪人の殿様がどこにいるんだよ」

と地べたに押さえつけられた顔を歪めながら、大声で言い放った。

「お前たちはあいつらにまんまと騙されたんだよ」

一杯食わされた義信の怒りは半端なく、持っていた扇子をそばにいた家臣に思いっきり投げつけると、手当たり次第に当たり散らした。

「この馬鹿者がっ！　連れてきた奴らを今すぐここに引っ立てぃ！」

家臣の一人が、もう褒美を渡して帰してしまったと恐る恐る告げると、義信は烈火のごとくその怒りを露わにした。

「ぬぁんだとぉ〜！　どいつもこいつも揃いも揃って、木偶《でく》の坊ばかり集まりよって。何としても、こやつを連れてきた奴らを余の前に早く引っ立てぃ！」

そう言うと真っ赤な顔をしたまま、ドンドンドンと大きな音を立てて奥へ戻ってしまった。

周りの家臣たちが又兵衛らを追いかけるように下の者へ伝えると、その者たちが一斉にその場からいなくなった。

藤田は怒って帰っていった義信の顔を思い返すと、なんとも可笑しくて仕方なかった。

敵の城の中で、理由はどうあれ、あの義信に一泡吹かせることができた喜びを噛みしめながら、ずっと笑っていた。

「ハッハッハッ」

「この気触れ者を誰か静かにさせろ！」

白髪交じりの年寄りの家臣が怒鳴った。

そして、家臣たちが数人で藤田の体を持ち上げ、お裁き場の外へ連れていき、城の外に放り出した。

19

山から叩きつけるように落ちる水に太陽の光が当たり、水しぶきがキラキラ光ると、あたりには綺麗な虹ができていた。そのアーチをくぐると滝の裏には、少し薄暗い窪みがあった。

その中にはいくつも石が積まれており、村人がここに来ては、石を積み上げ、人知れず祈りを捧げる場所になっていた。

誰もいない滝の裏側で褒美の小判を嬉しそうに又兵衛が数えている。

その横には美味そうに握り飯を食う五郎左衛門とトンボの姿があった。

「これだけあれば、ちゃんとした商売を始められるんちゃうか」

そう言って又兵衛はトンボの前に五枚の小判を投げた。

「本当にいいのか？」

手についた飯粒を口で取りながら、親指と人差し指で小判をはさむと、握り飯を頬張ったままぺこりと頭を下げた。

「すまんな」

「かまへん、かまへん。その代わり三好までの抜け道を案内してほしいねん」

すると三つ目の握り飯を頬張りながら五郎左衛門が又兵衛に聞いてきた。

「何も無理して三好に行かんでもええんちゃうんかの？」

「そうだぜ、別にもう三好に行く用もないんだしよ」

すると誰かがこちらに走ってくる。

「お〜い、お〜い。又兵衛」

トンボが話を止めると、滝の水の音に混じって、聞き覚えのある声が三人の耳に入ってきた。

声の方を見ると、ざんばら髪で、ふんどし一丁。

遠くから大股で走ってくる男が一人いた。

「藤田!?」

五郎左衛門とトンボは両手に握り飯を持ったまま、すっくと立ち上がると、何が起こったのかさっぱり訳が分からず、こんな昼間からでもお化けが出るのかと目を疑ったが、石をぴょんぴょんと飛び越えるその男には、例の青白い足がちゃんと二本ついていた。

藤田はハァ〜ハァ〜と息を切らしながら、ひょいひょいと石を飛び越えてあっという間に滝の裏側にやってきた。

「藤田か？　お化けちゃうよな？」

五郎左衛門が上から下まで舐めるように見て言った。

「ほれ、ちゃんと綺麗な足が見えるだろ」

「どういうことやねん、これ？」

さっぱり訳が分からない五郎左衛門が又兵衛を見た。

「藤田のおっさんも俺らと同じように身軽になったってことや」

「はっ？　ちゃんと説明せぇ〜や、なんで藤田のおっさんが生きてんねん」

「人違いやと思ったんや」

「なんで？」

「罪人の入れ墨が入っている殿様がこの世にいてると思うか？」

「いてるわけないやろ……あっ！」

「ただの罪人は用なしってことや」

「なるほど、おっさんよかったな」

そう言うと五郎左衛門は藤田に握り飯を渡した。

「本物の藤田を偽者だと勝手に勘違いし、まんまと褒美を騙し取られたんやから、今頃血眼になって俺らのことを捜しとるで」

「本当に無茶なことを考えよる。一時はどうなるかと思ったぞ」

藤田がそう言うとトンボは納得したようだが、五郎左衛門は、仲間と信じて疑わなかったのに、本当のことを自分に一切教えなかった又兵衛に食ってかかった。

「それにしても、なんで黙っててんねん？」

「詳しい話は後や。追っ手が来る前に早よここを離れよ。ここからはトンボが頼りや。多幸の侍にも山賊にも会わずに三好に帰る抜け道を知っててんのはお前だけやからな」

「任せとけ、ここいらは俺の庭みたいなものだ」

「ふんどしのおっさん、三好に生きて帰れた時の約束は忘れてへんやろな？」

「あぁ、覚えてる。金なら欲しいだけ持っていけ」

「よっしゃ、善は急げや。行くぞ」

残った握り飯を又兵衛が手に取り、かぶりつく。四人は岩山を下り、一路三好へと向かった。

第三章　おしとづつの恋（春）

20

春だといっても、朝晩はまだ肌寒い。

山の緑も若葉でむせ返るような匂いを放ち、新芽を吹いている。

冬の間じっと息もせずに動かなかった森がゆっくりと目覚め、地面から体にまとわりつくようなムッとした生臭い匂いを放っている。

「これは冬眠から覚めた森が大きな口を開けて、あくびをしているんだ」と、宗乃進が祖母から聞いた話をゴロゴロと寝転びながら古びた寺の本堂の中でくどくどとしている。

「な、言われてみれば、山のあくびって感じの匂いがするだろ？」

子供の頃に聞いてえらく納得したらしく、その感覚を五郎左衛門にも分かってもらいたいと思っているのだろう。しかし長年の付き合いで分かるが、五郎左衛門にそのような文学的な感性があるわけもなく、宗乃進の話の矛先が自分に向けられるのも時間の問題だと思った又兵衛は、ムシロにくるまり急いで寝る真似をした。

「おい、又兵衛には分かるだろ？　生臭い新芽の匂いが森のあくびみたいだっていうこの感じ？」

「そうやな」

「そうやな、じゃないだろ。分かるのか？　分からないのか？　どっちなんだよ？」

「分かる、分かる」

そう答えないと、夜中までしつこく語られそうなので、又兵衛はすぐに答えた。

「ほら、又兵衛はよ〜分かっておる。なんで五郎左衛門には分からんのだ？」

夕方まで降っていた雨はすっかり止み、雲が消えた夜空にまん丸のお月様が顔を出していた。満月の月明かりが本堂の中のささくれ立った床にまで届き、中は案外明るく感じられた。

「明日も早いから、ええ女の夢でも見ながら早よ寝ろ！」

又兵衛が背を向けたまま二人にそう言うと、一瞬シーンとした部屋の中で、五郎左衛門が口を開いた。

「あと何日ここにおらなあかんのかなぁ〜」

「もう少しや」

又兵衛のそっけない言葉にかぶせるように宗乃進が質問を投げかけた。

「そもそもなんで三好の領内から出ようと思ったんじゃ？　三好にいればこそ逃げんでもいいものを。殿様の命を助けて、たんまり褒美をもらったたってことは、相当二人に感謝してるってことじゃろ。だったらそのまま三好に残ればいいものを？　どうしてじゃ？」

それに即答したのは五郎左衛門だった。

「三好の殿さんも残ってもいいって言ってくれたし、俺もそうしようって言ったんやけど、又兵衛がどうしても国に戻ってあ〜ちゃんを連れてくるんやって言うから……」

「あ〜ちゃん？」

宗乃進が聞き返すと又兵衛が遮るように割って入った。

「しょうもないことをべらべら喋んな」

五郎左衛門をピシャリと制すると、又兵衛はまたくるりと背を向けて丸まった。

すると宗乃進が又兵衛に気づかれぬよう、五郎左衛門にもそもそと近づき小声で聞いた。

「なんだよ、あ〜ちゃんって？　身内か？」

「身内っていえば身内やけど……とにかく俺らの命より大事な人や」

「身内で俺らってお前ら兄弟なのか？」

「違うわ！　顔見れば分かるやろ！」

「だったら俺らっておかしいだろ？」

「だから」

五郎左衛門が答えようとしたその時、又兵衛が素早く振り向き、五郎左衛門の口を押さえた。

ジタバタする五郎左衛門に向かって、静かにするよう指を口の前に持っていき「シ〜ッ」と蚊の鳴くような小さな声で言った。

すると外で瓦礫を踏んだような、バキッという音がした。

宗乃進が話の続きをしようとしたので、又兵衛が宗乃進の口も押さえた。

「ん？」

三人は息を止めると、じっと耳を澄ました。

「なんやねん急に？」

心配する又兵衛を尻目に、五郎左衛門が大声で聞いてきた。

もちろん返事をする馬鹿正直な者はいない。

「いいからとっとと寝ろ」

その言葉とは裏腹に又兵衛がムシロをゆっくりめくりながら、静かに起き上がって外の様子を窺っていると、またバキッバキッと小さな音がした。

月明かりの中で三人が目を合わせた瞬間、本堂の中に頭巾をかぶった侍たちがすごい勢いで飛び込んできた。

三人は咄嗟に身構えたものの、本堂の中にはすでに十数人。

又兵衛たちはさすがに観念するしかなかった。

てっきり脱走した又兵衛たちを追ってきた役人たちだと思っていたが、役人どもなら問答無用に手荒く押さえ込むはずだが、男たちは周りを囲んだものの、かかってくる様子もなく、どこか落ち着いて見える。

するとスッと後ろから少しガタイのいい侍がやってきた。

「お捜ししましたぞ」

最初は誰に言っているのか分からなかった。

「ご無事でよかった」

そう言うと頭巾を外し、宗乃進の手を取った。

顔は分からなかったが、少し冷たいものの、しっかりとした大きな手でぎゅっと力強く握ってくるその感触を、宗乃進が忘れるはずもなかった。

優しい目をしながら宗乃進の手を取り、跪いたその男は、宗乃進の父の家臣、山村正親《やまむらまさちか》だった。

宗乃進が幼少の頃から、宗乃進の家（内田家）に仕えてくれた家臣。歳は宗乃進より一回りほど上だが、いまだにしっかりしたガタイの良さは、それほど年齢を感じさせない。

ただ髪は少々薄く、顔だけ見れば年相応、それ以上に見られることもあった。

山村は声を震わせながら宗乃進に話しかけた。

「お捜ししましたぞ、宗乃進様。よくぞご無事で」

「何故ここが？」

「昨年より、ずっと宗乃進様を捜しておりました」

「昨年から？」

「さっ、時間がございません。我々と一緒に帰りましょう」

「罪を犯した者が帰れるわけがなかろう」

「ご心配はいりません。宗乃進様の無実は疾《と》うの昔に証明されております」

「無実が証明された？　なぜじゃ？」

「理由は後ほどゆっくりとお話しいたします。さぁ〜」

宗乃進と山村という男の話を聞いていると、どうやら自分たちを捕まえに来たのではないことだけは分かった。

詳しいことは分からないが、宗乃進は、どういうわけか一年近く経った後に無罪となっていたらしい。

家の者は喜んだが、冤罪だと分かった時にはすでに一年の月日が経っていたので、宗乃進はもうとっくに死んでいるものだと父親は諦めていた。

しかし息子が間一髪、脱走して生きていることを突き止めた父親は家臣たちを集め、今の今まで必死になって息子を捜していたらしい。

「さぁ〜宗乃進様、お父上様が首を長くしてお待ちです。一刻も早くお屋敷に戻りましょう」

そう言って宗乃進を連れ出そうとすると、宗乃進は山村の言葉を遮った。

「ちょっと待ってくれ」

「どういたしました？」

「せっかくだが、私一人でここを出ていくわけにはいかない。この二人も一緒に連れてってくれんか？」

「こんな乞食をですか？」

「おい、おっさん、それは言い過ぎちゃうか！」

と五郎左衛門が立ち上がると、周りの若侍たちが一斉に腰の刀に手をかけた。

「よせ」

山村は一声で若侍たちを制すると、まだ話し終えていない宗乃進の話を聞いた。

「もちろん、ずっととは言わん。ほとぼりが冷める間だけ、この二人を屋敷にかくまってもらえぬか？」

「お屋敷にでございますか？」

「そうだ、彼らに命を助けてもらわなかったら、私は今ここにはおらん」

山村は少し困った顔を見せたが、宗乃進の命という言葉を聞いては、突っぱねることはできなかったようで、国に連れ帰ることまでは承諾したが、宗乃進の父親である孫左衛門《まござえもん》の了解が得られなければ、屋敷に入ることはおろか、領内からも出ていってもらうという条件で話がまとまった。


ここそこ隠れっぱなしだった又兵衛たちにとって、宗乃進の故郷に向かう道中はまさに、楽しい旅そのものだった。

茶屋で団子をたらふく食べ、宿場ではゆったりと温泉に浸かり、髭を剃り、身なりをきちんと整えると、まさに馬子にも衣装。

関所手形をひょいと見せるだけで、関所でジロジロ見られることもなく、やすやすと通ることができた。

又兵衛たちはお天道様の下を大手を振って歩けることのありがたみを身体中で感じていた。

「ええとこやな、宗乃進」

「何度言ったら分かるんじゃ、宗乃進様じゃ！」

と山村が五郎左衛門の言葉を注意した。

「山村、そう目くじらを立てるな」

「しかし……」

「よい、よい。しかし、このあたりもなんにも変わっとらんなぁ～。生きてこの土地に戻れるとは夢にも思っておらんかったからな～」

そう言うと足を止め、自然豊かな風景をぐるっと眺めると、町の見える小高い丘から大声で叫んだ。

「帰ってきたぞぉ――」

21

花を散らし、少し新芽が顔を出している枝ぶりの良い桜の木が、宗乃進たちを出迎えているように、葉っぱをゆらゆらと風に靡《なび》かせている。

大きな門をくぐって、中に入ると、築年数はそれなりだが、その造りは立派で、素人の又兵衛たちでもその凄さにため息が出るばかりだった。

「すげ～なぁ～、この柱。こんなにでかいものを見たことないわ」

五郎左衛門は黒光りした、その太い大黒柱に手を当て、ゆっくりとさすりながら天井を見上げた。

大きな梁と桁が十字にどっしりと交差し、屋根をしっかり支えていた。

「ほ――」

ただただその凄さに驚くばかりだった。

宗乃進の後に従《つ》いて奥へ入っていくと、立派な掛け軸や、茶器、兜などがずらりと並び、昔ながらの由緒ある家であることが窺い知れた。

「お前、ホンマにええ家柄やったんやな」

通される部屋の調度品と、その部屋の数の多さにも、ただただ又兵衛と五郎左衛門はため息をつくしかなかった。

「なんぼほど部屋あんねん」

見て回っているのは屋敷の母屋で、それ以外に離れが二つもあるらしい。

「まだあんの？　お前んとこの屋敷とんでもないなぁ〜」

母屋を一通り見て回ると、奥の離れに宗乃進の父親である孫左衛門がいるらしいので、宗乃進に連れられて、又兵衛と五郎左衛門はそちらへ向かった。

ちり一つ落ちていない、長い渡り廊下を歩いていくと、綺麗に切り揃えられた竹林があり、青く伸びた竹はそれはそれは美しく、太陽に当たって、その影がゆらゆらと揺れながら土塀に絵を描いている。

綺麗にぴんと貼られた障子の前に来ると、宗乃進はゆっくり跪き、一拍おいて中にいる父親に戻ってきたことを伝えた。

「父上、お久しゅうございます。宗乃進、ただいま戻りました」

「宗乃進か？　よう戻ってきたな、さぁ中に入れ」

手をかけただけで滑り出すような障子がすっと開いた。

部屋の中で宗乃進を待っていたのは、床に臥し、この一年でめっきり弱った孫左衛門の姿だった。色鮮やかな掛け布団をゆっくりめくりながら体を起こすと、少し離れた場所にいる宗乃進を近くに呼び寄せた。

「もっと近くに来て顔を見せてくれ」

そう言われた宗乃進は孫左衛門の前まで行き、少し痩せて細くなった父親の手を取った。

宗乃進は、自分のせいでここまで父親を苦しめていたのかと思うと、急に目頭が熱くなった。

「お体は……お体は大丈夫ですか？」

「なぁに、ちょっと季節の変わり目の風邪を拗《こじ》らせただけじゃ。山村、そこにある上衣を取ってくれんか」

「はっ！」

と歯切れのいい声で返事をすると、山村は衣紋掛けにある上衣を素早く取り、孫左衛門の肩にそっとかけた。

上衣を羽織った孫左衛門が宗乃進の後ろで、部屋の中をキョロキョロと見回している又兵衛と五郎左衛門に気づいた。

「後ろにいらっしゃるお客人は？」

「あっ、忘れておりました。実は私が捕まっている時に、助けてくれた命の恩人でございます」

「そうであったか。宗乃進を助けて頂いて、なんとお礼を申し上げてよいやら……本当にありがとうございます」

孫左衛門が深々と頭《こうべ》を垂れるものだから、二人は恐縮してただただオドオドするばかりだった。

その後も宗乃進のいなくなった後の屋敷がどんなに寂しかったか、宗乃進が刑に服している時にはどんなに辛かったかなどなど、話は尽きることがなかった。

孫左衛門の体調を気遣ってか、盛り上がった場の空気を読みながらも、山村が割って入った。

「お話は尽きぬと思いますが、お体に障りますので、一旦お休みになられた方が良いかと……明日もお勤めがありますゆえ」

そう言い、山村が孫左衛門の背中に手をあてがいながら、ゆっくり布団に寝かせると、宗乃進たちはその場を去った。


山村を先頭にして、次は又兵衛たちが泊まる客間に向かった。

途中、中庭を通っていくと綺麗に整備された大きな池があり、そこには大きくまるまる太った錦鯉が優雅に泳いでいた。

「おい五郎左衛門、すげ〜ぞ。こんなでかい鯉、見たことないぞ」

「なんじゃ〜このでかさは！」

そう言うと、待ってましたとばかり、山村がここにいる錦鯉がどれだけ凄いかということを自慢げに滔々《とうとう》と語り始めた。

「ハハハッ、凄いじゃろ。ここにいる錦鯉は全部で百二十六匹。全て有名なお方から我が家の当主が譲り受けたものばかりでな。一番長く生きているのがあの奥にいるひときわ大きいやつで、もう百年以上にもなる」

「鯉ってそんなに生きるの？」

「普通はその半分ほどじゃ」

そう話していると、餌でももらえると思ったのか、奥からゆったりと泳ぎながら老鯉がこちらにやってきた。

「こっちに来たぞ、いやいや、でっけぇ～。パクパクする口なんか赤子の手ぐらいすっぽり入るんちゃうか」

「実はこの鯉にはもう一つ凄い点がありまして」

「何？　何？　何？」

「実は我が当主孫左衛門様が、あの織田信長公より譲り受けたものなんじゃ」

「えぇ～っ！　あの信長様から」

「はい」

そう言うと少し自慢げに胸を張り、山村が微笑《ほほえ》んだ。

二人の驚いた顔がよほど嬉しかったのか、山村の鯉の話は延々と続いた。

なんでもここにいる鯉の管理は全て山村に任されており、その流れでこの内田家がいかに凄いのかも盛り込みながら話は長々と続いた。

「そして、あの額に黒の斑点がちょうどサイコロの三のように並んでいるのが、あの利休《りきゅう》様から譲り受けた鯉でな……」

「山村、そちの自慢の鯉の話はよう分かった。五郎左衛門の顔を見てみろ。生あくびを何度も噛み殺しておったぞ」

「これはすいません」

「それにしても宗乃進の家はめちゃめちゃ凄いな〜。なんでまた信長や利休から鯉がもらえるんじゃや？」

「それはこの内田家が先祖代々、そのお方たちの……」

「まぁまぁ、それはいいから」

と山村の声をかき消すかのように、宗乃進が割って入った。

「まっ、それはおいおい……」

五郎左衛門の質問をはぐらかそうとした宗乃進だったが、鯉の話をされたと勘違いした山村がまた自慢げに話し始めた。

「私がお話しするのもおこがましいのですが、畏れ多くもこちらの御一族はなんと藤原頼経様より代々将軍家やその時代の最高権力者にお仕えしてきた、由緒正しい『公人朝夕人《くにんちようじやくにん》』であられます」

「へぇ〜」

と唸る五郎左衛門に又兵衛は突っ込んだ。

「へぇ〜って、お前、全然分かってないやろ」

「分かってない」

「なんなの、その公人なんとかって……」

するとと背筋を伸ばして、ひときわ大きな声で山村が説明をし始めた。

「公人朝夕人とは、将軍が政事《まつりごと》や戦場などでもしも尿意を催した時は、銅製の尿瓶《しびん》を袴の脇から差し込み、排尿の手助けをする、由緒正しい役目でございます。しかも代々、世襲制で、選ばれた者しか仕えることができませんゆえ、誰でも彼でもできるというような、そんな単純なお役目ではないのです」

黙っていればいいものを、五郎左衛門が宗乃進に質問した。

「ちょっと待って。簡単に言えば、宗乃進の家は代々、その……殿様のその……ションベン取って……その……暮らしてきたってこと？」

「まぁな……」

たいそうな仕事のように、うやうやしく言えば言うほど、公人朝夕人という仕事が面白く思えて、又兵衛たちはお腹をヒクヒクさせながら必死に笑いを堪えるのが精一杯だった。

「………」

二人で目を合わせたり、何か口を開こうものなら、堪え切れずに吹き出してしまいそうだったので、又兵衛と五郎左衛門はじっと黙ったまま、目を合わさないようにしてなんとか危機を脱した。

しかしそうとは知らない山村は、あまりにも二人の反応が鈍いので、公人朝夕人の仕事がいかに大変で、そして宗乃進にはその才能がどれほどあるのかを、熱心に話し始めた。

「そもそも内田家に信長公より鯉が下賜《かし》されたのも、宗乃進様のお父上である孫左衛門様があの信長公の尿を取った時の手さばきが、それはそれは素晴らしく、まるで股に触れていないようだったところから、『如き手さばき』とその腕前を買われ、信長公のおそばにしばらく仕えることになったからなのです」

気を抜くとつい吹き出してしまいそうな緊張感に襲われている二人に、追い討ちをかけるように山村はなおも話を続けた。

「特に、宗乃進様のご家系は、なぜか手が人より温かく、冬のどんなに寒い時でも手だけは人肌を保つことができるのです。雪が降り、芯から全身が冷え切っている時でも、なぜか手だけは温かく、『湯たんぽの如き手』だと全国にその名を轟かせ、時代の寵児と言われる名だたる大名たちが、こぞって内田家を自分の国に迎え入れようと画策し、引き抜きの使者が後を絶たなかったのです」

自慢げに話していたかと思うと、山村が声を詰まらせた。

「なので今回、宗乃進様がお帰りになられたので、これで内田家も安泰。本当に良かった。一時は跡継ぎがいなくなってしまった悲しみで、ご当代は食事も喉を通らぬほど憔悴し切っていましたから……」

自分の言葉に酔って感極まってしまったのか、山村はぐっとくる気持ちをどうにも抑えきれないまま目頭を熱くした。そして言葉に詰まった山村は、宗乃進の手をギュッと握った。

握られた宗乃進の苦笑いを見て、五郎左衛門たちはまた笑いそうになった。

――やばい！　堪えねば……。

真っ赤な顔をしたまま二人は目線も合わせず、とにかく別のことを考えた。

宗乃進が殿様の小便を取っている姿を想像すると、胸の奥から笑いが込み上げてきそうなので、足をつねったり、遠くの景色を見渡したり、鼻からすぅ〜と息を抜いたり、とにかく笑わないように気を散らしながら、必死に堪えた。

と、そこへ山村が話を続けた。

「しかし、本当に良かった。あの女のせいで、この内田家が無茶苦茶になるところでした」

涙を手でぬぐいながら山村が言った。

「あの女?」

すかさず又兵衛が聞いた。

「それはもうよいではないか。もう全て終わったことだ」

宗乃進が話を逸らそうとしたが、山村は話を止めなかった。

「いえ、いくら終わったこととはいえ、この山村、許すわけには参りませぬ。実はこの宗乃進様には懇意にしておられたおなごがいらっしゃいましてな。そのおなごが一癖も二癖もある食わせ者でして……」

そう山村が話を続けると、宗乃進が慌てて横から口をはさんだが、仕方がないと腹をくくったのか、ため息を一つつき、覚悟を決めたように自ら話し始めた。

「いや、そのぉ……実はその〜、惚れた女がおっての〜。夫婦《めおと》になる約束までしていたんじゃが、いろいろお互いの家柄やらなんやらで父上にも反対されての〜」

するると少し怒った顔をしながら山村が話に入ってきた。

「ご当代が反対されるのも無理もございませぬ。家柄が家柄ですから」

「家柄って？」

五郎左衛門が更にしつこく聞いてきた。

「相手の家と、うちがあまりいい関係じゃなくて……夫婦になろうと約束したものの、互いに家の反対に遭い、なかなか祝言を挙げることができないまま、月日だけがどんどん過ぎてしまったんだ。

そんなある日、我が耳を疑うような、悲しい知らせが入ってきたんじゃ。青天の霹靂《へきれき》とはああいうことを言うのだろう。こともあろうに、彼女が殿の側室として城に入ることになったんじゃや。そうなれば所帯を持つのはおろか、二人で会うことすらできない。彼女のいない人生なんて何の意味もない。私は家を飛び出し、そして気づいた時には、彼女の手を取り一緒に国界まで逃げていた。

自分でも馬鹿げたことをしているのは十分、分かっていた。でもそうするしか方法がなかったんじゃや。しかし簡単に逃げられるほど甘くはない。国中にお触れが回り、すぐに城方に捕まってしまい、彼女は城に戻され、私はうぬらも知っての通り、そのまま賽の目坂に埋められたって訳だ」

「あんな屁《へ》こき女にそそのかされて！　あんな屁こき虫のどこがいいんですか？」

山村が宗乃進に放った言葉に又兵衛がまたまた妙に引っかかってしまった。

「屁こき虫？」

「はい、屁こき虫です！」

待ってましたとばかりに山村が二人に話そうとすると、宗乃進がまたまた山村を制するように割って入った。

「だから、それは、もういいではないか」

「何がいいんですか。実は、宗乃進様が駆け落ちしようとしていた女性は、『屁負比丘尼《へおいびくに》』なんです」

「何それ？　俺らにはさっぱり分からんねんけど？」

「だから、屁こき女です」

「屁こきって、お尻から出る、あれのことか？」

「はい」

山村は顔をしかめながら、汚いものでも見るような目で続きを話した。

「正直、あのおなごのことを話すのも、あまり気分が良くないのですが」

「いやいや、そこまで言うか？」

さすがの宗乃進も山村に少しムッとしたが、山村はこれには一歩も引かなかった。

「宗乃進様、こんな目に遭っても、まだ目が覚めないのですか。こうなったらお二人にも聞いてもらいたい。屁の音を聞かれることは女性にとって死ぬほど屈辱的なこと。ましてやそれを殿方に聞かれるなんてもってのほか。屁負比丘尼とは、城にいる高貴な女性に付き添って、その女性たちが誤ってオナラをしたら、自分がしたと偽って申告する屁の代行人なんです。こんなおなごを嫁にできますか？」

「屁の代行人なんているの？」

「はい。それも世襲制でして、その家におぎゃ〜と生まれた時点で、女の子ならみなオナラの代行

郵 便 は が き

料金受取人払郵便

代々木局承認

6948

差出有効期間
2020年11月9日
まで

1 5 1 8 7 9 0

203

東京都渋谷区千駄ヶ谷 4 - 9 - 7

（株）幻 冬 舎

書籍編集部宛

1518790203

ご住所　〒

都・道
府・県

フリガナ
お名前

メール

インターネットでも回答を受け付けております
http://www.gentosha.co.jp/e/

裏面のご感想を広告等、書籍の PR に使わせていただく場合がございます。

幻冬舎より、著者に関する新しいお知らせ・小社および関連会社、広告主からのご案内を送付することがあります。不要の場合は右の欄にレ印をご記入ください。　不要 □

本書をお買い上げいただき、誠にありがとうございました。
質問にお答えいただけたら幸いです。

◎ご購入いただいた本のタイトルをご記入ください。

『　　　　　　　　　　　　　　　　　　　　　　　　　　　　』

★著者へのメッセージ、または本書のご感想をお書きください。

●本書をお求めになった動機は？

①著者が好きだから　②タイトルにひかれて　③テーマにひかれて
④カバーにひかれて　⑤帯のコピーにひかれて　⑥新聞で見て
⑦インターネットで知って　⑧売れてるから／話題だから
⑨役に立ちそうだから

生年月日	西暦　　年　　月　　日（　　歳）		男・女
ご職業	①学生	②教員・研究職	③公務員	④農林漁業
	⑤専門・技術職	⑥自由業	⑦自営業	⑧会社役員
	⑨会社員	⑩専業主夫・主婦	⑪パート・アルバイト	
	⑫無職	⑬その他（　　　　）		

このハガキは差出有効期間を過ぎても料金受取人払でお送りいただけます。

ご記入いただきました個人情報については、許可なく他の目的で使用することはありません。ご協力ありがとうございました。

人として生きていくしかないんです。私の母などはもしも殿方の前でオナラをしようものなら、生きていられないと言っていました。申し訳ないですが、そんな家の娘には、この内田家の敷居を一歩たりともまたがせるわけにはまいりません」

その女性に対する偏見と憎しみが半端なくある山村だったが、それも全て内田家を愛し、内田家を思ってのことなので、宗乃進も言い返す言葉が見つからず、一瞬の沈黙ができた。

その二人の会話を聞いて堪えていた又兵衛だったが、ふいにできた妙な間に、とうとうクスッと笑って、声を出してしまった。

宗乃進と山村の目が又兵衛に向けられると、その二人のきょとんとした目を見て必死に笑ったことをごまかそうとする又兵衛がこれまた滑稽で、今度は五郎左衛門がクスリと笑ってしまった。

一度決壊した堤が元には戻らないように、一度声に出して笑ってしまったその場はもう元には戻らない。

クスクス笑い出す又兵衛と五郎左衛門にきょとんとする山村。

「なにがそんなにおかしい？」

あまりにも真っ直ぐな山村の目がなおも又兵衛と五郎左衛門の笑い声を大きくした。

「なにがおかしい？」

「もうダメだぁ〜、ハハハハハハハ」

二人は堰を切ったように顔を真っ赤にして笑い出した。

一度くずれると、この二人ほど質が悪い者はいない。

「だって、よりによって小便とオナラが惹かれ合うとはなぁ〜」

と又兵衛が言うと、

「ハッハハハハハ。小便とオナラだったら仲良くしろよぉ〜」

と五郎左衛門が追い討ちをかけた。

二人の笑い声は、しばらく止むことはなかった。

22

小さな中庭がある客間に通された又兵衛と五郎左衛門の二人だったが、どうも広い部屋は落ち着かず、隅の方であぐらをかいて、笑ってしまったことを後悔していた。

しかし人生でこれほど笑ったことはなかった。

と同時に、真面目な山村を怒らせてしまったことへの反省もしていた。

何度も、「それ以上馬鹿にすると許しませんぞ」と山村に言われたが、一旦タガが外れてしまった二人の笑いが収まるはずもなく、いくら注意されても止むどころか、さらに大声で笑う始末。

そんな二人に内田家を馬鹿にされたと思った山村が、一瞬刀に手をかけたのを又兵衛たちが見過ごすはずがなかった。

「しかし危なかったな、宗乃進がおらんかったら、山村のおっさんに、俺ら斬られてたよな」

「お前が笑うから」

「そもそも又兵衛が最初に笑い出したから」

「それにしても、山村のおっさん、怒ってたよな？」

「怒ってた」

「途中で刀に手をかけた時の顔見た？」

「見た、見た。めちゃくちゃ怖い顔してたよな」

「ひょっとすると出されてしまうかもな」

「出される？」

「屋敷の外に」

「それはヤバイで。ほとぼりが冷めるまではもう少しここにいさしてもらわんと」

又兵衛の予想は的中していた。


二人がいる客間から離れ、奥座敷に向かう廊下で山村と宗乃進が立ち話をしていた。

「そもそもあの二人がここに来た時から、私は気に入らなかったのです」

「そう言うなって。根は悪い奴らじゃないって」

「御家のことをあんなふうに笑われて、宗乃進様は腹が立たないのですか？　宗乃進様の命の恩人だからと思い、この山村、刀を抜くのを止めましたが、もしもまたあのような無礼なことを言おうものなら、私はもう黙っていられません」

「分かった、分かったから。もうあんなことは絶対に言わせないから、このことは父上には黙っててもらえんか？」

「もちろんです。そんなこと、口が裂けても言えません」

「申し訳ない……」

呆れ顔をしていた山村がくるりと背を向けて、そのまま大きな音を立てながら廊下を二歩、三歩と歩き出した途端、宗乃進が山村の腕をすっとつかんだ。

「なんですか？」

「いや別に……」

「では、所務がありますゆえ」

そう言って、廊下をまた歩き出した。すると宗乃進が、また山村の着物の袖をつかんだ。

「なんですか？」

「その……お、お菊《きく》はどうしておるんかの？」

駆け落ちしたことで、こんな散々な目に遭っているのに、今もなお屁こき女への思いを断ち切れないのか。その理由が山村にはさっぱり理解できなかった。

山村の顔が怒りでブルブルと震え始めた。

「いい加減に目をお覚ましください。あのおなごにされたことが分かっておられますか？　罪人にされ、もう少しで死ぬところだったんですよ」

と目力も強く宗乃進に諄々《じゅんじゅん》と説いた。

「いやぁ、まぁ、そうなんだが……」

宗乃進が言葉を濁すと、しびれを切らした山村が、諭すように少し語気を荒らげた。

「宗乃進様！　いい加減に目を覚ましてくださいませ。

いいですか、あなたのお父上は、あのお年で、そしてあのお体で、今も現役で殿のお側にお仕えされています。が、こんなことは考えたくもありませんが、お年を考えると正直いつ何が起こってもおかしくありません。もしも、もしもお父上が倒れられたらどうされるおつもりですか？」

「……分かっておる」

「いえ！　分かっておられませぬ。もしもお父上がお倒れになられたら、殿の公人朝夕人は誰がするんですか？　おなごにうつつを抜かしている暇などありませぬ。私はこの家にお仕え申し上げて以来、公人朝夕人という仕事を孫左衛門様の側でずっと見てまいりました。知れば知るほど、そしてやればやるほど、その奥深さに驚くばかりです。先代のお祖父様のお言葉をお忘れではないでしょうね？」

「『小便は生き物だ』」

「正確に言うと『小便は生きている』です」

「だいたいの意味は合っておるではないか……」

「いいですか。今年古稀を迎えられたお父上が、やっとその言葉の意味が分かってきたと言っておられました。公人朝夕人の仕事は『一日三日、三日は一ヶ月』と言われています。お小水を取るのを一日休むと勘を取りもどすのに三日かかり、三日休むと一ヶ月かかると言われ、お父上ですら朝晩欠かさず一日も休むことなく、修練されています。失礼を覚悟で申し上げますが、宗乃進様は私から見てもまだまだ半人前。しかも休まれた日数を考えると、もう初心者も同然。この公人朝夕人は一子相伝、由緒ある内田家の跡を継げるのは長男のあなた様しかおりませぬ。お父上にもしものことがあれば、今の宗乃進様でははっきり言って力不足。一子相伝の公人朝夕人において、宗乃進様に代わる人を立てることができないということは跡取りを失ったも同然。何代にも亘って公人朝夕人を務めてきた内田家も職を追われ、御家断絶になるやもしれませんぞ」

「ハァ〜、なんで一子相伝なんかのぉ……」

「それはこちらの台詞《せりふ》です。どうして、こんなに由緒正しきお仕事をお継ぎになりたくないのですか？」

「じゃ〜山村が代わりにやればいいではないか」

「代われるものなら、正直、私も代わりたいです」

「父上もよく『山村が息子だったらな』って言っておったぞ」

「ありがたいお言葉……しかし私にはできません」

「なんで？」

「私の手は……」

「山村の手がどうした？」

「私の手は……冷とうございます」

「そんなこと？」

「そんなこと？　今、そんなこと、とおっしゃいましたか？　湯たんぽの如く温かい手を持っている宗乃進様にはそれがしの悩みなど分かるはずもありません。その手は神に選ばれた手なのです。

私がいくら努力してもこれだけはどうしようもないのです」

山村は膝から頽れると、それまで堪えていた涙を零《こぼ》した。

山村のそんな姿を宗乃進は今まで見たことがなかった。

子供の頃から、山村の手は冷たいと、ほんの冗談のつもりでいつも言っていたが、彼の思いがそれほどまでだったとは宗乃進は知らなかった。

宗乃進は膝をつき、山村の手をゆっくりと握った。

すると山村は宗乃進の手のぬくもりを嚙みしめながら、両手でしっかり握り返した。

愚直なまでに内田家を愛してくれている山村を見て、宗乃進にこれ以上、公人朝夕人の職を拒む理由などなかった。

宗乃進はすすり泣く山村の手を握りながら、何度も何度も黙って頷いた。

23

翌日から父である孫左衛門による特訓が始まった。

孫左衛門が中庭の隅に座り、山村を殿様に見立てて、宗乃進が必死にお小水を取る稽古をしている。

「爪はちゃんと切ってきたか？」

「はい」

「じゃあ、山村を殿だと思って、最初からやってみろ」

「はい」

お殿様役の山村の脇にぴったりくっつき、山村が足を止めて扇子でパンパンと二回、内ももを叩くとお小水の合図だ。

いつもと違って緊張した面持ちで、宗乃進がお小水を取る用意に入る。

綺麗に家紋が刺繍された袋を懐から取り出す。そして袋の中からお小水を入れる銅製の御尿筒《おしとづつ》を手にすると、さっと蓋を外し、滑らせるように山村の袴の隙間から差し入れた。

「違う、違う、違う！　御尿筒を持つ手はそっちじゃない！」

「はい」

「顔が近ぃ。あと拳一つ分、後ろに下がる！　あくまでも我々は殿の影に徹するのじゃ」

「はい」

「上体をもっと起こして」

「はい」

「風上に体を寄せて！　殿の袴から風が入ってしまうぞ！　どこから風が吹いておるかを常に意識しろ！」

「はい」

「足元をぐらつかせるでない！」

「はい」

「馬鹿モン！　ぐらつかせるなと言ったが、膝を地につけていいとは誰も言っとらん」

「はい」

「口で呼吸するんじゃない、鼻で呼吸するのじゃ、鼻で！」

「はい」

「よ〜し、次はわしを殿と思ってやってみろ」

「はい」

そう言うと孫左衛門はすっと床几から立ち上がり、近くに来るように宗乃進に手招きした。

宗乃進が腰をかがめながらすり足で近寄ると、孫左衛門がゆっくり歩き出した。

ゆっくりと後について行くと、孫左衛門が懐から扇子を出して、内ももを二回叩いた。

宗乃進はさっと孫左衛門の横へ行き、懐から御尿筒を取り出すと手早く袴の中へ入れた。

「遅い！」

と孫左衛門が一喝した。

宗乃進が手を止めると、孫左衛門がまた怒鳴った。

「手を止めるな！」

「はい」

「もう一回、最初から！」

「はい」

そばで見ていた又兵衛たちは孫左衛門の変わりっぷりに驚いていた。

昨日会った孫左衛門とは全く別人のようだ。

病気で弱々しかった声は、ハリのある声に変わり、背筋も七十歳とは思えないほどシャンとしていた。


「違う！　生まれたての雛鳥を手で持ち上げるように、もっと優しく！」

「こうですか？」

「違う！　もっと優しく！」

二人の稽古は数刻続いたが、孫左衛門は全く休憩をとろうとしない。

山村が孫左衛門の体調を気にして、無理やり終了させる形で初日の稽古は終わった。

汗だくになりながら戻ってくる宗乃進に、数人の見知らぬ人たちが駆け寄ってきた。

山村に聞くと、宗乃進がやる気になったと聞いて、いてもたってもいられなくなり、内田家の親族たちが遠方からその稽古風景を見に集まってきたらしい。


「おい、宗乃進」

そう言って手拭いを持って近寄ってきたのは孫左衛門の弟の長右衛門《ちょうえもん》だった。

「長右衛門おじさん、はるばる遠方から来てくれたんですね……」

「お前がやる気になったと聞いちゃ〜いてもたってもいられなくなってな」

「ありがとうございます」

受け取った手拭いで汗を拭こうとした宗乃進の手を横からぐいっと握ってきたのは長右衛門の嫁のお絹《きぬ》だった。

「うん、これこれ！」

そう言って宗乃進の手の平を上にしてしっかり握りしめた。

「この手こそ、お父上と同じ湯たんぽの如き手じゃ」

宗乃進は恐縮し、なんとも言えない照れ笑いを浮かべた。


そばでそんなやりとりをにこやかに見ていた山村に五郎左衛門が尋ねた。

「あんたが言うてた通り、やっぱり宗乃進ってすごい手なんやな？」

「はい。その温かさといい、大きさといい、肌のきめ細かさといい、非の打ち所がありません。宗乃進様はまさに、公人朝夕人になるために生まれてきた方なのです」

「ふぅ〜ん」

すると又兵衛が五郎左衛門に目配せして、屋敷の奥の部屋へ来るようにと合図した。

「どうした？　なんかあったんか？」

心配そうに五郎左衛門が聞くと、周りに誰もいないことを入念に確かめながら、五郎左衛門の耳元に顔を近づけ、小さな声で話し出した。

「さっき掃除とかしてるお女中たちに聞いたら、親戚のおっさんとかおばはんが、俺らは一体何者なのか、えらく聞いとったらしいねん。いろいろ穿鑿《せんさく》されて、万が一にでも通報されたりするとやつかいやから、ほど良いところでずらかろう思うねん」

「マジで？　でも宗乃進もおるし、大丈夫やろ？」

「とは思うんやけど、いつまでもここにいられる訳ちゃうしな。それなら早いうちにもらう物もらってずらかった方がええと思うねん」

「まぁ〜な」

「茶器や掛け軸や高そうな骨董品があるのは、奥の孫左衛門の部屋の脇を抜けて、そのまた奥に行った奥座敷。そこにいろいろ置いてあるらしいねん」

「こんな短い間によう調べたな」

「女ほどお喋りな生き物はおれへん。お女中のやり取りを聞いてたらすぐ分かった」

「なるほどな」

「そうと決まったら、ややこしい親戚が集まる前に毎日少しずつ頂いていこう」

24

翌日の早朝、人目を盗んで奥座敷の部屋へ忍び込んだ五郎左衛門。

ぐるりと見回すと、いかにも高そうな掛け軸が目に飛び込んでくる。

「これは頂かんとなぁ〜」

床の間に進み、つま先立ちしながら、手を伸ばして外そうとしていると、どこからか人の声がした。

五郎左衛門は慌てて掛け軸を元に戻し、部屋の隅に身を隠した。

すると障子越しに、お喋り好きなお女中たちの噂話がまた聞こえてきた。

「宗乃進様がなんの罪で捕まったか知ってる?」

「あれでしょ、例の屁負比丘尼の女の人と駆け落ちしたからでしょ?」

五郎左衛門が障子の隙間から覗くと、二人のお女中が廊下に座って楽しそうに噂話をしている。

まだ薄暗いこの時間帯はお女中たちの憩いのひとときなのかもしれない。

「最初は宗乃進様がたぶらかしたと思われてたんだけど、実はあの女がかなりの性悪らしくて、なんでも近々殺されちゃうらしいよ」

「えっ?　まだ生きてたんだ?」

「そうみたい」

そこまで話したところで、急に黙ったかと思うと、二人はすっとどこかへ行ってしまった。

どうやら厠《かわや》に起きてきた孫左衛門に気づいたお女中が慌てて仕事場に戻っていったのだろう。

五郎左衛門も床の間の掛け軸には手を触れずに、その横に置いてある茶器を懐に隠すと周囲をキョロキョロ見ながら、自分たちの部屋へと戻った。


その日も朝から宗乃進の稽古は続いた。

早朝の練習はひたすら御尿筒を懐から取り出し、目で見ずに、片手で蓋を開けられるようにすることだった。

とにかく寝ても覚めても、食事の時も糞する時もそれこそ屁をする時も、暇さえあれば、この動作を繰り返している。

次第に指の皮がめくれ出し、水ぶくれが潰れても、とにかく俊敏にその動きができるまで必死に稽古を繰り返していた。

昼からは孫左衛門が城に出向き、殿のお小水を取るということで、家を空ける予定になっていた。御尿筒の蓋を開ける稽古を一旦終えると、宗乃進は縁側にちょこんと座り、少し汗ばんだ身体を手拭いで拭き始めた。

休憩を待っていた又兵衛たちは宗乃進に話しかけようと近づいていったが、その稽古を眺めていた親戚たちがぞろぞろと宗乃進を囲み始めた。

「若き公人朝夕人が帰ってきて、これで安泰だ」などと、どうでもいい話をするものだから、なかなか近寄れない。

おそらくよそ者の又兵衛たちのことを不審に思って、近寄らせないようにしているのだろう。

そんな親戚たちの監視態勢がしっかり敷かれている中、その後も決められた特訓を全て終え、宗乃進は自分の部屋へ戻った。手拭いで汗を拭きながら自分の部屋の障子を開けると、なんと中には頭の下に手をまわし、足を組んだ状態で寝転んでいる又兵衛たちが待っていた。

ここだけはあの親戚軍団の目から逃れることができるのだ。

「お帰りやす！」

「わっ、びっくりした！　こんなところで何してるんだ？」

宗乃進はそっけないふりをしながら衣装を着替え始めた。

「冷たいなぁ〜、俺らがお前にええ情報を持ってきたっていうのに」

「お前らが言う情報ってろくなもんじゃないからなぁ」

「ろくなもんちゃうかどうかは、話を聞いてから決めてーや？」

「なんだよ、勿体ぶって。明日も早いから手短にな」

「あの女！」

「どの女？」

「屁こき女……」

宗乃進の手が一瞬止まったように思えたが、また何もなかったように着替え続ける。

「彼女がどうした？」

「もう少しで処刑されるらしいぞ」

「えっ……」

宗乃進が必死に平静を装っているのが手にとるように分かった。

「彼女は殿の側室として楽しく暮らしてるんじゃないのか？」

「ここで働くお女中たちの噂話によると……それがそうじゃないらしい」

宗乃進の表情が急に変わった。

タンタンタンタンタンと廊下を音を立てて歩く宗乃進が山村の部屋の障子を開けた。

「山村、入るぞ」

「はい」

「お前、知っていたのか？」

「何をでございましょう」

「お菊が罪人になって、もうすぐ処刑されることだ」

「…………」

「彼女が俺を追って、城を逃げ出したって本当なのか？」

「…………」

「どうなんだ！」

「存じておりました」

「なぜ言わん」

「言ってもどうにもなりませぬゆえ……」

「公人朝夕人の稽古をさせ、親戚たちがずっと俺のことをおだてていたのも、俺にお菊のことを勘づかせないためだったんだろう」

「それは違います」

「じゃ～なぜ黙っていた!!」

知らされていなかった苛立ちから宗乃進が大声を張り上げた。

「申し訳ございません」

するとどこからともなく声が聞こえた。

「山村が謝ることはない！」

そう言う孫左衛門が二人の後ろに、いつのまにか立っていた。

「わしがそうさせたのじゃ」

孫左衛門の声を聞いた山村が、びっくりした顔で、なにか言おうとしたが、孫左衛門がそれを制した。

「山村もういい。黙っていてもいずれバレることだ……」

「しかし……」

ゆっくりと首を横に振ると、覚悟を決めたかのように孫左衛門が、どうしてそうなったのか、これまでの一部始終を語り始めた
「わが内田家とお菊の桐生《きりゅう》家は昔より犬猿の仲。お前も知っての通り、内田家では桐生家の話をすることすらご法度だった。お前は隠していたつもりだろうが、わしは『屁負比丘尼』のお菊とお前が恋仲であることは、ずいぶん前から知っておった。

何度かお前にも言ってきたが、一向にお前は耳を貸さない。それどころかどんどん互いの愛情を深めていった。

わしは自分だけではもうどうにもできないと思い、親戚衆を集めて相談した。するとこのままでは内田家の名が廃《すた》ると、交際はおろか会うことも許すべきではないと全員が反対した。

しかしお前もお菊も、わしらがどうこう言っても気持ちを変えるとは到底思えない。

ならばと、鷹狩に一緒に出かけた時に、殿にお口利きをいただき、お菊を側室にと推挙したのじゃ。

殿の側室になれば、夫婦になることはおろか、会うことすら絶対にできない。

わしはこれでお前も諦めると思っておったが、その考えが甘かった。

お前たち二人は、お菊が城に召し抱えられる前日に、なにもかも捨てて駆け落ちをした。

まさかの行動にわしはびっくりした。いや、驚いたのはむしろその後だった。

捕らえられた時にお前は、『お菊をたぶらかし、殿の側室になるべきおなごを連れて逃げ出したのは全て自分が企てたことだ』と罪をかぶった。

あの時ほど、わしは後悔したことはない……」

宗乃進はただ黙って下を向き、床を睨みつけたまま孫左衛門の話を聞いていた。

「その後、お菊は側室として城内に戻され、お前は罪人として処罰を受けることになった。お前が全ての罪をかぶったと知ったお菊は、城内の調度品を持って逃げ出した。しかし本気で逃げる気など毛頭なかった。お菊はわざと捕まり、その時に以前に駆け落ちしようとたぶらかしたのも全て自分だと告白したそうだ。そのお陰でお前は無実となり、全てはお菊の罪となった」

「そんな……」

「わしが悪かった。すまん宗乃進……」

下を向いていた宗乃進の目から、畳の上にポタポタと音を立てて涙が零れていた。

ゆっくりと肩が揺れ、顔をくしゃくしゃにしながら、堪えていたものを一気に吐き出すかのように大声で泣き出した。

どうしていいのか分からない気持ちを抑えきれないまま、宗乃進は泣きながら外へ飛び出していった。

いつの間にか外は暗くなっていた。大きな満月の光が部屋の中までほんのり照らし始めると、ぐったり頭を垂れる孫左衛門と山村の姿を、寂しく部屋の中に映していた。

25

まだ夜も明けきらない早朝。旅支度を整えた又兵衛と五郎左衛門は誰もいない台所のお櫃《ひつ》に手を突っ込み、まるで雪だるまでも作るように大きな握り飯を作ると、その中に梅干しを種ごと押し込んだ。

黙ったままそれをムシャムシャと頬張り、胃袋に押し込むと、手についた飯粒を一粒ずつ口でとりながら立ち上がり、黙ったまま忍び足で玄関へと向かった。

それほど気にしていなかったが、みんなが寝静まった朝の廊下を歩くと、床の軋む音がそれなりに響くものだ。

「静かに歩けって」

又兵衛がそう言うと五郎左衛門も言い返した。

「俺ちゃうわ！　お前やろっ！」

二人は大きな風呂敷包みを背負っていた。

中には盗んだ掛け軸や茶器、それに舶来品が数点、あとは高そうな着物や反物が数点。

それなりに大きくなった風呂敷包みを背負っているので、廊下を歩く音がいつもより大きいのはそのせいもあるのかもしれない。

玄関まで来ると二人はくるりと振り返り、手を合わせてお辞儀を一つした。

「宗乃進には悪いけど、ずらからせてもらうわ」

そう言って正面を向くと、目の前にキラッと光るものが見えた。

「どこへ行く？」

鬼のような形相で刀を抜いて立っていたのは山村だった。

「あっ、いや……その散歩を……」

そう言った五郎左衛門の背負っていた風呂敷包みから反物がゴロゴロ転げ落ちた。

「どういうつもりだ？」

「いや、その……」

殺気だった山村の姿に、又兵衛たちは一歩も動くことができなかった。

「このまま逃げられるとでも思ったか？」

「この荷物は全部返すから、見逃してくれ」

反物を落とした五郎左衛門が背負っている風呂敷包みを下ろしながらそう言うと、山村は少しあきれた口調で返した。

「馬鹿も休み休み言え。お前たちは自分たちが何をしたか分かっていないのか？」

「だからその……つい出来心というか……その……」

五郎左衛門の言い訳を聞き終える前に山村は怒りを露わにした。

「ものを盗もうとしていることに怒っているのではない！　お菊のことを宗乃進様に教えたことを私は怒っておるのだ！」

そう言うと、山村は又兵衛の眉間に刀を突きつけた。

「ちょっと待て！　落ち着けって！」

「これで御家も終わりだ……」

「俺らが黙っていてもいずれはバレて、結果は同じことになるんちゃうんか」

「そうかもしれん。だがお前らさえ何も言わなければ、宗乃進様と孫左衛門様の関係もこんなふうに悪くはならなかったはずだ」

そう言うと氷のように冷たい目をしたまま、刀をゆっくりと頭上に振り上げた。

「マジか？」

五郎左衛門が後ろへ一歩下がりながら、横にいる又兵衛の袖を握った。

「俺らを殺しても何も変わらんぞ」

又兵衛は山村を説得しようとしたが、声がうわずってうまく話せなかった。

「そうかもしれんが、このまま黙って逃がすほどお人好しではござらん」

五郎左衛門も必死に説得を試みる。

「一回、話そう。話せばなんか妙案が浮かぶかもしれんし……」

「一度壊れたものは、もう元には戻らん」

山村はそう言うと、静かに口から息を吐いた。

「ごめん」

すると又兵衛が両手を大きく広げて必死にすがった。

「元に戻す方法が一つあるんや」

又兵衛が食い下がった。

「口から出まかせを申すな」

「出まかせなんかやない。内田家を守る方法が一つだけあんねん。殺す前に話だけでも聞いてみいひんか？」

「その作戦が駄目だと思った瞬間にお前たちを斬っていいと言うなら聞いてやる」

「それでもかまへん」

又兵衛は首をコキコキ鳴らしながら、山村に話し始めた。

又兵衛が全てを話し終わると一瞬の沈黙が流れ、山村はゆっくりと刀を下ろした。

26

悪いことは続くというが、この内田家にもそれが起こった。

突然、父の孫左衛門が亡くなったのである。

父子が言い合いになり、宗乃進が公人朝夕人の修業をしなくなって既に五日が経っていた。

宗乃進が跡を継がないということが、父親の孫左衛門にはよほどこたえたらしく、夜もろくに眠れない日々が続き、その日も昼食をほとんど摂らず、具合が悪いと言って横になっていた。

お女中が夕食を届けに行った時には、起き上がって食事を摂り、話もしたらしいのだが、その後体調が急変し、今朝早くに息を引き取ったようだ。

孫左衛門の朝食を届けに行ったお女中が、動かなくなった主人を見て、すぐに大声でみんなを呼んだ。

すると廊下をどんどんと音を立て、慌てて走ってきたのは宗乃進と山村だった。

「父上！」

「孫左衛門様！」

いくらいがみ合っていたとはいえ、変わり果てた父親を見て悲しまない息子などいない。

宗乃進は孫左衛門の元に駆け寄ると、動かなくなった孫左衛門の布団の上にへたり込んだ。

「父上……どうして……嘘だろ……」

悲しい気持ちのままたった一人、どんなことを思いながら死んでいったのかと思うと、悔しさと悲しさで涙が止まらなかった。

山村をはじめ、その場にいた者は皆、宗乃進にかける言葉がなかった。

「父上……」

声を詰まらせたまま、宗乃進は大声で泣いた。

山村が優しく宗乃進の肩に手を回すと、宗乃進は一層泣き崩れた。

訃報を聞いた親戚たちも急いで集まってきた。

布団の乱れが一切なかったことから、苦しんで亡くなったわけではないのがせめてもの救いだ、と皆が口々にそう言っていた。

孫左衛門にゆかりのある人が駆けつける度に、宗乃進が応対した。自分のせいでこんなことになったと、皆に話す度に込み上げてくる改悛《かいしゅん》の情を抑えきれず、言葉を詰まらせては、一日中真っ赤に目を腫らしていた。

「先日まで元気だったのに」

「きっと、跡継ぎが戻ってきて安心してるわ」

「あなたが立派な公人朝夕人になることだけを願っていたからね……」

親戚たちがたくさん集まっている時は気が紛れていたのだが、一人帰り、二人帰りするうちに、気づくと山村と二人っきりになっていた。

「お父上がお亡くなりになられた今、公人朝夕人のお役目を果たせるのは、宗乃進様ただ一人でございます」

「出来るわけないだろう。そもそも実際には一度もやったことないのに」

「出来る出来ないではありません、やるしかないのです」

「しかし……」

「われわれの、そして宗乃進様ご自身の未来のためにも……」

27

初めての出務の日、朝から内田家は騒がしかった。

宗乃進は朝から井戸水で身体を清めると、肌襦袢を着たまま、先代の孫左衛門がいつもやっていたように白湯《さゆ》を一口飲んだ。

ピシッとたたまれた公人朝夕人の鶯《うぐいす》色の羽織袴を着るのを、お女中が手伝っている側で優しく見守っていたのは山村だった。

「よくお似合いです」

「そうかな……」

「お父上が生きておられたらどんなに喜ばれたか……」

その言葉で一瞬みんなの気持ちが暗くなるのを察してか、宗乃進がおどけてみせた。

「あっ、やべぇ～、また小便に行きたくなってきた。俺が漏らしたら大変だからな」

そう言って周りを和ませた。


身支度を全部整えると、その足で父親の位牌がある部屋へ行き、そっと手を合わせた。

玄関を出て、門前で清め塩を山村がまくと、それをゆっくり片足ずつ踏みしめた。

くるりと屋敷の方を振り返ると、しっかりと一礼した。

大きく息をふーっと吐くと、最後は「よしっ！」と気合を入れて屋敷を後にした。

城まで半刻の道のりを、宗乃進はゆっくり歩いた。

昨晩、床に就いてもドキドキしてなかなか眠れなかったのが嘘のように、不思議と緊張感はなかった。

川の中の小魚を横目で追いかけながら、いくつもの橋を渡ると、目前に城が見えてきた。それまでなんともなかったのに、そびえ立つ城を目の当たりにすると、急に背中がぞわぁぞわぁっとした。

「ふぅ――」

胸の奥に溜まった空気を全て吐き出すと、自分の唇が乾き切っていることに気づいた。

「あっ」

さっきまでなんともなかったのに、心臓が熱くなり、ドクドクと脈打つのが分かった。だんだん近づく城の大きさに圧倒されながら、今日からこの中で殿にお仕えするのかと思うと、身の引き締まる思いとともに武者震いが止まらない。

顔を黒子のように頭巾で覆っているので、門番に呼び止められることになっている。

「お顔を拝見」

無愛想な門番の言葉を受けて、宗乃進は顔の布を軽く上げ、「公人朝夕人です」と挨拶をした。自分で思っているより小さな声しか出なかった。

顔を見せたのち、懐から取り出した通行証を無愛想な門番に確認してもらうと、すれ違いざまに門番は目を細め、「いつもお父上様にはお世話になっていました」とそっと囁いてきた。そして、

「開門」

と叫ぶと、ぎぃ〜っと重々しい音を立ててゆっくり門が開いていく。

宗乃進は門番を振り返り、頭を少し下げた。

門をくぐると、美しく剪定された木々が両側に並び、城内までの道をつくっていた。


中に入ると少し歳をとった白髪交じりの付添人が一人待っていた。

「新しい公人朝夕人の方ですね？」

「はい」

「お待ちしておりました」

そう言うと、城内を案内しながら、同行してくれた。

歩きながら、今日のお花見会の参列者の顔触れや、会の進行や段取りなどを説明された。

招かれている面々の名を聞くと、今日の催しがいかに大切かすぐに分かった。

ますます緊張が高まる中、始まるまで控室で待つようにとおよそ六畳ほどの小さな部屋に通された。

土間には殿の外出用の小さな駕籠が一挺、白い布がかけられた状態で置かれていた。

土間で履物を脱ぐと、部屋の中は整然としており、奥の床の間には綺麗な花と色鮮やかな鯉の絵が飾られていた。ちゃぶ台には白湯と麦入りの握り飯と梅干しが一つ用意されており、父である孫左衛門も今の自分のように、ここでじっと待っていたかと思うと、なんの変哲もない部屋にも愛着が湧いてくる。

宗乃進は部屋を見回すと、手持ち無沙汰だったので、置いてあった梅干しを少しかじると、握り飯には手をつけず、すっかり冷めてしまった白湯をごくりと飲んだ。

ヘマをしないように、頭の中で何度も何度も殿のお小水を取る想像をするのだが、すればするほど、冷静さを失っていく気がした。

こんなことなら、父親の仕事ぶりを一度ぐらい見ておくんだったと、今更ながら思った。

「ふぅ〜」

とにかく緊張して手が震えでもしたら大変だ。

緊張をほぐすため、何度も立ち上がっては、意味もなく屈伸運動をしながら、気を紛らわせようとした。

そうこうしているうちに、一人の侍が宗乃進の部屋に現れた。

淡々とした口調で、そろそろ用意して花見の庭に来るようにと告げる。

「必要な荷物だけを持って、必要のないものはこちらに置いていってください」

宗乃進は持ってきた巾着袋から御尿筒と薄手の手拭きを一枚持ち、あとは部屋の片隅に置いて、その侍の後に従いていった。

穏やかな気候で桜が満開となり、鶯が花びらをついばんでは美しい歌を奏でている。

ぽかぽかと暖かい日差しが招かれた客人たちをいっそう笑顔にさせた。

客人たちの目に触れないよう、殿が座るであろう床几の側に跪いて待つようにと告げると、その侍はさっさと奥へ引っ込んでいった。

顔を隠す頭巾越しに外を見ると、せっかくの天気もどんより薄暗く見える。

しかし城内で催されるお花見会など、噂では聞いていたものの、一度も見たことがない宗乃進にとって、目に飛び込んでくるもの全てが驚きの連続だった。

そこへサッサッと、しっかりとした足取りで殿が現れた。

皆が一斉に立ち上がり、深々とお辞儀をすると、挨拶が順番に始まった。

詳しい氏素性は分からないが、招かれたお礼にと、豪華なお土産をいちいちその場で開いて見せていることからそんじょそこらの人物ではないことは分かった。

お花見会とは名ばかりで、簡単に言うと、貢物を渡し、今後ともよろしくお願いしますと、御上によきように計らって頂くための恒例行事のようだ。

貢物がどう素晴らしいか、滔々と話す、まさに自慢大会でもある。

全員の挨拶が終わると、殿はゆっくり宗乃進の前を通って床几に腰掛けた。

宗乃進には一瞥もくれず、そのまま出席者の近況に耳を傾けている。

あまりの緊張に宗乃進には殿が何を話しているのか一向に頭に入ってこない。

ただただこの時間が早く終わり、このまま今日は何もないようにと願うばかりだった。

宴も佳境にさしかかった時だった。殿の手が宗乃進の目の前を通り、自らの内ももを閉じた扇子でトントンと二回叩いた。

——来たっ！

宗乃進は素早く御尿筒の蓋を外すと、袴の端からすっと差し入れた。

あまりにも急に手が入ってきたので、殿は一瞬戸惑ったようだが、宗乃進はとにかく進めるしかなかった。

そのまま排尿されると思っていたが、座ったままではやり辛いのか、それとも宗乃進の介錯がおぼつかなかったのか、すっと立ち上がると、足を少しだけ開いた。

御尿筒は懐に入れて温めていたので、少々局部に触れても違和感はないはずだった。

ただ問題は、そのあとに起こった。

お小水が終わりにさしかかった時、一匹のアブが殿の顔面をかすめるように飛んできたのだ。

アブを払いのけようと体勢を崩した殿の動きに宗乃進が対応できず、亀頭が御尿筒から外れて、雫が殿の袴に飛んでしまった。

「あっ、失礼いたしました」

宗乃進が手を突いて謝ろうとすると、殿は扇子で宗乃進の肩をポンポンと叩き、無言のまま頭を上げるように指図した。

すぐに布で袴の中を拭くと、思ったより漏れた跡も小さく、その場は穏便にすんだ。

宴が終わると、自分の失態をお詫びせねばと、宗乃進は奥に戻っていこうとする殿に駆け寄った。

「先程は失礼いたしました」

突然の発言に殿のすぐ後ろにいた側近が宗乃進を窘《たしな》めた。

「断りもなく、殿に話しかける奴があるか」

「申し訳ありません」

「そうやいやい言うてやるな、どうした？」

そう言うと殿は横で跪く宗乃進の話を聞いた。

「未熟な私の介錯で、殿のお召し物を汚してしまったこと、深く反省しております」

「しょうがない。アブが飛んできたんだ。別にそちのせいじゃない」

「心にしみる温かいお言葉、肺腑を衝かれました。このご恩と今日の過ちを一生肝に銘じておくために、今穿かれているその袴を頂けないでしょうか？　家宝にして、心にしみるお言葉を袴にしみる雫で自らの戒めとしたいのです」

「馬鹿も休み休み言え！　いくら城のしきたりを知らぬとはいえ、度が過ぎるぞ」

「尿を零した袴を家宝だと？　失礼にもほどがあるぞ」

宗乃進のあまりにも馬鹿げた発言に、側にいた他の家臣たちが声を荒らげた。

しかし険悪な雰囲気の中、殿がいきなり大声で笑い出した。

「ハハハハッ。心にしみた言葉と袴にしみた雫とは面白い。尿が零れたこの袴を家宝にすると申すんじゃな。ハハハハッ、構わぬ、末代までの家宝とせよ、ハハハハッ」

その言葉を聞き、宗乃進は満面の笑みを浮かべながら、両手を突いて頭を下げた。

「気にするな、そちの父にはとても世話になった。しっかり勤めよ」

宗乃進は殿の姿が見えなくなるまで、頭を上げることはなかった。

小さな家紋柄の袴を殿から頂くと、それを丁寧にたたみ、風呂敷に包んだ。

控室で帰り支度を全て終えると、侍がまた門まで案内してくれた。

くるりと振り返り一礼すると門番の大きな声がした。

「開門！」

なんとか仕事をやり終えた安堵感と解放感で、宗乃進の顔には自然と笑みが零れた。

28

その後も毎日のように城におもむき、殿のお小水を取り続けた。

仕事に少し慣れ始め、初めて城に来た時から十日ほど経った、ある日のこと。

いつもと同じように、鶯色の羽織袴を着た宗乃進は門番の前に進んでいく。

門番と挨拶を交わすと、宗乃進は後ろを指差し、今日は自分の他に荷車を牽《ひ》いた人足が二人一緒であると伝えた。

荷車には、糞尿を入れるための樽が二つ積んである。

中身はもちろんまだ空っぽで、真新しく白く艶やかで、綺麗なものだった。

宗乃進が「今日は、お浄めの日（糞尿を運ぶ日）となります」と伝えると、それを聞いた門番は樽を載せた荷車と、それを運ぶ二人の人足も中に入れた。

この時代、糞尿は全て作物のための肥《こえ》として高値で売買されていた。

特にそれが一国一城の殿様のものだと縁起もよいとされ、普通の何倍もの値が付けられた。

城内には殿様だけが使う厠が、寝室の他にも数箇所あり、そこから月に一度、糞尿の搬出と清掃を公人朝夕人が請け負う。だが自らは一切手を汚すことはなく、いつも二人ほどの人足を従えてきては掃除をさせていた。

宗乃進の後を手拭いで頭を覆った二人の人足がキィーキィーと音を立てながら、ゆっくりと荷車を牽いて中へ入っていく。

慣れるまでしばらくは、と説明係の侍が迎えにきてくれていたが、十日も経つと迎えの侍の姿はもうなかった。

宗乃進は控室へ向かい、人足はお殿様専用の厠へ向かった。


控室で身支度を終え、いつものように黒い頭巾を頭の上に上げ、冷めた白湯をすすっていると、宗乃進を呼ぶ声がした。

「そろそろでございます」

黒い頭巾を下ろして顔をすっぽり覆い、正座した足をほどき、ゆっくりと履物に足を通すと、背筋をしゃんと伸ばした。

この日は暖かく、他国の領主を集めた殿のお茶会が庭で開かれる。

いつもより来賓が少なく、今回は十名。

殿が直々に点《た》てるお茶を頂くために集まった領主たちもこの日を楽しみに待っていたようだ。

和やかな雰囲気の中、殿様の側には顔を布で隠した宗乃進が控えていた。

部屋の中から外に出ると、雲は多く、日が差したり、差さなかったりを繰り返している。

予め排尿をすませ、お茶会に出ていった殿を見た家臣は「今日はたぶん大丈夫だろう」と話しかけてきた。

公人朝夕人の直感とでもいうのだろうか、それでも殿の扇子が動くような気がしてならなかった。

これぐらいの気温だと、予定していた時間よりも少し長くなるに違いない。

そんなことを考えていると、ポカポカと暖かかった日差しが大きな雲で遮られた。しばらく雲に覆われたため庭は少し肌寒くなり、ヒュルリと北風が渦を巻いて殿の前を吹き抜けていった。

砂煙があがると、そこにいたみんなが目を細めた。

領主たちの茶碗が置かれるはずの緋毛氈《ひもうせん》の上で砂埃が舞った。

それを見た殿が、汚れた緋毛氈を新しいものに替えるよう家臣に指図すると、一斉に一同が立ち上がり茶会がしばらく中断された。

一方、殿様専用の廁では、人足たちが殿の糞尿を柄杓ですくうと、樽の中にせっせと移し替えていた。

「うわっ、なんだこの風、くっせぇ〜!」

「つべこべ言わずに手を動かせや」

「急に風が吹いたから、こっちに臭いのがぐわぁ〜ってきやがって」

「柄杓をこっちに向けるな、糞がつくやろ」

ぶつぶつ言いながら糞尿を大きな樽に柄杓で代わる代わる入れている人足も、急に吹いた北風に手を焼いていた。

「良い物食ってても糞は臭いねんな～」

「まぁな」

「しかし、こんなもんが高く売れるってどういうことかね？」

「世の中には物好きがおんねん、殿さんの糞は縁起がええんやて」

「ふ～ん」

「あっ、今の洒落？　しょうもな！」

「なにが？」

「殿さんの糞の話で、ふ～んって……しょうもなっ！」

「いや、だから、別にそんなことで笑いとろうなんて思ってへんし」

「ふ～んはないわ。殿さんの糞の話でふ～んって、それはあかんで」

あまりにもしつこく言うので、空の柄杓を振り回した。

「おい、やめろや！　糞がついたやんけ」

「ご利益があるからええやろ」

「お前、やったな」

人足の二人が柄杓を振り回しながら暴れているので、見張り番の男が飛んできた。

「何してんだ？」

「やっべ！」

人足の二人は手拭いを取り、ペコペコすると、適当な嘘でその場を切りぬけた。

「あぶなかったな」

手拭いを取って謝っていた人足は、なんと五郎左衛門と又兵衛だった。

「時間ないぞ、急ごう！」

二人は残りの糞尿を急いで樽の中に入れた。


一方、庭の茶会は一時中断状態のままだった。

砂のついた緋毛氈を取り替えるため、係の者たちが手分けをしながら急いでいる。その間ももてなす側の気遣いだろう、殿は自ら領主たちに歩み寄り、領主たちが暇を持て余すことがないよう話しかけている。

和んだ雰囲気の中、傍らに控えていた宗乃進がふっと立ち上がり、殿から距離を置いた。

一流の公人朝夕人に必要なことは、尿筒を差し入れる技だけでなく、その場の空気を読んで自分の居場所を考え、自らの存在を極力消す技巧である。

目立たず、周りの人に一切意識させず、まるでいないかのように振る舞うことが公人朝夕人には求められるのである。

お茶会が始まる前に排尿を済ませた殿が、その後排尿をすることはほぼ考えられない。

しかも今回のお茶会に招いたのは皆が一国一城の領主、いわば最上級の要人。

そんな来賓に殿自らが茶を点てることも異例中の異例。

そこから考えても殿が茶を点てている間に排尿をすることは絶対にありえない。

人数は十名、それなりに時間がかかる。

公人朝夕人がとるべき最良の行為は、できるだけその場から離れ、影のように潜むことである。

宗乃進は膝をまげ、できるだけ腰をかがめると、後ろ向きのまま地を滑るようにその場から姿を消した。

それも殿の話題が盛り上がり、みんなが声をあげて笑った瞬間を見計らって去っていったので、その場から離れる姿を認識した者はほぼいない。

茶会を見守る家臣たちの、そのまた後ろに宗乃進は跪いた。誰も自分の存在に気づいていないことを改めて確認すると、すっとその場から姿を消した。

皆、殿の茶会に目を奪われているのだろうか、小走りに廊下を歩いても誰も何も言わない。

目線を下げながらも、廊下を抜け、ひたすら進んでいく。

廊下をすたすたと歩き、誰も居なくなったところで、懐にしまっておいたものを取り出した。

懐の中から出したものは十日前に殿から頂いた袴だった。

廊下で家臣とすれ違ってもこれを持っていれば、殿のお申しつけだと皆が勝手に思い、誰も何も言わない。

家紋の入った袴を両手でうやうやしく持ち上げて、廊下を堂々とした態度でその足を急がせた。

緋毛氈が替えられ、茶会は再開された。

殿は、自らが選んだ器のことを話しながら、一人ひとりに茶を点てていった。

一人、二人、三人……そして最後の十人目のお茶を点て終わると、

「ちょっと失礼」

そう言い、固くなった自らの背筋を伸ばすようにゆっくりと立ち上がり、首を大きく二度ほど回した。

皆は笑っているが、その側に公人朝夕人の姿はなかった。

殿がゆっくり床几に腰掛けると、おもむろに扇子を取り出した。

「年じゃな、茶を点てるだけでこの通りじゃ」

そこでまさかの事態が起こった。

そのまま内ももをトントンと二回叩いたのだ。

いつもならすっと手が伸びてくるのだが、周りを見渡しても殿の側に公人朝夕人の姿はない。

談笑を続けながら殿がもう一度、扇子で二度内ももを叩いた。

するとすっと公人朝夕人が現れ、胸元から御尿筒を取り出すと、そのまま袴の隙間から手を忍び込ませた。

その所作は軽やかで、実に無駄がなく、周りの人は殿の排尿自体にも気づかないほどだった。

御尿筒を懐にしまい、そのまますり足で後ろに下がった時に、顔を隠した黒い頭巾の薄い布が揺らめいた。

その隙間から僅かに見えたのは、なんと死んだはずの宗乃進の父、孫左衛門だった。

誰も自分の存在に気づいていないことを確認すると、一気に家臣たちの後ろまで下がり、そのままその場から姿を消した。

同じ頃、公人朝夕人の控室から一挺の駕籠が出ていこうとしていた。

少しふらついているようにも見える。

二人の担ぎ手が殿の駕籠を担ぎ、横に顔を頭巾で隠したままの公人朝夕人を従え、門の前まで差しかかると、外出の知らせを聞いていない門番がその駕籠を遮った。

担ぎ手の足が止まる前に、駕籠の横に控えていた公人朝夕人が、ぱっと門番の前に飛び出し、小声で言った。

「ごめん、お忍びでござる」

お忍びで殿が城下に出ていくことは滅多にあることではない。

きっと相当大事な用があるのだろうと一瞬で察した門番が、慌てて大きな門を開けるよう叫んだ。

「開門！」

門番の声が響き渡ると、ギーッと音を立てて、ゆっくりと重い門が開き始めた。

門が開き切るまでは僅かな時間だったが、異様な緊張感が漂い、そこにいた誰もが口を利こうとはしなかった。

門が開き終わるや否や、殿を乗せた駕籠が動き始めた。

駕籠が門をくぐろうとした時、入れ替わりでやってきた門番が、

「ご無礼とは存じますが……」

と立ちはだかり、駕籠を止めた。

その時、駕籠の傍らにいた公人朝夕人がすっと進み出て、顔を隠したまま声を出した。

「のっぴきならぬ用にて、殿のお出かけでござる。さっさと通されよ！」

「届けが出ていない以上、ご確認が必要となります」

繰り返す。これはお忍びでござる、直ちに通されよ」

「………」

本来なら止められることもないだろうが、届けも出されていないことと、あまり見慣れない駕籠かきだったせいもあり、不信感を抱いたに違いない。

あとから来た門番が、それまでいたもう一人の門番の耳元でなにか言っている。いてもたってもいられなかったのか、前にいた駕籠の担ぎ手が門番に話し始めた。

「ほな、通してもらうで」

そう少し声を荒らげながら言ったのは五郎左衛門だった。

そうなると後ろの担ぎ手はもちろん又兵衛。

さっきまで殿様の肥を運んでいた二人が小綺麗な着物に着替え、慣れない駕籠を担いでいる。

それでも、なかなか行動に移さない門番たちに、後ろで駕籠を担いでいた又兵衛が業を煮やし、肩から駕籠を下ろすと、スタスタと駕籠の横に向かい、すっと腰をかがめた。

「失礼！」

足元が見えるように駕籠の扉を手で少しだけ開けた。

すると駕籠の中から家紋のついた殿の袴が見えた。

「こ、これは!?　失礼いたしました、申し訳ございません」

門番は慌てて道を空け、頭を下げたまま駕籠を見送った。

側にいた公人朝夕人は、お忍びだということで城内に残ることになり、殿の駕籠を見送った。


中庭で開かれていた茶会も終わり、客人たちがそれぞれに帰っていく。

客人の帰った後ほど寂しく感じることはない。

全員を見送り、城内がいっそう静かになった時を見計らったように、ギーギーと車輪をきしませながら殿の糞尿を入れた樽を載せて荷車がやってくる。

いくら殿様の糞尿とはいえ、客人が出入りする時は避けたのだろう。

ほっかむりをした人足二人がゴロゴロと糞尿の入った重い樽を載せた荷車を牽き、その横を公人朝夕人の宗乃進が心配そうに歩いている。

「先程は失礼いたしました」

と門番が声をかけてきた。

宗乃進は荷台に載せた樽が倒れやしないか、そればかりが気になって、門番の言葉が耳に入らなかった。

宗乃進と人足二人は荷車をゴロゴロとゆっくり牽きながら門を出た。

ギーッと音を立てて門が閉まる。

だんだんと城が小さくなった頃、やっと宗乃進が声を出した。

「そろそろ大丈夫です」

ほっかむりをとると、人足は宗乃進の父、孫左衛門と家臣の山村だった。

「何十年とこの門を通ってきたが、今日ほどドキドキしたことはないぞ」

「私も心の臓が飛び出そうでした」

「まさか死んだはずの父上が荷車を牽いているとは誰も思わないでしょうね」

三人は荷車を牽きながら、いつもの帰り道ではなく、小高い丘を目指した。


丘に登る坂の途中にある畑の側に、殿様の糞尿を載せたまま荷車を置き去りにすることにした。人目がないことを確認すると、三人はその場から一目散に逃げ出し、一気に丘を登っていく。

「お～い」

丘の上では又兵衛と五郎左衛門が寝転びながらボ～ッと空をながめていた。

宗乃進には又兵衛たちがすぐに分かった。

宗乃進は父親や山村をかえりみず、いてもたってもいられず一気に駆け上がった。

「遅かったな、捕まったのかと心配したぞ」

ゆっくり立ち上がると体についた草を手で叩きながら又兵衛が言った。

「客人の帰りが遅れて、予定していた時刻よりかなり時間が経ってしもうた」

「俺らはいいが、この中の人が待ちくたびれたってよ」

そう言うと五郎左衛門が駕籠の扉をすっと開けた。

中にいたのは殿の袴を穿いたお菊だった。

「お菊！」

「宗乃進様！」

お菊は門番に止められることを予想し、城の中で殿の袴に着替えていたのだ。

宗乃進がお菊のそのか細い手を握り、駕籠から立たせると、しっかり抱き寄せた。

そこへ少し遅れて、孫左衛門と山村が現れた。

孫左衛門の顔を見たお菊はすっと宗乃進から離れた。

「もう気にせんでええ、お主らは自由じゃ」

孫左衛門のまさかの発言にお菊がびっくりしたように宗乃進を見つめた。

宗乃進もその言葉を受け止めるように、お菊の目を見てにっこり頷くと、お菊は気持ちを抑え切れず、目に涙をためながらそのまま宗乃進の胸に飛び込んだ。

山村が又兵衛の手をとり頭を下げた。

「今日の今日、いや今の今まで、実はお主を疑っておった。すまん、この通りじゃ。しかし、ようもこんな名案が浮かんだの」

「ほんまや。宗乃進のおやっさんを死んだことにした時は気でも狂ったのかと思ったぞ」

五郎左衛門も一緒になって又兵衛に話しかけてきた。

「ぶっちゃけ成功するかどうかなんて、今の今まで分からんかった。樽の中にお前の親父さんと山村のおっさんを入れて城内に入る時が、正直一番ドキドキしたなぁ。あそこで中を見られたら一巻の終わりやからな」

「私も中にいて、緊張でちびりそうになった」

山村が真剣な顔でそう言うと、

「まっ、ちびっても肥入れだから安心じゃけどな」

と宗乃進が切り返し、皆がどっと笑った。

すると孫左衛門が重い口を開いた。

「しかし茶会の僅かな間に、殿の袴のお陰でお菊が囚われている所まで行けたからいいものの、行けなんだらどうするつもりだったんじゃ？」

「今やから言うけど、二人で空の駕籠を担いで逃げようって言うてたんや」

と五郎左衛門が笑いながら漏らした。

「そ、それは本当か？」

山村が甲高い声を出して又兵衛を睨んだ。

「馬鹿、そんな余計なこと言わんでええねん。冗談や、冗談」

あわてて又兵衛が窘めると、五郎左衛門は頭を下げ、舌をぺろりと出して笑った。

「何はともあれ、こうしてお菊を無事に連れもどすことができたんじゃ、もうこれ以上私は何も望むものはない。父上、以前にお話ししたように、私とお菊はこの国を出て、尾張に行こうと思います。家督を継がない親不孝をどうかお許しください」

宗乃進がそう告げると、山村が割って入った。

「本当に行かれるのですか？」

山村がそう言うと、真剣な眼差しで頷き、話を続けた。

「私は家を継ぐことよりお菊と一緒に生きることを選んだんだ。この気持ちは何があっても変わらない。しかしこのままではこの内田家が滅びてしまう。山村、お主が公人朝夕人となって、私の代わりに内田家を継いでもらえぬか？」

「私が？　めっそうもございません。私なんかに継げるわけがありません」

「大丈夫、俺なんかよりお主の方が向いておる」

「いや、しかし……」

「幸いにもこの仕事は顔を隠して行う。誰も俺の顔なんかろくに覚えちゃいない。長年仕えてきたお前が、公人朝夕人を継ぐべきだ」

「いや、でも……」

「心配ない、父上もそう思っておる」

孫左衛門は山村の方を見てやさしく頷いた。

山村は下を向くと小刻みに震えながら大粒の涙を零した。宗乃進は山村の手をとり、しっかり握りしめた。

「山村、私の代わりにやってくれるな？」

山村は顔をくしゃくしゃにして泣きながら、首を大きく縦に振った。

「あのぅ……お取り込み中申し訳ないんですけど、俺らは……？」

と五郎左衛門が割って入った。

「すまん、すまん、今日のことは全てお主らのお陰じゃ。お主らがいなかったら私は本当の自由を手に入れることができなかった。もちろん五郎左衛門と又兵衛にもしっかり礼をさせてもらうから安心せぃ」

宗乃進がそう言うと、二人は宗乃進とお菊の周りを飛び跳ねながら喜んだ。

数日後、また二人となった又兵衛と五郎左衛門は、以前にお宝を隠した場所へ向かうため再び旅に出た。

だがその先に難攻不落の関所があることを二人はまだ知らない。

第四章　火洗いの関所（初夏）

29

宗乃進と別れた又兵衛、五郎左衛門はお宝を埋めた場所へ、一路、佐渡宮《さどのみや》という町に向かった。

その途中、関所の手前の小さなひなびた茶屋で宗乃進のことを話していた。

「なぁ～又兵衛」

「うん？」

「あのお菊って女、どう思った？」

「どう思ったって？」

「正直ブサイクやったと思わへん？　いや、宗乃進には悪いけど、あんな不細工な女のために命がけの作戦をようやりよったなと思って」

と五郎左衛門が、茶屋でお茶をすすろうとしている又兵衛に話しかけた。

「まぁな、蓼《たで》食う虫も好き好きってことやな……」

又兵衛はうざそうな顔をして、体の向きを少し変えた。

「正直、宗乃進のおやっさんの気持ちも複雑や思うで……なにもあんな不細工と駆け落ちせんでもええやん」

なおもしつこく五郎左衛門が話しかけてくるので、「せやな」と又兵衛は背を向けて座り直した。

「宗乃進って、ありゃ〜かなりのブス専やで……」

五郎左衛門が、宗乃進と駆け落ちしたお菊の容姿を話題にお茶をすすった。

すると横から、茶屋の主人とこの先の関所について話している旅人の声が聞こえてきた。

「おやっさん、お勘定」

「団子とお茶で三文になります」

「この先の関所まであとどれぐらいだい？」

「大人の足で小半刻（約三十分）ってところですかね。ただ出ていく手続きにそれぐらいかかる時があるんで、早いうちに向かった方がいいです」

「なんでそんな時間がかかるんだい？」

「お客さん知らないんですかい？　この先の関所はそれはそれは凄い所で、出入り口の門の高さは通常の倍、しかも頑丈な二重扉だそうで、山間に位置していることもあって、山側も谷側も両方ともとんでもなく険しく、脇から通り抜けることは絶対に出来ねぇ、まるで要塞のような関所なんでさぁ〜」

「なんでまたそんなに厳重に取り締まってんだい？」

「なんでも、口八丁な罪人たちをここでしっかり取り締まるようにってお触れが出たそうで、山師やいかさま師ばかりが捕らえられてるって噂です」

「へぇ〜、じゃ〜俺も気をつけて行かねぇとな」

「またまたご冗談を……」

と主人と旅人が互いに笑ってみせた。

それをじっくり聞かされた五郎左衛門は見るからに動揺し、自分が団子を頬張っていたことも忘れて、ゴクンッと丸呑みしてしまった。

「ウゲッ……」

喉に詰まらせた団子を流そうと、一気にお茶を飲み込むと、胸をトントン叩きながら又兵衛に顔を近づけた。

「聞いたか又兵衛？　ど、ど、どうするよぉ？」

「声がでかいねん」

「けど、どないすんねん？　ついこの間までこんなところに関所なんかなかったのに、最悪やなぁ……」

又兵衛が、片付けをしている茶屋の主人に話しかけた。

「おやじ、そんなにこの先の関所って大変なんか？」

「あっ、聞いていらっしゃったんですか？」

「ちょっと聞こえてきたもんでな」

「はい、なんでもあそこで捕まると、みんな声が出なくなるほどのきついお調べを受けるらしいんです」

主人のニヤついた顔と妙に慣れた喋り方からして、そんな話をしてみんなが驚くのを楽しんでいるようにも思えた。

「でも脇道や山や谷から抜けていく者もいるんだろ？」

「いえいえ、見ての通りこの切り立った山と谷じゃ、そんな道を通っていく者など一人もいません。無理に行って山犬や熊の餌食になるのは嫌ですからね。あの関所ができた時から山や谷から抜けて逃げ切ったという人の話は、今まで聞いたことがありません」

「そうなんや、ありがとうな」

「いえいえ、お客さんもお気をつけください」

そう言って笑いながら奥へ引っ込んでいく主人の言葉に五郎左衛門がひっかかった。

「お気をつけくださいってどういう意味やねん。まるで俺らが罪人みたいに言いやがって」

「まっ、罪人やけどな」

「せやけどやなぁ……」

「まっ、こんなところで怒ってもしゃ〜ない。俺らには、山村が手配してくれたこの手形があるんやし、まずは信じて行くしかないやろ」

「そうやな、俺らには手形があるんやしな」

昼過ぎには、関所の前に既にずらりと人が並んでいた。

噂には聞いていたが、その関所の壁は二人が思っていたよりも遥かに高く、中には今までの関所と違い、取り締まる侍たちが十人近くいた。

おそらくここに常駐して、捕まえた罪人を収容し、その処罰まで任されているのだろう。

早く通り抜けたい旅人や行商人たちはきちんと列を作り、文句も言わず、黙ったままぴったり寄り添うように並んでいた。

ひそひそ声は聞こえるものの皆言葉数は少なく、数人ずつしか入っていけないこともあって、ズルズルと地面を擦るような草鞋の音が、妙に耳に残る。

「それにしても時間がかかるのぉ～」

とイライラした五郎左衛門が声を出した。

「それだけしっかり見よるってことや」

「でも手形見たらすぐ分かるやろ」

そう言うと、前に並んでいた行商人らしい男が二人の方を振り向き、話に加わってきた。

「おめぇさんたち、ここは初めてかい？　言っとくがそんな手形なんざ、なんの足しにもならねぇ～ぜ」

「えっ！　なんで？」

「便宜上、一応確認はするけど、こんな手形を持っているのは当たり前、ここを通るのにこれだけ時間がかかるのは、罪人や下手人の人相書きと一人ずつ照らし合わせているからなんだ」

「えっ？」

思わず大きな声を出してしまった五郎左衛門だったが、慌てて平静を装い、もう一度笑顔で聞き直した。

「なんで、わざわざ一人ずつ？」

「さぁ、下手人を捕まえると上から褒美が出るって噂だが、本当のところはどうだか……。三人の役人がじっくり顔を見て、納得するまで通さないってわけさ」

五郎左衛門のみならず、さすがの又兵衛もその時ばかりは、焦りを隠せなかった。

「驚くのはまだ早いぜ、以前ここを通った奴に聞いた話なんだが、似ている奴は皆ここで、一旦足止めを食うらしい。ただ足止めを食ったら最後、ただでは出られないって噂だ」

「なんでやねん、なんでそんなことすんねん？」

お門違いなのは分かっていたが、動揺した五郎左衛門は思わず行商人にイライラする気持ちをぶつけてしまった。

「知らねぇ〜よ。疑わしきは罰するってことだろう」

急に大声を出した五郎左衛門が癇に障ったのか、その行商人はそのまま前を向くと、それ以降振り返ることはなかった。

むろん、このような話を聞いた二人の口数はめっきりと減り、まるでこの世の終わりのような顔をしたまま、どうすることも出来ないでいた。

時間とともに列も徐々に短くなり、又兵衛と五郎左衛門は門の前までやってきた。

行商の男が先に中に入った。

「どんな感じで入ったらええと思う?」

しばらく黙っていた五郎左衛門が小声で聞いてきた。

「おどおどせんと、堂々としてたらええねん」

「そやな、なるほど……分かった」

先程の行商人に続いて五郎左衛門が中に入っていった。

門を入ると、持っていた通行手形の提示を促された。

手形を関所の男に渡すだけなのに、五郎左衛門の手はびっくりするほど震えていた。

五郎左衛門本人も、どうしてこんなに自分の手が震えるのか訳が分からなかった。ただ、どうにかしなきゃと思えば思うほど、どんどんおかしくなっていく自分をどうすることも出来なかった。

小刻みに震える手から手形を受け取ったのは痩せ形のキツネ目の男だった。

「名前は?」

「北見《きたみ》、ご、五郎左衛門」

喉にトゲでも刺さったような小さな声で五郎左衛門が答えた。

——やばい。

後ろから見ていた又兵衛は焦った。

キツネ目の男が二、三度顔をチラチラと見た後、今度はじっと五郎左衛門の目を見ている。

——目をそらすなよ。

又兵衛はそう心で念じながら五郎左衛門を見つめた。

「一人か？」

キツネ目の男が聞いた。

「いや、二人だったんだが……今は一人というか……」

並んでいる時に、他人のように一人ひとり別々に来たことにしようと、あれほど口を酸っぱくして言ったのに、あまりの緊張から五郎左衛門は二人だと言ってしまい、どうしようという顔で後ろの又兵衛の方をチラチラ見てきた。

するとキツネ目の男もこちらを見てきた。

「うん？　お前、こいつの連れか？」

瞬間的にその言葉を否定しようかとも考えたが、五郎左衛門がおどおどとこっちを見る仕草からすれば、どう見ても二人一緒だと一目瞭然だったので、又兵衛はしかたなくそのまま頷いた。

小さなため息を一つつき、黙ったまま持っている手形を渡すと、キツネ目の男は二人一緒に中に入るように指示した。

「入れ」

呆れ顔をした又兵衛は五郎左衛門を横目で睨みつけながら門をくぐって中に入った。

中に入るや否や、なんとも異様な臭いがした。

獣臭いような、生臭いような、それでいて何かが焦げたような臭いが入り混じった、正直生理的に受けつけない気持ち悪い臭いが立ち込めていた。

入り口と出口には大きな木が二本立っていた。

大きな松があるこちら側の門を通称〝松の門〟、大きな杉がある反対側の門を通称〝杉の門〟と呼ぶようだ。

二つの門の間には小さな建物がある。ここで働く役人たちの詰め所のようだ。

その奥はこちらからは見えないが、捕まえられた罪人たちが入る牢屋のようなものだろう。

周りには犬が数匹、地面にべったりと顔をつけ、気持ち良さそうに日向ぼっこをしながら寝転んでいる。

ただその犬が時折見せる目つきは鋭く、体も大人の男性ぐらいのものもいた。

又兵衛は罪人が逃亡しないように犬を飼っているのだとすぐに分かった。

少し歩き、検分係の前に順番に立たされた。

松の門の手前で、自分たちの前にいた行商人が、罪人か罪人でないか照合するために、検分されているのを又兵衛たちは後ろからじっと見ていた。

人によってかかる時間はまちまちで、すぐに判を押されて杉の門へ行く者もいれば、何度も人相書きと見比べられて時間がかかる者もいた。

行商人は前者の方だった。関所の男が素早く手形に判を押し、行商人に杉の門の方へ行くよう指をさした。

又兵衛と五郎左衛門の番がやってきた。

するとさっき松の門を入ったところにいたキツネ目の男がスタスタとやってきて、なにか検分係に耳打ちをすると、下手人の人相書きがぎっしりと入っている引き出しから数枚取り出し、五郎左衛門と又兵衛の顔と見比べ始めた。

明らかに二人は後者だった。

見始めて早々に検分係の手が止まった。

又兵衛が覗き込むと、検分係の持っている人相書きは誰が描いたのか分からないが、五郎左衛門そっくりだった。

それに五郎左衛門も気づいたのだろう。慌てて目を細め、顎を少し突き出しながら、必死に別人を装ってみせた。そんな子供じみたことで免れようとする五郎左衛門が、又兵衛は不憫でならなかった。

変顔も虚しく、案の定、五郎左衛門は別の役人に腕をつかまれ、別室に連れていかれた。

「又兵衛どうしょう?」

——なんでこんなところで名前を呼ぶかね……。

そう心の中で思いながらも、又兵衛は検分係を見た。

五郎左衛門同様、誰が見ても自分だと一目で分かるような人相書きを検分係が手に持っているのに気づくと、何を言ってもこりゃ駄目だと即座に察し、検分係に指示される前に、五郎左衛門と同じ方へ自ら向かった。

チラリと見えたキツネ目の男が自分たちの方を向くと、不気味な笑みを浮かべた。

31

腕をつかまれながら、並んでいる人の間を歩くのがこれほど嫌なものだとは思わなかった。

周りの目は冷ややかというより、同情に近く、腕をつかまれた自分たちを見るやいなや、急にし～んと静まり返りこっちの顔をじ～っと目で追ってくる。

「可哀相に……哀れだなぁ……」

そんな言葉が今にも聞こえてきそうだった。


並んでいる時にはあまりよく見えなかったが、詰め所の奥には思っていた通り、頑丈そうな牢屋があった。格子は太い角材でできていて、ちょっとやそっとじゃ壊せそうにないことぐらい大工でなくても容易に分かった。

役人が大きな牢屋の鍵を開けると、皮膚がたるむほど痩せ細った三人の男がギョロッとした目だけをこちらに向けてきた。

立ち上がる気力もなくしてしまったかのように見える者。膝を抱えて上目遣いにこちらを見る者。格子にもたれかかり一瞬目を向けるが、すぐにまた目をそむけ、チラチラと盗み見る者。

その全員の目が自分たちを敵対視するわけでもなく、不審がるでもなく、各々《おのおの》が心を閉ざし、他人が自分たちの心に立ち入らないようにしていると思えて仕方がなかった。

その空気に耐えきれず、五郎左衛門が先にいた罪人たちに向かって口を開いた。

「お休みのところ、えらいすんませんなぁ……」

しかし誰も答えようとはしなかった。

「なんつぅ〜か、そのぉ〜、よろしゅ〜たのんます」

誰一人、五郎左衛門に答える者はいなかった。

五郎左衛門は、他の罪人を気にしながらいつもの悪態をついた。

「なんやこいつら、耳、聞こえへんのか？」

すると奥であぐらをかいていた男が、のっそりと起き上がり、まっすぐ五郎左衛門に向かってきた。

「な、なんや？」

すると男は自分の首のあたりを左手でポンポンと二度ほど触れると、たじろぐ五郎左衛門に向かって何か言ってきた。

「ぎがぁぐあい……」

何を言っているかさっぱり分からなかったが、五郎左衛門に憤慨して、何かを言っているのではなさそうだ。

「ぎがぁぐあい……」

その男はもう一度、自分の首を強く触り、同じ言葉を言った。

しかし何を言おうとしているのか五郎左衛門たちには全く分からなかった。

すると、横にいた男が地面の小石を手にとり、土の上に「火洗い」と文字を書いた。

字の読み書きができない二人は、その男が一体何を書いているのかもさっぱり分からなかった。

「悪いけど、字読まれへんねん、口で言うて！」

「ぎぇんぜげぇ……」

地べたに字を書いた男も、何を言っているのか二人にはさっぱり分からなかった。

「だから、何言うてるか分からんっちゅ〜てんねん」

すると対角線上の奥の方から声が聞こえた。

「みんな喋れねぇ〜んだよ」

二人に言い聞かせるようなしっかりした声だった。

声の方を向くと、壁にもたれかかりながら、頬に傷のある大きな男がこちらを見ていた。

「ここにいる者はみんな喉を潰されたんだ」

「喉を？　なんで？」

「拷問だよ。ここは御上が特別に設けた関所で、罪人の処罰はここの者に一任されているんだ。ここで捕まった者はみんな何らかの秘密を持っている。口を割らないと、みな火にかけられた熱い小石を口の中に投げ込まれるんだ」

「口の中に？　なんで？」

五郎左衛門がびっくりした顔をした。

「分からん、ただ口を割らなければ、この拷問は続く。あの二人は熱い石で喉がただれ、声帯を奪われたやつらだ」

五郎左衛門と又兵衛は改めて、ここで捕まったことを後悔した。

「まぁたぶん、順番からいくと次は俺の番だろう。しかし俺が終われば、間違いなく次はお前らだ」

五郎左衛門と又兵衛は言葉を失った。

32

翌朝二人が目をさますと、拷問にかけられて声を失っていた二人のうちの一人が冷たくなっていた。

役人たちは牢屋に入ってくるなり、いきなりびっくりするような強さで死人の指先を踏んづけた。死んだことを確認するために、なんの躊躇もなく踏んづける。こんなことを顔色一つ変えずにできる役人たちが死神にも思える。

死体をまるでゴミのように、淡々と、そして素早く片付けて、死神たちはその場を去っていった。突然やってくる死という理不尽なまでの現実に、心がついていかない。

昨日まで一緒に存在した生が、全てを無にする死に突然変わる違和感が人間の思考を止めてしまうのだろう。

ただ半日もすれば通常の自分に、ほぼほぼ戻っている。

人一人がこの世からいなくなる恐怖を感じながらも、人が一人死ぬとこんなにも牢屋が広くなるのか、とふと思ってしまう。

まあ、人間というのは、いい加減な生き物であることには間違いない。


何もない牢屋の中はとても退屈だった。

声を奪われた者ばかりのこの空間は、ただただ沈黙が流れるばかりで、皆廃人のように地べたに横たわり、一日の大半を寝て過ごすしかすることがなかった。

ただこんなところでもいいところもあった。

外の風景が見えるところである。

牢屋は岩山の洞窟を利用して作られているので、後ろと横は大きな岩で塞がれているが、前方は外が見えるため、真っ暗な牢屋の中にいるより気が滅入らずに済んだ。

時折吹く風は鳥の声を運び、山の景色が垣間見えることに、これほどまでに心が癒やされるとは、ここに来るまで二人は気がつかなかった。


そして時々、思わぬ訪問者が現れることもあった。

昼間寝ていると、自分の横に見たこともない毛むくじゃらの奴がいることがある。

そいつの名前はシロ。ここで飼われている犬だ。

他の犬と比べると比較的小柄なこの犬は、時々人間は通ることができない牢屋の格子を通り抜けて中に入ってくる。

日中、暑くなると洞窟になっているここが過ごしやすいことを知っているのだろう。

自分たちの寝床が狭くなったり、犬もここの見張り番だと思っている者も多く、囚人の中には蹴飛ばして追い出す者もいたらしいが、例の頬に傷のある大きな男のそばには暇があるとやってきた。

壁にもたれてあぐらをかいている男の太ももにちょこんと顎をのせて、寄り添うように眠っている。

牢屋の格子を通り抜けられる犬は他にもいるのだろうが、牢屋の中まで入ってきて居座るのはこのシロだけだった。

どこをどう気に入ったのかは知らないが、この大きな男のそばをとにかく離れない。

時間だけは有り余っているので、この頬に傷がある大きな男はシロにいろいろな芸当を教えていた。

男が手を二回叩くと、外から男めがけて飛び跳ねながら駆けてくる。

その場で手を一回叩くと、ゴロンと一回転し、三回叩くと裏山の松林まで急いで出ていって、大きな松ぼっくりを咥えて戻ってくる。

一日なにもしないで牢屋の中にいると、こんなたわいもないことが楽しく思えた。

シロの芸当を見ているだけで、みんな微笑ましく、穏やかな気持ちになれた。

我々がシロを遊んでやっているのではなく、逆に我々が遊んでもらっているような、そんな錯覚に陥る時さえある。

そしてささやかではあるが、ここでの喜びがもう一つあった。

獄中のみんなが他に楽しみにしていたのが一日二度の食事だ。

朝になると、両手を合わせたぐらいの、決して大きいとは言えない木の椀が配られ、その中に麦や粟を水で薄くのばしたシャバシャバとした半透明のお粥を配膳係が牢屋の外から格子越しに流し込んでくれる。

ほんの僅かではあるものの温かい。

朝も夜も毎回食事の度に、七輪で真っ赤に熱された石を、牢屋の前まで持ってきては、配膳係が粥の樽の中に放り込む。

ブシュブシュブシュと水しぶきと蒸気があがる中、形だけではあるが一応温めてくれているのだ。粥の温度は、食事を配る配膳係が熱くなった石を幾つ入れるかで違っていた。

お椀と一緒に、もちろん箸も配られるが、ほぼ使うことはなかった。

なぜならつまめるようなものは、この粥の中に入っていないからだ。

両手でお椀を持って、ズズズッとみんなが一斉にすすり込む音がするので、ここの罪人たちは食事のことを「ズズ」と呼んでいた。

ズズの中にたまに菜っ葉のようなものが入っていることがあり、その時だけは形がなくなるまで、みんな菜っ葉を噛みしめていた。

もちろん菜っ葉が入っていること自体も嬉しいのだが、ここのみんなが噛みしめながらゆっくり食べているのには、他に理由があった。

菜っ葉入りズズが出ると、必ず次の食事の後には例の拷問が行われるからである。

「おい又兵衛、ズズに菜っ葉が入ってるぞ」

牢屋に入れられて二日目の夜のことだった。

「菜っ葉？」

薄暗い牢屋の中で又兵衛が目をこらすと、ズズの中にたしかに緑の菜っ葉が入っている。

又兵衛は頬に傷がある大男を見た。

男はゆっくりと菜っ葉の入った粥をすすると、又兵衛の方を見て、引きつりながらも笑ってみせた。

食事が終わると、ずっと黙っている大男に五郎左衛門が何の気なしに話しかけてみた。

すると、ずっと無口で気難しいと思っていた大男が堰を切ったように話し出した。

あと数刻経てば地獄のような拷問にかけられ、何も喋れなくなるか、運が悪けりゃ死んでしまうかと思うと、どんなに無口な人間でも、自分の恐怖をかき消すために、そうなってしまうのかもしれない。

この大男が牢屋に何日入っていたかは分からないが、五郎左衛門たちが入ってくるまでみな声を奪われた者ばかりで、誰ともまともに話せないでいたのだから話が止まらないのも無理はない。

名前は亮太《りょうた》というらしい。

自らの生い立ち、家族のこと、そして自分はおばあちゃん子で、優しかった祖母にもう一度会いたいなどと、とにかくのべつ幕なしに話し続ける亮太に、五郎左衛門たちは相槌を打つ暇もないほどだった。

一体どれほど話し続けただろうか？

一人残った声の出ない囚人も眠りにつき、又兵衛の横では五郎左衛門も口を開けてグーグーといびきをかいている。

「いい気なもんやで」

気持ちよさそうに寝ている五郎左衛門を見ながら又兵衛が半ば呆れた表情でそう言うと、それを見た亮太がなんともいえない顔で微笑んだ。

「仲がいいんだな」

「えっ？」

「正直、二人が羨ましい」

「羨ましい？　俺らが？　こんな疫病神みたいな奴、一緒におってもろくなことないで」

口では悪く言っているものの、それが又兵衛の本心でないことは亮太にはもちろん分かっていた。

自分の横で甘えるようにうなだれているシロをゆっくり撫でながら亮太は話を続ける。

「二人はもう長いのか？」

「そうやな、物心ついた時からやからな……」

「そんなに昔から？」

「あんまり人に話したことないんやけど、俺らには変な共通点があってな」

「共通点？」

「そう、親がおらんていう共通点や。俺もこいつもおんなじ村の出身で、戦で親を失くした孤児や。俗に言う〝おわりもん〟っていうやっちゃ。修徳寺《しゅうとくじ》という、まぁそれはそれはオンボロ寺に白蓮《びゃくれん》ていう尼さんがおってな。俺らは『あ〜ちゃん』てその人のことを呼んでたんやけど、やんちゃな俺らの母ちゃん代わりをずっとしてくれてなぁ」

「へぇ〜、じゃ〜俺も友達になれそうだな」

「えっ？」

「実は俺もお前たちと同じように、親が両方ともいないんだ」

「お前も孤児か？」

「違う違う。俺が小さい時に流行り病に父ちゃんが罹《かか》り、そのあと母ちゃんも、兄弟もみんな罹って死んじまった」

「みんなが流行り病に？」

「そうだ。最初はただの風邪だと思ってたんだ。いずれ治るだろうと放っておくと、だんだん顔がパンパンに腫れ上がり、大半はそのまま弱って死んじまう。こいつが厄介なのは、周りの者に感染《うつ》っていくってことだ」

「まじか？」

「だから残ったのは俺とばあちゃんだけ。俺の父ちゃんの顔がパンパンに腫れ始めた時に、ここにいちゃ〜駄目だと思ったばあちゃんがまだ生きている息子を捨て、孫の俺を連れて国を出ていったんだ。その後、あちこちを転々としながら一人で俺を育ててくれてなぁ。そんなばあちゃんに孝行がしたくて、奉公へ行ったら、そこに盗みが入ってな。その犯人が俺だってことになった」

「俺だってことになった？」

「無理やり犯人にされたんだ。いくら言っても誰にも信用してもらえなかった。やっぱり、親がいない奴は信用できねぇ〜とか、連れてきた乞食のばあさんも怪しそうな感じだったとか言いやがるから、こいつらも一文無しにしてやろうと屋敷に火を放ったら、そのまま捕まっちまった」

「ばあちゃんはなんて？」

「今更、合わせる顔なんかねぇ〜し、別れてからずっと会ってない」

「会いに行けよ！」

「誰に？」

「そのばあちゃんに！」

「どうやって会うんだよ、こんな状態で」

「まぁな……」

「このままばあちゃんに会えないんだったら、長生きする理由もないんだよなぁ」

そう亮太が言うと、又兵衛は言葉に詰まってしまった。

すると、ずっといびきをかいていた五郎左衛門が、急にむくっと顔をあげて、寝ていたことを悟られまいと訳の分からないことを喋り始めた。

「俺も、食った方がええと思う……」

きっと夢の中で旨いもんでも食ってる最中に、二人の声が聞こえてきたのだろう。真面目な顔で亮太の顔を見つめるものだから思わず笑ってしまった。

「何を食った方がいいって?」

ふざけて、そのまま五郎左衛門に話しかけた。

「それは……」

眠りに落ちていたことを必死に誤魔化そうとする五郎左衛門の寝ぼけ顔のおかしいこと、おかしいこと。二人は笑いを堪えずにはいられなかった。

しばらくむにゃむにゃ何か言い訳のようなことを言っていたが、二人が黙っているとまたコクリ、コクリと頭を揺らしながら、大きな口を開けていびきをかき始めた。

声を殺して嬉しそうに笑う亮太の顔を見て、又兵衛はこの男の話をただただ聞いてやることしかできない自分の歯がゆさを身にしみて感じていた。

「そろそろ寝るかぁ……」

亮太がぽつりと呟いた。

「いや、俺は別にまだ大丈夫やけど……」

「大丈夫だ、無理するな、もう十分だ。そもそも俺の人生なんて、人が糞をして尻を拭き終わるまでには話し終えてしまうぐらいのもんだからよ、どうでもいい話に付き合ってくれて、本当にありがとな」

「声が出なくなっても、ここに生きて帰ってこいよ」

「ここに戻ってきても、この牢屋から出られなきゃ一緒だからな……何度も拷問にかけられるのはごめんだ」

「逃げよう！　明日までには間に合わんけど、一緒に！」

「フフッ……そうだな、運良く生きて戻ってこられたら仲間に入れてくれ」

そう言って亮太は目を閉じると背を向けた。

静まった牢屋の中で、亮太が眠れないことぐらい又兵衛には分かっていた。

声を殺しながら泣いている男の背中を初めて見た。

なんと声をかければいいのか、又兵衛には分からなかった。

何か話しておきたいことが、あいつにはもっとあったんじゃないか。

かける言葉も見つからないまま又兵衛は横になり背中を丸めた。


朝になるとシロはそばにいなかった。

そしてさっさと寝ていると思っていた声の出ない囚人は、昨日亮太と又兵衛がお互いの生い立ちを話している時に息を引き取っていたようだ。

死体が手早く片付けられていく中、亮太がそれまでずっと寝ていたかのようにあくびをしているのが痛々しく、又兵衛は直視することができなかった。

いつものようにズズが配られ、亮太はあっという間にそれを腹の中に流し込んだ。

「不思議だなぁ。こんな生活でも、ここで生きていたいって思うんだよなぁ……」

亮太の言葉に又兵衛が答えた。

「だったら生きて戻ってこいよ」

「じゃ、せっかくだからそうするとするかな」

亮太と又兵衛が見つめ合いながら微笑んだ。

朝食が終わってしばらくすると、見たこともない男たちがズカズカと現れた。

牢屋の前に四人の男が並び、中の一人が鍵を開け始めた。

その男が扉を開け、早く出てこいと言わんばかりに「おい」と亮太を呼んだ。

しかし亮太は地べたに腰を下ろしたまま、男たちとは目も合わせず、なおも又兵衛に話しかけてきた。

「なぁ〜、この世に楽しいことってまだあると思うか？」

「絶対ある」

又兵衛が即答すると、「そっか……まだあるかぁ……」と言いながら亮太は嬉しそうに微笑んだ。

すると、さっきより強い口調で早く出てくるようにと男は催促してきた。

しかし亮太は男の言うことに一切耳を貸さず、ずっと無視し続けた。

見張り番を一人残し、三人の男たちがまっすぐ亮太めがけて牢屋の中に入ってくると、自分たちを完全に無視し続けたことに腹を立てたのか、亮太の指を思いっきり踏みつけた。

叫び声をあげた亮太を二人がかりで引きずり上げると、あとの一人が両腕を後ろに回し、ぐいっと肩甲骨が盛り上がるほど締めると、持っていた縄でしっかり縛り上げた。

そして後ろ手に縛られた亮太を三人がしっかり捕まえながら、牢屋の扉まで連れていくと、外で待っていた男が鍵を開け、亮太を引っ張り出すと、また素早く鍵をかけた。

「頑張れよ！」

咄嗟に又兵衛が声をかけた。

すると最後の自分の声を確かめるように亮太は答えた。

「ああ」

そう言うと、亮太は男たちに連れていかれた。

「なんでもええけど、〝頑張れよ〟はないやろ」

五郎左衛門に言われるのももっともだった。

自分でもなんでそんなことを言ったのか分からないが、何か言わずにいられなかったのだ。

亮太がいなくなると、牢屋の中は一気に重苦しい空気に覆い尽くされた。

ただ犬が外でいつもより元気に走り回っているのがとても対照的だった。

この牢屋に連れられてくる時にちらっと見えたのだが、煙突がある土塀の部屋が建物の群れから少し離れたところに設けられていた。亮太の話によると拷問はその中で行われるらしい。

中には上半身裸のままで、手拭いを頭にぐるっと巻き付け、火の粉が舞い上がる中、ずっと石を焼いている者がいるようだ。

声が出せない者たちが死ぬ前に言っていたことが語り継がれているので、どこまで合っているか分からない。ただ罪人の口の中に真っ赤に熱した石を入れる場所があり、そこで地獄のような拷問が行われていることは確かだ。

「鬼の火洗い」と言って、人を騙した鬼への罰として昔話などで聞いたことはあったが、本当にこんなことがあるなんて思いもよらなかった。

しばらくすると、とうていこの世のものとは思えないような、大きな叫び声が聞こえてきた。

今まで聞いたこともない、苦しそうな叫び声に五郎左衛門は顔をしかめた。

真っ赤に焼けた小石を口の中に投げ込まれ、ジュッと喉の奥が焼け焦げていくことを想像すると、とても冷静ではいられない。

石を入れられた者の中には、喉を貫通し首から石が飛び出してくる者もいるらしく、この世でもっとも酷い拷問と噂されるのも納得がいく。

今度は何か口から吐いたような声が聞こえてきた。

痛みに耐えきれず、血反吐《ちへど》も一緒に吐き出したのだろう。

しばらくの間、激しい叫び声が何度か続いたが、少しすると何も聞こえなくなった。

今までずっと聞こえていたはずの外の音がやたらと耳に入ってくる。

裏山から吹き込む風の音、裏山の鳥の声、関所に並ぶ者たちの足音。

恐怖と緊張が張り詰める中、胸の中に鉛のように重くたまったものを、大きなため息とともに吐き出しながら五郎左衛門が又兵衛に話しかけた。

「ふぅ〜、もう終わったかな？」

手にじんわりたまった汗を着物で拭きとりながら又兵衛は答えた。

「どうやろか……」

すると戻ってくる亮太を見つけたのか、外でシロがしっぽを振りながら、やたらとはしゃぎ回り始めた。

シロの目線の先に、見張り番に引きずられ、雨に打たれたかのように、体中汗まみれになった亮太の姿が見えた。

二人の男に両脇を抱えられながら、意識が朦朧としたまま牢屋の中へ投げ込まれると、地べたに頽れ、そのままへたり込んだ。

あとで知ったのだが、体全体が濡れているのは汗ではなく、水をかけられたかららしい。

以前、石を飲まされた者が、苦し紛れに熱く焼けた石を口から吐き出して着ていた着物の上に落とし、その着物が燃えたことがあったらしく、最近では石を投げ込む前に、罪人の体に大量の水をかけることになったということなのだ。

急いで近寄り、地べたにへたり込んだ亮太の体を抱き上げたが、亮太はぐったりしたままで反応がなく、ただ、「はぁ〜はぁ〜」という荒い呼吸だけを繰り返すと、時折咳き込みながら血の塊を吐いていた。

その時又兵衛は初めて気づいた。

地べたの土が少し黒く見えるのは、日陰になっているからでもなんでもなく、ここに入れられた何十、いや何百という者たちの血反吐のせいだったのだと。

「亮太、大丈夫か？」

五郎左衛門の言葉にも、きつく目をつぶったまま何も答えない。

「亮太！　しっかりしろ！」

亮太は黙ったまま苦しい顔を変えようとはしなかった。

「このまま死んでまうんかな？」

五郎左衛門がそう言うと、目をつぶったまま亮太が小さく首を横に動かした。

「あっ、亮太が動いた！　どうした亮太？」

「亮太がこの状態で喋れるわけないやろ。ちょっと黙っとけや」

又兵衛が五郎左衛門を諭すと、亮太を拷問所から連れてきた侍たちを呼び戻そうとあらん限りの声で叫び続けた。

「お〜い、ちょっと、お〜い看守！」

「なんだ？」

又兵衛の叫び声を聞いて一人の侍が戻ってきた。

「ちょっとすいません、水をもらえませんか？」

「水？」

「このままだとこいつが死んじゃいます、お願いします」

「ちょっと待ってろ」

呼び止められた男が水を汲みに行こうとすると、キツネ目の男がそれを阻んだ。

「どこへ行く？」

「ちょっと水を……」

「なんのために？」

「この者がどうしてもと……」

「だめだ」

「頼む、ちょっとでええねん、頼む！」

又兵衛は必死にキツネ目の男に懇願した。

すると男は黙ったまま、自分の持っている竹の水筒を腰から外すと、水をゴクリッ、ゴクリッと飲んでみせた。そして水筒を口から離すと、そのまま目の前でぽたぽたと零し始めた。

五郎左衛門が牢屋の格子の隙間から手を出して水を必死に受けようとするが、キツネ目の男は大きく一歩後ろに下がり、薄ら笑いを浮かべながら水を地べたに全部零した。

「おい、お前、なに考えてんねん！」

五郎左衛門が文句を言おうとしたが、又兵衛がそれを止めた。

するとキツネ目の男は、より一層その目を細くしながらニヤリと笑った。

虫けらでも見るような冷酷な目が二人をゾクッとさせた。

するとキツネ目の男は、くるりと背中を向けてその場から去っていった。

亮太を抱えたまま、又兵衛は片方の手で自分の着物の袖を力強く握り、そして一気に引きちぎると、五郎左衛門にそれを投げた。

「早く、この布で零した水を吸い取れ！」

急いで五郎左衛門が地べたに溜まった僅かな水に布切れをかぶせ、水を染み込ませると、それを丁寧に拾い上げた。

「こっちに持ってこい」

五郎左衛門は又兵衛に言われるまま、水を吸った布切れを亮太の口元に持っていき、口を開かせると、ギュッと絞った。

泥水なので少し汚れてはいるものの、体内が焼けただれた亮太にとっては、何ものにも代えがたいものだったはずだ。

亮太の口に咥えさせ、その水を吸うように伝えたが、喉がかなり傷ついているのだろうか、亮太が自分から勢いよく吸うことは一度もなかった。

その日から亮太は熱を出し、翌日も一向に下がる気配がなかった。

シロがやってきて「クゥンクゥン」と鼻を鳴らして横たわっている亮太に体をこすりつけても、目を開けて見ることはなかった。

餌の時間になると、いつもなら飛び出していくシロが、亮太の体調がよくないのを察してか、心配そうに亮太の顔をペロペロ舐めてから、この場から離れがたいのか何度も振り返り出ていった。

ただ口の中に血がたまる回数だけは少なくなっていた。

二日後には熱も少し下がり、冷めたズズを口から流し込むと、痛がりながらもそれを静かに胃の中へ入れることができるようになった。

自分から何かを言ったり、起き上がろうとはしなかったが、目を開きこちらの言うことに反応するまでには回復していた。

五郎左衛門が自分の太ももの上に亮太の頭をのせて、朝のズズを飲ませてあげていた。

「まだ飲めるか？」

ズズに口をつけながら亮太が小さく首を横に振ると、

「もういらんねんな、ほなもらうで」

五郎左衛門は亮太の残したズズを奪い取ると一気に飲み干した。

「お前が人にやさしくする時は必ず何か理由があるよな」

又兵衛にそうズバリと指摘されると、口をモゴモゴさせながら言い返してきた。

「なにが？」

「亮太がズズを残すのを分かってやってんねやろ」

「アホ、違うわ」

「いらんて言うたら、残ったズズを食べられるから」

「そんなこと考えてへんわ！」

「ほな、亮太が全部食べられるようになってもやったれよ」

「あぁ、当たり前やないか」

そんな二人のやり取りを聞きながら、亮太は五郎左衛門の太ももの上でクスッと笑った。

33

又兵衛が目を覚ますと、背を向けた五郎左衛門がだれかと小さな声で話していた。

「お前はいいよなぁ〜自由で」

その話し相手は亮太に寄り添って寝ているシロだった。

「何してんねん」

又兵衛は五郎左衛門に尋ねた。

「寝てたら、クンクンて声が聞こえてきたから」

動かない亮太を心配するように、シロが亮太にぴったりと体を寄せ、愛くるしい顔でこっちを見上げている。

生き物好きの五郎左衛門のことが分かるのか、又兵衛には愛嬌ひとつ振りまかないのに亮太と五郎左衛門にはしっぽを振っている。

「亮太じゃないけど、こいつを撫でていると落ち着くねん。そろそろ菜っ葉のズズが出てきそうで……。なんか、そんなこと考えてると柄にもなくなかなか眠れへんねん」

「珍しいな、お前が眠られへんて……」

「ほんま自分でもびっくりするわ、又兵衛は怖ないんか？」

「そんなわけないやろ！　亮太のことがあってからずっと、どうにかして逃げられへんかなって考えてんねんけど、今回だけはなんにも思いつかん」

「もしも、これはもしもの話な、もしもお宝のありかを教えたら、助けてくれるんかな？」

「お前、なに考えとんねん。あれであ〜ちゃんに恩返しするんちゃうんか」

「だからもしもの話として聞いただけやん、そんな怖い顔すんなって」

「ええか、どんなことがあっても俺は教えるつもりは一切ない」

「分かってる」

とは言ったものの、今すぐにでも白状してここから逃げ出したい気持ちは又兵衛も同じだった。

しかし今更なにを言っても、あのキツネ目の男が許すはずもないことぐらい又兵衛は分かっている。

ここに入れられた以上、逃げ出す機会は皆無に等しいと諦めるほかなかった。

すると五郎左衛門が牢屋の格子から腕を突き出し体を寄せた。

「なんとか逃げられへんかな……」

必死に通り抜けようとするが、頭がどうしても入らない。

「そりゃ〜無理やろ。そんな細いところにお前のでかい頭が入るわけないやろ」

「分かってるっちゅうねん。一応確認しただけや。あぁ〜、シロみたいに行ったり来たりできへんかなぁ〜」

「確かになぁ……ん？」

又兵衛は首をコキコキと鳴らしながら五郎左衛門を見て言った。

「五郎左衛門、ひょっとすると逃げられるかもしれへんぞ」

「えっ？」

又兵衛はキラキラした目で五郎左衛門を呼び寄せ、ここから逃げ出す秘策を耳打ちし始めた。

「そんなこと出来るか？」

「し〜っ！」

と又兵衛は人差し指を五郎左衛門の口に当てて静かにさせた。

二人は慌てて亮太を見たが、亮太はまだ深い寝息を立てていた。

五郎左衛門は背を丸くして小声で続きを話し始めた。

「そんなこと、亮太が了承するか？」

「でもやるしかない」

「シロはほんまに大丈夫か？」

「賢い犬や、絶対に大丈夫や」

「でも……もうちょっと他に方法はないんかな？」

「むちゃくちゃ言うな、これでもよう思いついた方やぞ」

「まぁな」

「で、どうすんねん？」

又兵衛は、お前が説得しろよとでも言いたげに、黙って五郎左衛門を見つめた。

「ちょっと待って。俺はよう言わんで」

五郎左衛門が慌てて断った。

「それは俺もよう言わんよ」

「又兵衛が思いついたんやから、又兵衛が言えや」

「逆やろ！」

「なんで？」

「俺が考えたんやから、伝える役ぐらいせ〜や」

「それは無理、無理！」

「お前なんもしてへんねんから、それぐらいせ〜や」

「なんもしてへんて、どういうことやねん」

「なんもしてへんから、なんもしてへんって言うただけやろ。ほなお前、なんか考えたことあるんか？　俺の後ろばっかりついてきて、今まで何も考えたことないやんけ」

「お前、そんなふうにずっと思ってたんか？」

「…………」

「俺は嫌や。シロを危険な目に遭わせることも嫌や」

「ほな、一生ここから逃げられへんぞ、それでもええんやな」

「ええんちゃうか別に。その時はその時やろ」

「言うたな、その言葉忘れんなよ」

そう言うと又兵衛は五郎左衛門に背を向けたまま、まともに口を利こうとしなかった。

翌朝、いつものように朝食の準備が始まった。

焼けた石が樽の中に入れられ、ブスブスブスッと大きな音を立てて湯気が牢屋内にまで漂うと、粥の匂いがぱぁ〜っと立ち込めた。

又兵衛がズズを受け取ろうと手をのばした時によそっている男と目が合った。

ほんの一瞬だったが憐れんでいるようにも見えた。

まさか？　又兵衛の頭の中で嫌な予感がした。

——入ってるのか？

その予感は的中した。

お椀の中に菜っ葉が入っていたのだ。

又兵衛は黙ったままお椀から目線を外すと、チラリと五郎左衛門を見た。

「マジか？」

何も言わなくても、長年連れ添った相棒の表情だけで、最悪の時が来たことが瞬時にして分かった。

五郎左衛門はゆっくり前に進み、ズズを受け取ろうとしたが、その手がガタガタ震えて、しっかりつかむことが出来なかった。

あわてて両手でつかむと、その場にへたり込んでしまった。

一瞬にして鉛のように身体が重くなっていくのが分かった。

「おい」

と配膳係の男が亮太の分のズズも手渡した。

両手にズズのお椀を持ったまま、しばらく五郎左衛門は動くことが出来なかった。

亮太が体を引きずりながら、五郎左衛門のそばまで来て、あぐらをかいてへたり込んでいる五郎左衛門の膝をポンポンとやさしく叩いた。

うんうんと頷くものの、ズズにいっこうに口をつけないまま一点を見つめている。

すると又兵衛は一緒に魂も漏れ出ていきそうな大きなため息を一つつくと、何かをふっきるようにズズを勢いよくすすった。

ズズをすする音が牢屋に響き渡ると、亮太や五郎左衛門もズズをすすり始めた。

ズズに入った菜っ葉の苦味をただただ黙って噛みしめていた。

すると亮太がズズのお椀を地べたに置いて、声を出した。

「にぃげぇよぉ！」

いつもなら聞き取りづらいはずの亮太の言葉がしっかりと「逃げよう！」と聞こえた。

又兵衛と五郎左衛門はズズをすするのを止めて、亮太の方を見た。

「しぃろぉなぁらぁ、だいじょうぶぅだぁ」

そう言って、亮太は右手の指を三本立てた。

「さぁんにぃんでぇ、にぃげぇよぉ」

亮太は二人を交互に見つめながら微笑んでみせた。

するとポタポタと地べたにズズの滴り落ちるような音が聞こえたので又兵衛が音の方を振り返ると、それはズズではなく、五郎左衛門の目から落ちる大粒の涙だった。

ポタッ、ポタッ、ポタッ……。

五郎左衛門は、なぜこんなにも涙が溢れてくるのか自分でも分からなかった。

悲しいわけでもないし、辛いわけでもない。かといって何かに深く感動したわけでもない。ただ亮太が立てた三本の指を見た途端、胸の奥が勝手にブルブルと震え出し、涙が止まらなくなったのだ。

「なんでやろ、なんで俺泣いてんねやろ？」

自分でも味わったことのない感情に戸惑いながら、五郎左衛門は顔をくしゃくしゃにして笑ってみせたが、涙はいっこうに止まらない。

「ほら、笑ってんのに全然涙が止まらへんねん、なんでやろ？」

それを見て笑った亮太と又兵衛の目からも涙が溢れた。

「それにしてもお前、ブッサイクな顔やのぉ〜」

又兵衛がそう言って笑うと、

「お前に言われたないわえ」

と五郎左衛門も笑いながら、また、くしゃくしゃの顔で泣いた。

34

毎度のことだが、ズズの中に菜っ葉が入っていると、次のズズが配られた後に引っ張り出され、火洗いが別の部屋で行われる。

二人一緒なのか、それともどちらか一人なのか、今までは二人一緒ということはなかったらしく、多分どちらか一人だろう。

今までどおりなら、火洗いは夕食の後ということになる。

「もう一回聞くけど、ほんまにええんやな？」

又兵衛が二人に聞いた。

「亮太さえ、ええんやったら俺はなんの問題もない」

五郎左衛門がそう言うと、亮太は地べたに寝転びながらも、二人の目を見て大きく頷いた。

すると又兵衛が五郎左衛門に近寄り、ここを抜け出す作戦をもう一度確認し始めた。

「逃げる機会は一回しかない。それをしくじったら終わりや。すべては夜の配給、これにかかってる……」

そうは言ったものの、完璧な作戦などない。

いろいろ考えているうちにだんだん心配になってくるものだ。

三人は何度も逃げる段取りを確認した。

まだ練習だと分かっているはずなのに、手はじっとり汗ばみ、動きもどこかぎこちなく、自分の身体じゃないように思えてくる。

この作戦で最も肝になる段取りを亮太が始めた。

「パチパチ」

と手を二回叩き、亮太がシロを呼んだ。

いつものようにシロがすぐに飛んできた。

尻尾を振りながら亮太めがけてすっ飛んでくる姿は実に愛らしく、いかにシロが亮太のことを信頼しているか、それを見れば分かった。

同じように又兵衛が二回手を叩いても、シロは牢屋の方を見向きもしない。

不思議なものだ。手を叩く音などみんな同じように聞こえるのに、シロにはちゃんとそれが亮太のものか、そうでないのかが理解できているのだから。

定期的に見回りにくる看守の目を盗んで、亮太が二回手を叩きシロを呼んでは、また三度手を叩き、シロが松ぼっくりを咥えてくることを繰り返した。


太陽がだんだん傾いてくると、あっと言う間に暗くなり始める。

夜の食事の配給が終わると「鬼の火洗い」が始まる。

それまでに作戦がうまくいかなければ、ここからは逃げ出せない。

いよいよ食事の準備が始まった。

配膳係の男が二人やってきて、ズズの入った樽と、真っ赤に焼けた石がたくさん入った大きめの七輪を床に置いた。

一番先頭に並んだのは又兵衛、その後ろには五郎左衛門、そのずっと奥の壁際に亮太がいた。

配膳係の男がズズを温めるために、火バサミを手に取って、七輪から石を選びとり、ゆっくりズズの中に入れた。

凄い音とともに湯気が勢いよく牢屋中に立ち込めた。

格子の前に陣取っている又兵衛の後ろにいた五郎左衛門がすっとしゃがみ込み、亮太に合図を送ると、亮太は寝転びながら大きく二回手を叩いた。

しかしなかなかシロが来ない。

三人は焦った。

近くにいないのか、他の犬とじゃれていて気づいていないのか？

心配した五郎左衛門が亮太の方を見た。

亮太がもう一度手を叩こうとした時、ハァ〜ハァ〜と舌を出しながら亮太に遊んでもらえると思ったシロが、外から勢いよく、一直線に走ってきた。

ギリギリまで待って、亮太が寝転びながらもズズの方に少し移動した。

亮太しか見ていないシロは、勢いを止めぬまま、ズズの樽と熱く焼けた石がたくさん入った七輪をなぎ倒して、格子の隙間から亮太めがけて走り込んできた。

——しめた！

真っ赤に焼けた石が七輪から転がり落ちて、溢れたズズがかかると、部屋中が一気に蒸気だらけになった。

ジュジュジュジュッ。

偶然にもズズがかからなかった真っ赤な石が又兵衛の前に一つコロコロと転がってきた。

水蒸気で周りの配膳係には見えないことを確認すると、又兵衛は予め自分の着物を破ってそれを巻いていた手を格子の隙間から出し、その真っ赤に焼けている石をすっと自分の方に転がした。

そしてその石を素早く牢の中に入れ、後ろにいる五郎左衛門へと、股の間から転がした。

後ろで真っ赤に焼けた石を受け取ると、五郎左衛門はシロが咥えてきた松ぼっくりをギュッと押し当てた。

松ぼっくりにはシロから抜け落ちた毛を巻き付け、火が点きやすいように工夫してある。

配膳係の目線を又兵衛が遮り、五郎左衛門は松ぼっくりにうっすら火が点くのを確認すると、看守が零れたズズに気をとられている間に、牢屋の一番奥で寝ている亮太へと手渡した。

火が点いた小さな松ぼっくりを受け取ると、亮太は痛みを堪えながら、精一杯の力を使って、くるりと壁側に顔を向けた。

そして後ろを向いたまんま、静かに「ふ〜ふ〜」と息を吹きかけ、渡された小さな松ぼっくりの火を大切に守った。

「コラッ、おれらのズズに何しやがるっ！」

と、亮太に遊んでもらおうとじゃれるシロを五郎左衛門がつかまえて叱るふりをした。

真っ赤になった石にズズが全部かかったおかげで、牢の外にはまだ蒸気が立ち込め、看守は見えづらくなっている中、せっせと七輪や石を片付けている。

その間、又兵衛は看守の目を盗んで、自分の手に巻いた長い布をほどき、素早く布の中に真っ赤に焼けた石を入れた。そしてその布の端を五郎左衛門が急いでシロの首にくくりつけた。

ちょうどシロの尻尾の少し後ろに石の入った布を引きずるような格好にすると、亮太は大きく三回手を叩いた。

その音が牢屋の中で「パンパンパン」と大きく響いた。

心配そうに見つめる五郎左衛門をよそに、シロはその布を引きずったまま勢いよく外に飛び出していった。

するとこっちが考えていたような方向には進まず、人が大勢いるせいなのか、ズズが流れ出てできた溜まりの中を通っていった。

「あっ！」

又兵衛は思わず声を漏らした。

ズズの樽が倒れてバタバタしていた配膳係も、だんだんと蒸気がなくなってくると、落ち着きを見せ、配給の二人はシロに文句を言いながらもズズと石が入った七輪を片付け続けていた。

配膳係の様子を静かに目で追いながら、又兵衛たちは地べたにしゃがみ込んだ。

「大丈夫かな？　ズズで濡れてもうたけど……」

五郎左衛門が小声で又兵衛に囁いた。

「分からん」

「消えてないかな？」

「分からん」

「遅いなぁ……見つかったんちゃうやろか？」

「分からん」

「いつもなら、すぐにシロが松ぼっくり咥えて帰ってくるはずやけど……」

「……ちょっと黙ってくれへんか」

「すまん」

五郎左衛門と又兵衛は黙ったまま祈るような思いでシロを待った。

しかしなかなか戻ってこない。

すると騒ぎを聞きつけてキツネ目の男がやってきた。

「何ごとだ？」

「すいません。犬がぶつかって、ズズを全部零してしまって」

「犬？　なんで犬がこんなところに来るんだ？」

「分かりません。とにかく凄い勢いで飛び込んできて……」

キツネ目の男は黙ったまま座っている又兵衛たちの方を見た。

何かを隠していると人は異様な動きをするものだ。

それを感じ取ったのか、キツネ目の男は黙って囚人たちを一人ひとり見回している。まるで心の声を聞いているようにゆっくりと顔を眺めていく。

最後に目の前にいる又兵衛を見たかと思うと、すっとしゃがみ込み、又兵衛の後ろに隠れるようにしている五郎左衛門の方をじっと見た。

「なんやコラッ！」

なんともツンとしたこのキツネ目の男が気に食わないのか、五郎左衛門が文句を言った。

「お前、だれに向かって言ってんだ」

配膳係の一人が片付ける手を止めて、五郎左衛門に注意すると、キツネ目の男は黙ったまま右手をすっと配膳係の前に出し、黙らせた。

すると何かを見つけたかのようにニタッと笑った。

「どうかされましたか?」

「怪しいな……」

そこへ間が悪いことに、シロが松ぼっくりを咥えて戻ってきた。するするっと配膳係の隙間をぬって牢の中に入ってくると、奥で寝ている亮太の前で咥えていた松ぼっくりをポトンと落とし、嬉しそうに尻尾を振りながら、愛くるしい顔で亮太を見ている。

引きずった布の中には石はなく、首に巻かれた布切れだけが残っていた。

キツネ目の男の顔が変わった。

「この犬を中から出せ、早く出せ!」

「はい」

配膳係が急いで鍵を開けてシロをつかまえると、抱えてキツネ目の男の前に連れていった。

するとキツネ目の男はシロの首に巻かれた布をほどいて中を見た。

「ん?」

キツネ目の男が何かに気づいた。

布が焼け焦げていたのだ。

親指と人差し指で布の表面をこすり、布の中の臭いを嗅いだ。

一瞬にしてキツネ目の男の顔つきが変わった。

「中を調べろ!」

「はっ?」

「何か持ってないか早く調べろ!」

二人いた配膳係の男たちが急いで鍵を開け、中に入ってきた。

二人が又兵衛たちを一人ずつ立たせて、何か隠し持っていないか調べ始めた。

又兵衛は焦った。

もちろん火種を持っている亮太も、どこに隠せばいいのか何も思いつかないだろう。

このまま調べられると、隠し持っている火種が見つかってしまう。

一人、また一人と体を調べられ、自分が調べられている時も亮太のことが気になって仕方なかった。

「お前! 一番奥にいるお前、立ってこっちに来い」

「そいつは立たれへん、この前の火洗いで体が弱ってるんや」

又兵衛がそう言うと配膳係が亮太に近づいていき、寝ている亮太の体を調べ始めた。

——ダメだ、見つかってしまう……。

全員がそう思った。

寝たままの亮太の足から配膳係がゆっくりと手で触りながら調べていく。

誰もがもうダメだと思っていた。

しかし亮太に渡したはずの松ぼっくりの火種が見つかることはなかった。

「異常ありません」

又兵衛は驚いた。確かに渡したはずの火種が見つからない。と同時に絶望的な気持ちが襲ってきた。

見つからなかったということは、火種が消えてしまったのだ。

しかし亮太を調べている時のここにいるみんなの異常な緊張感を、キツネ目の男は感じ取っていた。

「そいつをここまで連れてこい」

「あ、はい」

配膳係が二人がかりで亮太の足を持ち、キツネ目の男の目の前まで引きずってきた。

「ここでもう一度調べろ」

心配そうに見ている五郎左衛門の顔を横目でチラッと見ながら、キツネ目の男はまた調べさせた。

「何もありません」

「…………」

キツネ目の男は分からなかった。

調べ上げても何も出てこないこの男をどうして、ここにいる者たちはこんなに心配そうに見ているのか……。

「代われ！」

キツネ目の男が配膳係を外に出させて、代わりに自分が中に入って亮太を調べ始めた。

キツネ目の男は足で亮太の体をひっくり返すと、ゆっくりしゃがみ込み、暗くてあまり見えなかった亮太の顔をしっかり見た。

そんなキツネ目の男にも、亮太は決して焦ることなく、実に静かな眼差しで見つめ返している。

キツネ目の男はゆっくり立ち上がると、いきなり亮太の腹を蹴り上げた。

「うっ！」

亮太がうめき声を上げた。

「きさま、一体何を隠してるっ！」

冷静だったキツネ目の男がいきなり目を見開いて大声で怒鳴った。

キツネ目の男の足が、犬が咥えてきた松ぼっくりを踏んだ。

「ん!?」

地べたに落ちている松ぼっくりを拾い上げると、牢屋の隅っこに松ぼっくりが転がっていることに気づいた。

キツネ目の男は牢屋をぐるりと見回し、暗くてあまり見えなかった亮太の周りにかためて置いてある松ぼっくりを見つけた。

するとまたニタニタと笑い始めた。

「なるほど……」

キツネ目の男が積み上げられた松ぼっくりをゆっくりつまみあげると、下の方から微かに火が点いた松ぼっくりが出てきた。

「残念だったな、まさに風前の灯火とはこのことだ」

そう言うと足でぎゅっと揉み消した。

「念のため、この中の松ぼっくり全部に水をかけろ」

「はい」

指示された配膳係は牢屋中の松ぼっくりを集めると、樽の中に僅かに残ったズズをその上からかけた。

キツネ目の男は又兵衛の方を向くと、また冷ややかに笑った。

「今日からこいつらにズズを出すな！　それからあの白い犬も始末しておけ」

鍵を閉める配膳係に向かってそう言い残すと、すたすたと出ていった。

周囲から配膳係たちが消えると、又兵衛はすぐに亮太に駆け寄った。

「亮太、大丈夫か？」

しかし亮太は苦しそうな顔で黙ったまま、何も言わなかった。

五郎左衛門が慌てて又兵衛に詰め寄った。

「このままやとシロが殺されてまう。又兵衛、なんか手立てはないんか？」

「手立てなんかあるわけないやろ」

「簡単に言うなって、もっと考えろって」

「お前も考えろや！」

「考えても分からんから、又兵衛に聞ぃとんねやろ」

すると寝転んでいた亮太が手を二回叩き、そばで聞いたかのような速さでシロが牢の中に走り込んできた。

地べたでシロを上手にいなしながら、亮太が又兵衛の足をポンポンと叩いた。

何かと思った又兵衛が亮太の方を向くと、亮太は外を再度確認しながら、手でもっとこっちへ来いと合図をした。

又兵衛は亮太が何か言いたいことがあるのだろうと顔を近づけた。

すると、亮太はにっこり笑ったかと思うと、ゆっくりと口を開けて又兵衛に向かって舌を出した。

最初はなんで口を開けているのかさっぱり分からなかったが、又兵衛がそうっと口の中を覗き込むと、なんと僅かに火の点いた松ぼっくりの破片が舌の上にちょんと載っかっていた。

「火種っ！」

又兵衛がゆっくりと手を伸ばして、松ぼっくりの破片をつかむと、ゆっくりと息を吹きかけた。

すると僅かだが赤く光り、小さな火の粉が弾けた。

「すげぇ～な、口の中に隠してたのか？」

五郎左衛門がそう言うと、亮太は得意げにニコリと笑った。

まるで火種が残っていることを知って一緒に喜んでいるかのように、シロが、嬉しそうにじゃれついてきた。

三人が喜んでいると、外がざわざわと騒がしくなってきた。

「なんか騒がしくないか？」

五郎左衛門に言われ又兵衛も耳をすました。

「ん？」

すると遠くから人の声が聞こえてきた。何か慌ただしく叫んでいる。

「火事だぁ〜、火事だぞぉ――っ」

「又兵衛、聞こえたか？」

五郎左衛門が興奮した顔で又兵衛を見た。

「あぁ、しっかり聞こえた」

「シロ、ようやった！」

そう言うと五郎左衛門は、足元にいるシロの頭を撫でながら、ギュッと抱きしめ、はしゃぐシロの体をさすった。

「でかしたぞ、シロ！」

又兵衛も一緒になってシロの体をさすった。

「看守たちが外の火事に気を取られているうちに、次の作戦に取りかかろうぜ」

五郎左衛門はそう言うと、ズズがあまりかかっていない、まだ少し乾いた松ぼっくりを寄せ集め、火が点くようにとみんなで息を吹きかけた。

「ふ～ふ～ふ～」

火が消えないように丁寧に丁寧に息を吹きかけるが、格子に燃え移るどころかいっこうに大きな火にならない。

本来なら予め集めておいた松ぼっくりを粉々にし、そこで火に勢いをつけるつもりだったが、キツネ目の男にズズをかけられ、すべて使えなくなった今、どうすることもできなかった。

「あかん又兵衛、こりゃ～無理や。火が点いたとしても、この格子を燃やすまでにはいくら時間があっても足りん」

五郎左衛門の言う通りだったが、ただ又兵衛には他の策がもうなかった。

火がだんだん大きくなっているのか、外で騒ぐみんなの声も外を走り回る人も多くなり始め、時折怒号も聞こえてきた。

「誰かぁ～！　誰かぁ～！」

突然、火が点いた松ぼっくりを地べたに投げ捨て、又兵衛が格子越しに大声で叫び出した。

「どうしたんや急に？」

そう五郎左衛門が尋ねると、

「これが次の作戦や」

「叫ぶのが？」

「そうや」

「叫んでどうすんねん？」

「叫んで、看守に開けてもらう」

「はっ？　ほんまに開けてくれるんか？」

心配そうに五郎左衛門が又兵衛に聞くと、又兵衛は小さな声でポツンと言った。

「たぶん」

「たぶん？」

「囚人でも見殺しにはせんやろ！」

そう言うとこめかみに血管を浮かせながら大声で叫んだ。しかしいくら大声で叫んでも誰も入ってくる気配がない。

それでも五郎左衛門たちは大声で看守を呼び続けた。

「お〜い誰か！　出してくれ！　看守！」

声を失った亮太も一緒になって大声を張り上げながら看守を呼んだ。

しかし人の往来は多くなってはいたが、誰もこっちを見ようともしない。

たぶんここの看守も火消しに回っているか、それとも火が大きくなりすぎて、この場を離れているに違いない。

いずれにしてもここの鍵を持っている者など近くにいないことは確かだ。

看守がいないのをいいことに、夜まで残っていた通行人たちがこれ幸いと勝手にどんどん通り抜けていく。

「誰か！　ここを開けてくれ！」

「誰か！」

この際、誰でもよかった。

旅人だろうが、看守だろうが、ひとまずここまで来てもらわなければ何も始まらないのだ。

しかしいくら叫んでも、こんな火事の時に、牢屋まで来てくれる者などいるはずもない。

するとシロが突然外に出て、小走りに通り過ぎていこうとする人を呼び止めるかのように必死に吠え始めた。

数人の男がこちらをチラッとは見るが、足を止めて中まで入ってこようとする者はいなかった。

それでもシロはまだ必死に吠えている。

どういう状況か、本来犬にはとうてい分かるはずもないが、亮太たちがここから出られないで困っていることは理解しているのかもしれない。

「ワン、ワン、ワン」

よだれを飛ばしながらひたすら吠えているシロに追われるように、一人の男が牢屋に近づいてきた。

「来たっ、来たっ、やっと来てくれた！」

五郎左衛門がため息をつきながらそう言うと、間髪を容れずに又兵衛が話しかけた。

「ここの方ですか？」

「いや、俺はただの通行人だが」

「そっかぁ〜、どうにかして我々をここから出してもらえませんか？」

「俺が、ど、どうやって？」

「鍵を持ってきてもらうとか」

五郎左衛門が突然無茶なことを言ったので、通行人が少し怪訝そうな顔をした。

「一体どこから？」

「看守か、どこか置いてありそうな場所を探してもらって」

「そんなこと出来るわけないじゃねぇ〜か」

「このままやったら、俺ら全員、焼け死んじゃうんです」

五郎左衛門が泣きついたがその通行人は困った顔で頭を掻くだけで、実際に行動に移さなそうだと又兵衛は直感で思った。

「頼む！　このとおり」

又兵衛はすばやく地べたに手をついて土下座をしたが、外から「早く逃げろ！」という大きな声が聞こえると、男はすまなそうに頭を下げて行ってしまった。

「ちょっと待って、行かないで！」

又兵衛が必死に呼び止めると通行人は足を止めた。

「お願いです、少しだけ話を聞いてください」

「なんだよ」

「もう少しこちらに来てもらっていいですか。見てもらいたいものがあるんです」

五郎左衛門も亮太も、又兵衛がいったい何をこの通行人に見せるつもりなのか見当もつかなかった。

通行人が中を覗くと、又兵衛は格子の隙間からすっと手を出し、通行人の懐に入っていた財布を抜き取った。

「何しやがるんだ、ちょっと返せ」

「すまん、ほんまはこんなことしたないんやけど、こうでもせんと、あんたが動いてくれへんから」

「汚ねぇことしやがって、返せ！」

通行人が手を伸ばしてきたので、又兵衛は一歩下がりながら、また話し出した。

「頼む、言うことを聞いてくれたらすぐ返す。時間がないねん。せやないとあんたのこれも燃えカスになるで」

「分かった。分かったから、俺は何をすればいいんだ」

「ここから出て左の奥に石を燃やしてる場所があるから、そこに行って火と油を持ってきてほしいねん」

「火と油？」

「そう、行けばわかる。一刻を争うんや！」

なんでこんな目に遭うんだよとぶつくさ言いながら、急いでその男は移動していった。

「うまいこといったな」

そう五郎左衛門が笑いながら言ったが、又兵衛は厳しい顔を崩さなかった。

「いや、喜ぶのはまだ早い。たとえ火が来たとしても、外からの火が早いか、格子を燃やすのが早いか、神さんしか分からん」

そうこうしているうちに、通行人が松明《たいまつ》に油を染み込ませて駆け込んできた。

「これでいいだろう！」

「助かったぁ」

五郎左衛門が松明を受け取ると、又兵衛は通行人の財布を返した。

「すまん、助かったわ」

通行人は何も言わず、又兵衛を睨みつけたまま行ってしまった。

又兵衛と五郎左衛門は松明を格子にかざし、火が燃え移るように斜めにした。

すると格子に火が燃え移り始め、炎が少し大きくなった。

シロは燃え上がる炎が怖いのか、炎を避けるように格子の間をぬけて、外へ出ていった。

「あとはこの格子が燃えて崩れるのを待つだけや」

燃え上がる炎を見ながら又兵衛は焦っていた。

外の煙が牢屋の中まで入ってきていることからすると、外は火の海になっているに違いない。

燃え上がる炎がだんだん大きくなり格子全体が燃え上がり始めた時、又兵衛には別の不安がよぎった。

あまりにも火が大きくなりすぎて、息が出来なくなってきたのだ。

しかも外からの風が牢内に吹き込み、想像した以上の熱風が三人を襲い始めた。

「熱っ！　これ、やばないか？」

五郎左衛門が亮太を引きずり、牢屋の一番奥にへばりつくようにしゃがんでいる。

このままでは格子が崩れる前に、自分たちが焼け焦げてしまう、そう思った又兵衛は、一か八か格子に体当たりして外に出ることを考えた。

「五郎左衛門、二人で体当たりしてこの格子をぶち破るぞ！」

「そんなこと無理やって」

「このままいたら、焼け死ぬだけや」

「まじでか？　でも体当たりして破れるか？」

「分からん、でもそれしか方法はない」

「亮太は？」

「おんぶして逃げたいところやけど、かなり勢いつけていかんと格子を破れそうにないから、一旦俺ら二人で力いっぱいぶつかってみて、もしも外に出られたら、もう一度戻って連れ出すしかない」

「せやけど……」

「だぁいじょうぶぅ、いけぇ」

亮太が二人の会話に入ってきた。

「時間がない、五郎左衛門いくぞ」

「分かった」

「一、二、三でいくぞ」

「分かった、一、二、三やな」

「一、二、三っ」

二人は声を合わせて、思いきり燃え上がる格子にぶつかっていった。

するとメリメリという音とともに五郎左衛門は外に飛び出すことができたが、又兵衛がぶつかった場所はあまり壊れず、反動で牢内に倒れ込んでしまった。

「又兵衛！」

五郎左衛門が急いで又兵衛の腕をとり、引きずり出した。

又兵衛の着物に火が移り、五郎左衛門が慌てて手で叩いて消した。

そうこうしているうちに、外からまた強い風が吹き込み、前が見えなくなるほど、煙と炎が牢屋を埋め尽くし始めた。

顔が煤で黒くなり、息ができなくなった二人は急いで一旦外に出た。

呼吸はできたものの、外でもそこら中の建物を炎が覆い尽くし、関所は火の海と化していた。

「又兵衛、亮太をどうしょう？」

「どこかに水はないか？　水でもかぶっていかんと中には入れん」

二人とも顔が黒くなり、途中で倒れ込んだ又兵衛の右腕は肩から水ぶくれができるほど火傷を負っていた。

「そんなもんどこにあるか分からん」

「…………」

すると二人の足元からスッと中へ走り込んでいく影が見えた。

シロだった。

大声で吠えながら、微塵も躊躇することなく中へ飛び込んでいった。

「シロ！」

「俺らも行くぞ！」

そう言って中に入っていこうとした又兵衛を五郎左衛門が止めた。

「もうこうなったら無理や」

五郎左衛門の手を振り払うと、又兵衛は指を三本立ててみせた。

「三人で逃げるんや！」

五郎左衛門は半ば呆れ顔のまま、大きく頷いた。

「しゃ〜ないなぁ〜もう〜」

二人は大きく息を吸い込むと、モクモクと煙が吹き出てくる牢屋の中へと勢いよく走り込んでいった。

中は煙と炎で何も見えないが、シロの鳴き声だけを頼りに前に進んだ。

しかし牢屋の中は、二人の想像を遥かに超えていた。

二人が飛び出した時より炎も強く、とてもじゃないが牢の奥へは入っていけそうになかった。

「亮太！　亮太！　大丈夫か？」

又兵衛が大声で叫んだが、亮太の声はしなかった。

ただ煙で見えない牢内で懸命に吠えているシロの声だけが、炎のゴォーゴォーという音に混じって聞こえてくる。

「亮太！」

又兵衛が叫ぶと、中から微かに声が聞こえてきた。

「くぅるなぁ〜、ふぅだりでぇにげぇろぉ〜」

「亮太……」

「おれには〜、かぁまぅなぁ、いいがぁらぁ、いぃげぇ〜っ」

飛び込んで行こうとした又兵衛を五郎左衛門が両腕でしっかり抱えた。

「もう無理や」

牢内は炎と煙で一寸先も見えない。

「…………」

すると煙の先で手を三回叩く音が聞こえた。

意識がだんだん遠のいていく中、亮太がそばにいるシロを外に出して、松林へ逃がそうと考えたのだろう。

しかし何度、亮太が手を叩いても、シロは出ていくどころか、亮太のそばから離れようとしなかった。

こんな状況なのに亮太といることを楽しんでいるかのように尻尾を振って倒れている亮太の脇に

身をかがめた。

シロは意識を失いかけている亮太の真っ赤になった顔をペロペロ舐めている。

まだ遊び足りない子供のような目で亮太をじっと見つめている。

亮太は愛くるしく見つめるシロを手でゆっくり撫でおろすと、ふわふわな体に顔を埋めながら幸せそうに微笑んだ。

「おばぁえど、うだりっきりだな……」

そう言うと亮太はゆっくり目を閉じた。

亮太を炎から庇うようにシロが身を寄せると、愛くるしい瞳で眉間に皺をつくりながら、動かなくなった亮太の顔をペロペロ舐めている。

ゴーゴーと音を立てて燃え上がる炎の中で、シロは亮太に寄り添いながらクンクンと甘えるような声で何かを話している。

まるで今まで一緒に遊んだ思い出をゆっくり、そしてやさしく語るように……。

岩の上からパラパラと小石が落ちてくるのを見て、五郎左衛門は崩れると咄嗟に思った。

「あかん、もう出よ！」

五郎左衛門が声を荒らげた。

メラメラと燃える炎と煙が立ち込め、何も見えない奥に向かって又兵衛が叫んだ。

「亮太！　亮太！」

又兵衛は煙に咽《む》せ返りながら、五郎左衛門に抱きかかえられ、そのまま外の地面に倒れ込んだ。

頭がクラクラする中、五郎左衛門と又兵衛はハァ〜ハァ〜と必死に外の空気を吸い込んだ。

「急ごう！」

いつになく五郎左衛門がたくましく見えた。

火傷を負った又兵衛を肩で支えながら、ゆっくり南側の杉の門へと向かった。

杉の門を少し出たところに山からの湧き水が出ており、逃げ出した人たちでごった返していた。

ぱっと見ただけでは誰が誰だかさっぱり分からない。

みな顔が真っ黒で、体も煤だらけになり、又兵衛のように火傷を負った人たちも大勢いた。

「ちょっとごめん、ちょっとごめん」

五郎左衛門は又兵衛を肩で支えながら、湧き水の側までやってきた。

ズルズルに皮膚が剝けて、赤くただれた肌に優しく水をかけた。

着物の袖をちぎり、水に浸けて、それを又兵衛の肩にかけてやった。

湧き水の周りには負傷した者たちも多く、休む場所が見当たらないので、そのまま少し下った所へと二人は移動した。

五郎左衛門の肩を借りながら、又兵衛はゆっくりと腰を下ろしたが、盛んに燃える関所を見つめて、しばらく何も話すことは出来なかった。

すると暗闇から声が聞こえてきた。

「すいません、どなたか存じませんが……わたしにも水を汲んできてもらえませんか……」

五郎左衛門と又兵衛が声の方を振り向くと、一人の男がしゃがみ込んでいた。

「火を消そうと思っていたら、燃えた柱が目の前に落ちてきて、それから前が見えなくなってしまい、なんとか這いながらここまで逃げてきたんですが……」

暗く陰になった場所から一歩前に出て、こちらを向いて話し続ける男の顔にほんのりと月明かりが差した。

又兵衛と五郎左衛門は言葉が出てこなかった。

申し訳なさそうに自分たちに水を懇願している男は、なんとあのキツネ目の男だったのだ。

又兵衛は五郎左衛門の手をゆっくり払いのけて立ち上がると、キツネ目の男の前に行き、見下ろすようにじっと見つめた。

「何が欲しいんや?」

「水を……」

「悪いがお前にやる水はない」

又兵衛の声を聞いてキツネ目の男の顔色が変わった。

そう言うと又兵衛はキツネ目の男の手を力いっぱい踏みつけた。

「この恐怖がお前に分かるか!?」

叫びながら逃げ回るキツネ目の男を哀れに思いながら、又兵衛は五郎左衛門の肩を借りて月に照らされている白い夜道に長い影を引きずりつつ、とぼとぼと歩いていった。

第五章　最後の旅（夏の終わり〜秋）

35

火洗いの関所を抜け、五郎左衛門は火傷を負った又兵衛を連れ、人目を避けるように、川沿いを歩いてお宝の場所へ向かった。

隠したお宝の場所まで、健康な大人の足で丸二日はかかる。

しかし、追っ手の目をかいくぐり、負傷した又兵衛に手を貸しながらだと、通常の倍、いやその三倍の六日はかかるだろう。


そもそも故郷近くに、お宝を埋めようと言い出したのは又兵衛だった。

罪人の印をつけられたとはいえ、その命を助けたおかげで、藤田の領内にいれば、手厚いもてなしを受けながら暮らしていける。

しかしなんとかこのお宝で、あ〜ちゃんに楽をさせてあげたい。

親もいないおわりもんの自分たちを育ててくれたあ〜ちゃんに、恩返しをしたいという思いは、無論、五郎左衛門にもあった。

もちろん、あ〜ちゃんを連れ出すと言ったものの、口で言うほど簡単なものじゃない。敵国の殿様である藤田を多幸の城に連れていき、お宝を手に入れた。しかし、多幸の方ではただの罪人だと思って藤田を解き放ったわけだから、騙されたと思っている側からすれば、未だに又兵衛と五郎左衛門は立派なお尋ね者である。

しかも罪人として二人の人相書きがそこら中にばらまかれているので動くに動けない。国から狙われるだけでなく、周りの人たちまで自分たちを狙ってくるやもしれない。

そうなっては元も子もない。

お宝を持って二人が一緒にいてはバレやすい。

そう考えた又兵衛が短い枝と長い枝を持ち、五郎左衛門に選ばせた。

短い枝を引いた方は国に戻ってあ〜ちゃんを連れ出してくる。

そして長い枝を引いた方が誰にも見つからないようにお宝を隠しに行く。

そして三日後、烏山《からすやま》の神社の境内で落ち合おう。

そう決めると又兵衛は五郎左衛門にくじを引くように言った。

「あ〜ちゃんを連れ出す方がもちろん大変や、でもこれは二人のうちどちらかがやらんとあかんことやから……」

「せやな、分かってる」

そう言うと、何やらごにょごにょ小さな声で呟きながらぎゅっと目をつぶった五郎左衛門が、勢いよく一本引いた。

又兵衛がおそるおそる手を広げると、又兵衛の手に残った枝の方が長かった。

それを見た五郎左衛門は一気に落胆の表情を見せた。

「うわっ、マジかぁ……」

「しゃ〜ないな」

「まぁな」

「あ〜ちゃんを連れてくるのがお前。そして俺がお宝を隠しに行く。そして三日後烏山の神社の境内で待ち合わせや、ええな」

「わ、分かった。そやけど、どうやって、あ〜ちゃん助けよう？」

「それぐらい自分で考えろや。とにかく俺らの人相書きがそこら中にばらまかれているから、話しかけてくる奴はみんな敵やと思った方がええわな。こうしてお宝を持ったまま二人でいてるのもよくない。とにかく早よ別れて行動しょう！」

「なるほど……」

「ほな」

「もう？」

「そらそうやろ。ここでダラダラお前と何すんねん」

「そりゃそうやな」

「三日後、烏山の神社で待ってるからな」

そう言うと又兵衛はくるりと背を向けて、すたすたと山道を下っていった。

しばらく又兵衛の背中を見つめていた五郎左衛門だったが、気持ちの整理がついたのか、「よし」と自分に気合を入れ、眼下に見える自分の故郷を目指した。

故郷に向かう道中、人目を気にしながら最初は伏し目がちに歩いていたが、殿様から大金を巻き上げ、まんまと一泡ふかせた自分たちの噂をそこら中で耳にした途端、五郎左衛門の警戒心はまったく消えてしまった。

捕まった五郎左衛門は、もちろんあ〜ちゃんに会えず、役人に引っ立てられ、これまた一日も経たずに又兵衛との待ち合わせ場所をゲロってしまった。

その後は、鳥山の神社の境内で一人待っていた又兵衛もあっけなく捕まり、そのまま二人は賽の目坂に埋められてしまったのだ。


「ゴホッ、ゴホッ」

徐々に又兵衛の火傷は回復し、五郎左衛門の肩を借りなくても一人で歩けるまでになったが、痰が絡むような咳を、昼を過ぎたあたりから時々するようになった。

回復しつつあるとはいえ、体力自体が落ちており、そのせいか足取りも重く、一日で歩ける距離はそう長くなかった。

「大丈夫か？　そろそろ行けそうか？」

「大丈夫や。ちょっと休んだら大丈夫やと思うねんけど……どうも咳が……ゴホッ……」

橋のたもとに出来た日陰に逃げ込んだまま、又兵衛はなかなか立ち上がろうとはしなかった。

「やっぱ、今日はこのあたりで休むか？」

「悪いな、そうしてもらえると助かるわ」

そう言うと浮腫《むく》んだ顔を横に向けながら、草むらにゴロンと横たわった。

「なぁ～又兵衛、お宝まであとどれぐらいや？」

そう聞かれた時にはもう意識はなく、又兵衛は深い息を吐きながら眠りに落ちていた。


先立つものがない二人は、ろくに食うものも食わずにここまで来たので、五郎左衛門は又兵衛を置いて、思いきって宿場町まで行ってみることにした。

国界とあって行き交う人も多く、町はとても賑わっていた。

旅籠《はたご》にでも泊まって、ゆっくり身体を休めたい。そんな気持ちはあるが、先立つものがなくお腹をぐーぐー鳴らしながら町を歩き回るしかなかった。

結局どうすることもできず、又兵衛の元へ戻ろうとした時、下手人の人相書きが貼り出されている高札を見て、五郎左衛門は唖然とした。

なんと自分と又兵衛、それに賽の目坂を逃げる時に助けてもらった旅人の佐吉《さきち》、僧侶の照見の人相書きまでも貼り出されていたのだ。

残念なことに、照見の人相書きには大きくバッテンが付けられていて、それは彼が亡くなったことを意味していた。

「えっ、照見が……マジかぁ……」

心細くなった五郎左衛門は顔を隠しながら又兵衛が休んでいる橋まで急ぐことにした。

火洗いの関所で自分たちの痕跡は消えたと思っていたのに、まだ罪人としての人相書きが高札に貼り出されていたことにもびっくりしたが、佐吉や照見までもが罪人にされていることに驚いた。

こんなところにいたら大変だ。

とにかく早足でその場から離れた。

伏し目がちに歩いているせいもあって、何度か人にぶつかった。

「どこ見て歩いてんだ！」

「あっ、すいません」

「気をつけろいっ！」

「すいません」

とにかくペコリと頭を下げると、逃げるように急いで町中を後にしようとした。

ところが最後にぶつかった相手はそうはいかなかった。

無精髭を生やし、見るからに人相が悪い二人組が五郎左衛門に絡んできたのだ。

いくらすいませんと謝罪しても、なんだかんだといちゃもんをつけて、いっこうに許してくれない。

それどころか、時折大声を張り上げて、すごんでくる。

「本当にすいません」

「だから言ってるだろ、謝りゃすむってもんじゃないんだよ」

「いや、本当にすいません」

「どういうつもりなんだよ。こいつの骨が折れているかもしれね～んだぞ」

「いててて っ」

しかし軽くぶつかったぐらいで、どう考えても骨など折れるはずもなく、明らかに嘘くさく痛がる男を前に、五郎左衛門はただ米つきバッタのようにペコペコ謝るしかなかった。

本来こんな輩《やから》は、いくばくかの金でも握らせてやればさっさと行ってしまうのだろうが、五郎左衛門はその僅かな金すら持ち合わせていない。

金を出さない五郎左衛門と、大声をあげていちゃもんを付けてくる男に、周りの野次馬たちの目がだんだんこっちに向いてくる。

「ここじゃなんなので、ちょっと向こうへ行って話せませんかね？」

「なんでここじゃ駄目なんだよ」

「駄目というわけじゃないんですが……そのぉ～人の目というのもありますし……」

「人の目、そんなもの関係ねぇ～なぁ～」

そう言って、いちゃもんを付けてくる男が袖を捲ると、腕には大きな刀傷と罪人の印があった。

――ん？

罪人の印を見せて、こっちを脅すつもりだろうが、五郎左衛門はその刀傷と腕の模様を見てハッと思った。

――どこかで見たことある……。

息が抜けたような喋り方……どこかで聞いた声だと思っていたら、山賊に捕まった時、藤田に入れ墨を入れたオケラという男だと気づいた。

――やばい！

まだ相手はこちらに気づいていない。

もしも相手が自分のことを思い出しでもしたら、とんでもないことになってしまう。

黙って下を向いたまま考え込んでいると、ビビって萎縮しているとでも思ったのか、オケラはより一層大声ですごんできた。

唾を飛ばしながら怒鳴り散らす声にだんだん周りの人たちが足を止め始めた。

これ以上野次馬が集まると自分の顔がバレてしまう。

肩をすくめ、手で顔を隠しながら二人を見ると、オケラの横でもう一人の男がこちらをチラチラ見ている。

「お前、わしらとどこかで会《お》うたか？」

「いえ、いえ、そんなことは……」

このままだと顔バレするのも時間の問題だと悟った五郎左衛門は、少々不安になりながらも、ある作戦に打って出た。

「あの～このままではらちがあきませんので、ここはお金で解決というのはどうですかね？」

「そうじゃのぉ」

「ここではなんなので、ちょっとあちらの奥へ」

そう言うと五郎左衛門は周りの目を気にしながら、二人を道の端へと誘導した。

ゆっくりと懐に手を入れ、脇を締めると勢いよく、ドンッと頭から山賊の二人組に体当たりを食らわした。

歯抜けのオケラがもう一人の男にぶつかり、玉突きのように二人が地面に尻餅をつくと、五郎左衛門はそのままの勢いで一目散に走って逃げた。

「待て、この野郎！」

鬼のような形相で追いかけてくるオケラたちから必死に逃げる五郎左衛門。

何も自慢できるものはないが、とにかく逃げ足だけは誰よりも速い五郎左衛門は、見る見るうちに二人を引き離し、あっという間に振り切ってしまった。

ふだんならちょっと休んでしまうところだが、今回は違った。

歯抜けのオケラの横にいた男が、もしも正体に気づいたなら、このまま諦めるはずもなく、騙してお宝を持ち去った自分たちをきっと手分けして捜しに来るはずだ。

いつもぼ〜っとしている能天気な五郎左衛門でも、いま自分たちが置かれている状況を考えると休む気がしなかった。

人をかき分け、全く振り返ることなく、息が続くかぎりとにかく走り続けた。

「ハァ〜ハァ〜」

あの木まで、あの家まで、あの川まで、そう思って走っているうちに、いつの間にか又兵衛が休んでいる橋のたもとに着いていた。

「又兵衛……ハァ～ハァ～……急いでここから逃げよ！」

「そんなに慌ててどうした？」

からからに乾いた上唇が歯茎に引っついたまま、それを直すこともなく五郎左衛門は話し続けた。

「藤田の時の山賊が追ってくるかもしれへん、ハァ～ハァ～」

「なんで今さら」

「顔隠して歩いてたら……ハァ～ハァ～……運の悪いことに山賊の二人組にぶつかってもうて……ハァ～ハァ～……」

「山賊の二人組？」

「あの藤田の殿さんの時に……俺らが騙した……ハァ～ハァ～……覚えてるかな歯抜けの男、ハァ～ハァ～……」

「あぁ、歯抜けの男な」

「あいつが調子に乗ってまた大声で怒りよるから……ハァ～……周りの奴らもこっち見てくるし……」

「また、やっかいな奴にぶつかったなぁ～」

「残念なことはそれだけやないねん……町のいたるとこに俺らの人相書きが貼り出されとる。到底あ～ちゃんの所までなんか無理やな……」

「……マジかぁ……」

「人相書きの中に、賽の目坂で助けてくれた旅人とあの坊さんの顔もあったわ……」

「あの二人も、よう捕まらずに逃げとんなぁ」

「ただ坊さんの人相書きの上にはもう死んだっていう証《しるし》のバッテンが付いとった……」

そう言うと五郎左衛門は小さなため息を一つついた。

「とにかくここじゃ危ない……どっか移動せぇ〜へんか……」

呼吸が落ち着いてきた五郎左衛門が歯茎にくっついた上唇を人差し指で戻しながら、どっしり座り込んでいる又兵衛の手を引っ張った。

「ちょっと待てって。行く当てもないのに動いたってしゃ〜ない」

「そやけど、こんなとこおったら山賊に捕まるのも時間の問題やぞ」

「分かってるけど、ほなどこ行くねん」

「だから、安全な所や言うてるやろ」

「ほな、その安全な所ってどこやねん？」

五郎左衛門は口を歪ませながら、ない知恵を振り絞って言った。

「うぅ〜ん……宗乃進の家は？」

「遠すぎて、あそこまで行く道中で捕まってまうわ」

「ほな藤田の殿さんのところは？」

「ここから三好に向かうには山賊の縄張りを通らんとあかんからな」

「あぁ――どうしょう。坊さんのなんちゃらって寺に行っても、もう死んでおらんしな」

「そうやなぁ……あの坊さんもおらんしなぁ……ん？」

又兵衛が久々に首をコキコキ鳴らし出した。

「どうした？　なんか思いついたんか？」

「安全な場所見つけた！」

そう言うと又兵衛はおしりの砂をはらい、ゆっくり立ち上がりながら五郎左衛門の方を見て笑った。

36

又兵衛たちが向かったのは、念仏を唱えるために賽の目坂にやってきてお宝の話に食指を動かし、そのまま二人が逃げるのを助けてくれた俄坊主の照見の寺、風岳山栄啓寺だった。

又兵衛たちが隠れていた橋からそう遠くもなく、多幸の山あいに位置し、檀家も少ないため、二人が身を隠すにはうってつけの場所だった。

逃走中ならまだしも、死んだ照見の所まで来る者などいないはずだと踏んだ又兵衛たちは、半日もかからずに栄啓寺に辿り着いた。

古い石段をゆっくり登るとゆらゆらと足元に光が差し込み、上り切ると大きな松が二人を出迎えた。

小さい山寺だが、小綺麗に掃除がなされている。こんこんと湧き出る冷たい水を柄杓に汲み、滴り落ちるのも気にせず、一気に飲み干した。

右奥には二十基ほどの小さなお墓が並び、この寺の檀家の少なさを物語っていた。

又兵衛たちはひとまず、お寺の本堂へと向かった。

雨風にさらされ外壁がねずみ色になった本堂はそう大きくない。履物を脱ぎ、申し訳程度に足の裏を手ではたくと、足元をちょろちょろ歩く蟻を避けながら数段の階段を上った。

「すいません？　誰かいませんか？」

五郎左衛門が天井に描かれた竜の絵を見上げながら声をかけた。

人がいる気配もなく、ギョロッとした竜の目が頭上から二人を睨んでいる。

少しひんやりする本堂の中に足を一歩踏み入れると床がギーッときしむ音がした。

「誰もいないんなら、ちょっと入りますよぉ～」

又兵衛と五郎左衛門は体をくっつけながら一緒に中に入っていった。

雨風だけじゃなく、暑さまでしのげるここは、野宿をしてきた二人にとって、まさに極楽だった。

入り口の方から入ってくる風に吹かれながら、ゆっくり腰を下ろすと、体に重くのしかかっていた旅の疲れから解き放たれたように、両手を思い切り伸ばしながら二人はゴロンと横たわった。

又兵衛が俯せになりながら、冷たい床にほっぺたをつけて、風が入ってくる入り口に目をやると、黒光りするほど磨き上げられた床に、二人の足跡が白くしっかり付いていた。

本堂の外では、夏の終わりを誰かに告げようとしているのか、ひぐらしが伸びのある声で鳴いていた。

長い旅の疲れが出たのか、一瞬にして二人は睡魔に襲われ、風がさわさわと体を撫でていく中で、そのままどっぷり寝入ってしまった。

夢を見る間もなく、体が床に張り付いたようにぐっすり眠っていると、誰かが自分たちの名前を呼ぶ声がした。

よだれを拭きながら五郎左衛門が目を開けると、大きな笠が見えた。

一瞬、何がなんだか分からなかったが、笠の隙間から声がしたのでびっくりして飛び起きると、一人の僧侶が自分たちの顔を覗き込んでいた。

「わっ、ちょっと……おい、又兵衛！　又兵衛！！！」

五郎左衛門が慌てて、寝ている又兵衛の肩をゆすりながら起こした。

何も言わず、じっとこっちを見つめる僧侶にびくびくしながらも又兵衛は口を開いた。

「すいません、あまりにも疲れていたので、ちょっと中をお借りしました」

「悪いが、罪人をここにかくまう義理はござらん」

そう言うと僧侶はゆっくり立ち上がりながら二人を見下ろした。

「それは一体どういうことでしょう？」

いきなり罪人と言われてビクッとしたが、又兵衛は顔が引きつりそうなのを必死に堪えながら、とぼけてみせた。

「相変わらず、嘘が下手だな」

そう言うと僧侶はかぶっている笠をゆっくりと取った。

「久しぶりだな」

「どなたさんですか？」

「俺だ、佐吉だ」

なんと僧侶は、あの賽の目坂で一緒に逃げた旅人の佐吉だった。

「あぁ〜佐吉！　なんでここに？」

「お前たちと一緒だよ。こんなに俺らの顔が町中に貼られていたらどこにも行けん。隠れるとなると俄坊主の……」

「照見の寺！」

又兵衛が食い気味にそう言うと、佐吉がにっこり笑った。

「しかし、その頭どうした？」

又兵衛が丸坊主の佐吉の頭を見ながら聞くと、佐吉はつるつるの頭を手で撫でながら照れくさそうに答えた。

「これか？　なかなか似合うだろ？　最初は嫌だったが、織田だ、朝倉だ、徳川だと武将たちが躍起になって戦ばかりしている今は、これが一番楽でな。それに、剃ったら剃ったで妙に気持ちがよくてな。今じゃ毎日剃らんと気が済まんようになってもうた」

「お前、そんな奴やったっけ？」

「なんか頭を丸めたら、昔の自分がしんどくなっちまってな」

「そういうものかねぇ……ところで、俺らもしばらくここにいたいんやけど、ここの住職に佐吉から話をつけてもらわれへんやろか？」

と五郎左衛門が佐吉に尋ねた。

「それもそうだが、まずは照見に手でも合わせる方が先ちゃうか？」

「そりゃ～そうだ。化けて出てこられてもかなわんからな」

そう言って二人は腰を上げると、佐吉のあとに従いて仏壇が置いてある離れに向かった。

「ここだ」

そう言うと佐吉が仏壇の脇にある線香の束をドサッと取り、ロウソクの炎にあてた。

又兵衛たちは仏壇の前に正座すると、佐吉が持っている線香に炎が移るのをじっと見ていた。

手早く炎を切ると、線香の煙がつ～っと天井へと伸びていく。

佐吉は線香を二つに分けて、又兵衛と五郎左衛門に渡した。

「すまんな」

又兵衛と五郎左衛門は行儀よく並ぶと、二人で大きな仏壇に線香を立て目をつぶって手を合わせた。

「ナンマンダブツ……」

僅かに聞こえるぐらいの小さな声でブツブツ言っていた五郎左衛門が手短に終え、すっと立ち上がった。

「早すぎるでしょ！」

仏壇の方から声が聞こえた。

びっくりした表情のまま五郎左衛門は又兵衛を見た。

又兵衛も手を合わせたまま片目を開いて、五郎左衛門を見た後、ゆっくりと佐吉に目をやった。

佐吉は「何かあったのか？」とでも言わんばかりに二人へ視線を送り返した。

五郎左衛門が動き出すと、また仏壇の方から声がした。

「だから早すぎるって言ってるんです」

五郎左衛門がゆっくり仏壇の方を向くと、仏壇の後ろから、頭には三角の紙冠《かみかぶり》をつけ、白装束姿の照見がぬっと現れた。

「うぎゃぁ――っ！」

聞いたことのないような大声をあげながら、二人はストンッと腰を抜かしたままその場で動けなくなった。

「お宝も見ないであの世なんかに行けるわけないでしょう」

声は鬼のように怒っているのだが、無表情のまま、白装束姿の照見がどんどん二人に向かってくる。

「南無阿弥陀仏……」

こめかみに血管を浮き上がらせ、五郎左衛門は大きな声で念仏を唱えながら、自分たちの方に向かってこようとする照見に手を合わせた。

一歩、また一歩と近づいてくる照見の幽霊が五郎左衛門の前で止まった。

肩をすくめ下を向いていた五郎左衛門の目の前に照見の足が見える。

「ん？　なんで幽霊に足が？」

五郎左衛門がゆっくり照見の顔を見上げると、無表情だった照見が急に歯を見せてにっこり笑った。

「なぁ〜んてね、びっくりしました？」

「お前、生きてんのか？」

ぽかーんと口を開けた五郎左衛門と又兵衛を見て、佐吉と照見が大きな声で笑い出した。

「しっかりほら、このとおりです」

と照見は膝上まで着物をたくし上げると、その場で勢いよく足踏みをしてみせた。

「下手人の人相書きにバッテンが書かれてたやん」

五郎左衛門がそう言うと、鼻で笑いながら言葉を続けた。

「面倒くさいから、佐吉さんと相談して死んだことにしたんです」

「そんなことやって大丈夫か」

「ここをどこだと思ってます？　一人ぐらい死んだことにするなんて屁のカッパです」

「なるほどな」

少し強引だが、確かに自分の身を守るには有効だ。しばらくの間死んだことにするという照見の作戦に、五郎左衛門と又兵衛は度肝を抜かれた。

「一応誰かが来ても大丈夫なように、この白装束だけは着てますが」

そう言うと頭の紙冠をくるっと回して、ちゃんと正面に来るように直した。

その晩、又兵衛たちは数日ぶりにちゃんとした食事にありついた。

お粥と菜っ葉の味噌汁とたくあんが一枚。

それでも又兵衛たちにとってはご馳走だった。

「坊主っていうのはいっつもこんなええもん食えるんやなぁ〜」

五郎左衛門が前歯でたくあんをちょびっとかじると、お粥をかきこんだ。

白装束を着た照見も粥をすすった。

「まっ、今日は久々です。なんて言うか、前祝いって感じですかね」

「なるほどな」

「ところで、ちゃんとお宝はあるんやろな」

横にいた佐吉が五郎左衛門に問いかけると、五郎左衛門は顎にお粥の飯粒を付けながら、箸で又兵衛を指した。

「おれはぜんぜん知らんねん。隠したのは又兵衛やから」

そう言うと、みんなの目は又兵衛に注がれた。

「なんや、その目？」

みんなの不安そうな表情から、一瞬で自分が疑われていることが分かった。

「ちゃんとあるんやろな？」

佐吉が上目遣いで又兵衛を凝視した。

「大丈夫や、心配すなっ」

又兵衛はすかさず答えた。

「隠したお宝をいつ取りに行くつもりですか？」

照見が味噌汁のお椀から口を離し、歯に挟まった菜っ葉を口の中で上手に舌を使って取りながら、又兵衛の方を見た。

「別に俺はいつでもかめへんけど……」

少し返答に詰まったが、それをごまかそうとして、又兵衛は味噌汁に手を伸ばした。

「だったら明日四人で出発しよう！」

佐吉がそう言うと、照見がそれに賛同して、手を叩いた。

「善は急げって言いますもんね！」

すると又兵衛が喜ぶ照見をやんわりと制しながら、話に割って入った。

「ものは相談なんやけど、照見だけ別のことお願いできへんかな？」

「えっ、なんでですか？」

「俺らがあ〜ちゃんって呼んでいる、その……かあちゃんっていうか、正確にはかあちゃん代わりをしてくれた、その……とにかく俺らにとって一番大切な人やねんけど、その人を連れてきてもらわれへんやろか？」

「なんで私が又兵衛さんのお母さんを？」

「多幸にある修徳寺で尼をしているあ〜ちゃんに、怪しまれずに近づけるのは坊主のお前しかいてへんねん」

「そんな手には乗りません！　私がいない間にお宝を分けようって魂胆なんでしょう」

「そんなわけないやろ」

「証拠は？」

「証拠？」

「あなたたちだけで持ち逃げしないっていう証拠です」

「証拠は俺らがここにおることや！　そもそもなんで俺らが命がけで多幸に戻ろうとしたのか？　三好の殿さんである藤田を助けて、幸せに暮らせる三好の土地をわざわざ離れて、こんな危険なことしてるのは全てあ〜ちゃんを連れ出すためなんや。死ぬ前に一回でええから孝行っていうことをしてみたいねん。糞にたかる蠅を見るような目で俺らをずっと見ていた奴らの前で、ええ息子を持ってよかったなって……自慢させて……」

急に胸にこみ上げるものがあったのか、又兵衛は言葉を詰まらせた。

これまでの悔しかった過去が一気に蘇ったのか、下唇をギュッと噛むと、にじみ出る涙と溢れる思いを押し殺した。

気を許すと、一気に溢れ出そうになる涙を必死に堪えている又兵衛の肩に、五郎左衛門が黙って手を回した。

さすがの照見も佐吉も、その涙に一分の疑いも持たなかった。

その夜から二日後。

照見は又兵衛たちの母親代わりだったあ〜ちゃんを連れ出すために多幸へ、又兵衛と五郎左衛門と佐吉は隠したお宝を取りに、再会を約束して、それぞれ別々の場所へと向かった。

37

蟬の声がいつの間にか消え、秋の虫の音が響く中、山道を又兵衛と五郎左衛門、そして佐吉の三人は、少し距離を置いて歩いた。

佐吉が坊主になりすましているとはいえ、人相書きの三人が並んで歩いているとバレやすくなるというのが一番の理由だが、万が一、三人のうちの一人がバレたとしても、仲間と思われていなければ、隙を見て助けることも出来る。三人は道を覚えている又兵衛を先頭にして、暑さも峠を過ぎ、いくぶんか涼しくなった道を黙って歩き続けた。

三人の不安は人相書きのことだけではなかった。

人相書きを見た町の人は役人に告げることはあっても、襲ってくることはほぼない。

それに比べて蛇のように執念深い山賊たちは違う。

しかもまんまと一杯食わされた相手とくれば、地の果てまで追いかけてくるのが奴らだ。

運が悪いことに五郎左衛門は山賊の手下に顔を見られてしまっている。

山賊たちの縄張り内を何度も出入りする道を三人はひたすら歩いた。

一日ぶっ通しで歩くと夕暮れ前に野宿をする場所を見つけた。

朝夕は少し肌寒くなってきたこともあり、薪を拾いみんなで火をおこした。

この夏は日照りが続き、森に食べ物が少なくなったのか、冬眠のための蓄えを取るために、熊が人を襲ったという噂を聞いていたので、用心の意味もあった。

歩いた距離もさることながら、人目を気にしながら移動すると神経も遣うのか、夜が更けると三人とも泥のように寝入ってしまった。

ただ体が本調子ではないのか、夜中になると又兵衛が咳をし出した。

それほど長い間ではないが、一度咳き込むとしばらく止まらないらしく、目をつぶっていても苦しそうに見えた。

すると、寝ていた五郎左衛門がその咳で重いまぶたを開けた。

まだ焚き火の火がうっすら残っている中、そのままむっくり起き上がり、小便をするために藪の中に入っていった。

一旦落ち着いていた咳がまた何度も続いたので、今度は咳をしていた又兵衛自身も目を覚ました。

周りを見渡し、五郎左衛門がいないことに気づいたが、火にくべる薪でも取りに行ったか、それとも小便にでも行っているのかと思い、体を丸めてまた目をつぶった。

藪を少し入ったところで落ち葉に小便をかけ、バタバタバタバタバタと破けた太鼓のような音を出しながら用を足していると、急に後ろから口を押さえられ、五郎左衛門はそのまま数人に体をがっちりつかまれたまま、森の奥へと連れていかれた。

なんとか助けを呼ぼうと懸命にもがき、必死に叫ぼうとしても、思うようにはいかなかった。

しばらくして、焚き火の横で寝ている佐吉がす〜す〜と寝息を立てている中、五郎左衛門が帰ってきた。

「遅かったな？　どこ行ってた？」

体を丸めたまま又兵衛が尋ねた。

「あっ、この奥でちょっと糞しててん……」

そう言うと五郎左衛門は、さっと元いた場所にもどり、体をくの字にして目をつぶった。


翌朝も、三人は再びお宝を隠した場所を目指した。

歩き出して早々に、離れて歩くはずなのに、五郎左衛門が前を歩く又兵衛の方に近寄ってきた。

「又兵衛、もしかして、霧先峠に向かってんのか？」

「いや、ちゃうけど」

「一体、これってどこに向かってんの？」

「なんでそんなこと急に聞くねん？」

「方向ぐらい教えてくれたってええやろ」

「別にかめへんけど、口で説明しにくい所やからな……まっ、従いてきたらそのうち分かるわ」

「………」

半ば言いくるめられたように思った五郎左衛門だったが、それ以上食らいついて聞き出す理由も特になかったので、そのまま黙って又兵衛の後ろに下がると、また黙々と歩き始めた。

人通りの少ない道ばかりを選ぶと山賊たちに出くわす恐れもあるということで、人通りの多いところにも意図的に立ち寄りながら歩いた。

三人が足早に町中を歩いていると、突然、座棺を運ぶ人足たちが前を横切った。

その座棺の数も一つや二つじゃない。

数えると七つもあった。

真新しい座棺の中に七人の死体があると思うと改めてびっくりしてしまう。

「えらい数の死体やなぁ～」

五郎左衛門がそう言うと、数日前から少しずつ咳き込む回数が増え出した又兵衛が口を手で覆いながら、苦しそうに答えた。

「そうやな」

どこかで大きな火災があったりしたのかもしれない。

周りの人が手を合わせている姿をボーッと見ていた佐吉が慌てて手を合わせた。

人通りの多い場所を歩くのには、もう一つ良いことがあった。

それは、なんちゃって坊主の佐吉が托鉢《たくはつ》に歩くと、芋や栗、稗などをお鉢に入れてもらえることである。

托鉢で得た銭や食べ物は、先立つものがない三人にとって貴重だった。

その日も佐吉が托鉢でもらってきた食べ物で、三人は飢えをしのいだ。

佐吉に食べ物を持ってきてくれた信心深い人から聞いたところによると、昼間の座棺の七人は皆、流行り病で亡くなったらしい。

どうやら、このあたりだけではなく三好も多幸も、そのまた周辺にまで流行り病に罹る人が多く、毎日小さな子供からお年寄りまでバタバタと倒れ、原因が分からず、今なお増え続けているらしいと佐吉が話すと、又兵衛が堪えていた咳を一つした。

ずっと咳が止まらない又兵衛に、佐吉がいきなり核心に触れた。

「お前の咳って、まさか流行り病じゃないよな？」

咳を無理に止めて話そうとする又兵衛だったが、逆に咽せて何を言っているのか分からない。

意識しなければ咳は案外出ないものだが、絶対に出しちゃダメだと思うと、むずむずと胸の奥から喉を通って咳が吹き出してくる。

「大丈夫なんだろうな、その咳？」

佐吉がそう言うと、五郎左衛門は思わずパッと又兵衛の側から離れた。

しかし又兵衛はただの風邪だと言い張った。

「それならいいが、もしも流行り病だったら俺らも危険だからな。万が一ってこともあるし、もう少し離れて行動しないか？」

咳がいっこうに止まらない又兵衛はその提案を了承するしかなかった。

確かに又兵衛自身もなかなか治まらない咳が気にはなっていたが、流行り病がこれほど猛威を振るっていることを知ると、だんだんその気になってしまうものである。

あきらかに歩くのが遅くなってきている又兵衛に五郎左衛門がまた近寄ってきた。

「ちょっと休むか？」

「すまんな……」

周りの目を気にしながら、佐吉もその後ろからやってきた。

「このまま歩き続けるのは無理やろ」

「ちょっと休めたら楽になると思うねん」

「とにかく、今日はもうやめよう。この先にも集落があるはずやから、俺がちょっと行って、泊めてもらえるように頼んでみるわ」

「悪いな……」

「どこの馬の骨か分からん奴を泊めてくれるか？」

「坊主の力をみくびってもらったら困るな。坊主が手を合わせて頼むと、これが無下に断れんもんでなぁ」

佐吉はそう言うと、一人で先にある集落へと向かった。

38

佐吉の言う通り、坊主の力は絶大だった。

家主は、この集落の村長《むらおさ》だった。

決して恵まれた集落ではないが、信心深い者が多いらしく、佐吉の頼みを二つ返事で了承してくれた。

「こんなところで本当にいいんですか？　せっかくですから家に上がってくださいまし」

白髪頭の家主がとても低姿勢で、佐吉たちに家の中で休むようにと勧めてきた。

「ありがとうございます」

五郎左衛門が礼を言うと、それを打ち消すように、すかさず佐吉が断った。

「いえ、私たちはこちらで十分です」

「しかしご坊に、こんな牛小屋ではバチがあたってしまいます」

家主が申し訳なさそうに言うと、佐吉が何か言いたげな五郎左衛門と、顔色が良くない又兵衛を隠すように自分の体で遮りながら答えた。

「お気持ちだけ有り難く頂いておきますので、どうかご心配なく」

「そうですか……分かりました。朝晩冷えますゆえ、どうか暖かくしてお休みください」

家主が腰を低くしながら小屋から出ていき、離れていくのを確認すると佐吉は安堵のため息をついた。

「ハァ〜、又兵衛が咳き込まんでよかった」

「中に入れてくれるっつ〜のになんで断るねん」

五郎左衛門がそう言うと佐吉が彼を呼び寄せ、その理由を語り始めた。

なんでも、流行り病で命を落とす者があまりにも多すぎて、どこも危機的状況だそうだ。

日増しに命を落とす者が増え、少しでも変わった病状の者がいれば、役人に通報しなければならないとお達しが出たそうだ。

病人とその近くに長くいた人をしばらく隔離することで終息を図ろうという考えらしいが、一度そんなところに入ったら最後、ただの風邪引きだったという者まで流行り病に罹って死んでしまう。とにかく疑われないことが肝心なのだ。

「だから、夜通し咳をする又兵衛が、流行り病だと疑われたら最後、そのまま役人に連れていかれ、一巻の終わり。少々臭くとも、俺らにとってこの牛小屋が最良の場所ってことだ」

五郎左衛門は口をへの字に曲げながら腕を組むとドスンと腰を下ろし、大股開きのあぐらをかいた。

「それじゃ〜しょうがねぇ」

一旦覚悟を決めると、案外牛の臭いも気にならなくなるものである。

三人は頭の後ろで手を組むと、ゴロンと横になった。


その後も何度か家主は顔を出した。

「心ばかりではございますが、お召し上がりくださいませ」とホクホクの芋を人数分持ってきてくれたり、「お寒いと思いますので、こちらをお使いください」と三人分のムシロを持ってきてくれた。

その度に佐吉は早々に家主との話を切り上げようとしたが、根っからの話し好きなのか、暇なのか、家主はなかなか帰ろうとしなかった。

「もうこれ以上おかまいなく」

佐吉が申し訳なさそうに言い、家主に深々と頭を下げた。

「いえいえ、こっちが好きでやってることなので……頭をお上げください」

「もう本当におかまいなく」

「分かりました、夜も更けてまいりましたので、これで失礼致します。むさ苦しい所ではございますが、どうぞごゆっくり」

そう言うと牛小屋を出ていった。

家主が出ていくと、又兵衛がずっと我慢していた咳をし始めた。

「大丈夫か、又兵衛？」

五郎左衛門が又兵衛の背中をさすった。

「すまん……」

又兵衛が口に手を当て、真っ赤な顔をしながら下を向いた。

「こんな時になんやけど」

又兵衛の背中をゆっくりさすりながら、話を続けた。

「さっき佐吉が言ったことやねんけどな……」

「さっきのこと？」

「そのぉ……もしもな、もしもやで、もしも仮にお前が流行り病やったとしたら……いろいろあるやろうし、お宝の場所を俺にも教えといてくれへんかな？」

「お前……俺が死ぬと思ってんのか？」

「そういう理由ちゃうけど、もしも流行り病やったらどうなるか分からんし……」

「俺の心配やなくて、俺の死んだ後が心配か」

「人聞き悪いこと言うなよ」

「お前にそんなこと言われると思わんかったわ」

「…………？」

「悪いけど、教えられへんな」

そう言うと又兵衛は眼光鋭く五郎左衛門を睨みつけた。

「なんでやねん」

「俺がもしも流行り病やったら、どこかで捨てるつもりやろ」

「そんなことするわけないやろ」

「信じられんな」

「なんで信じられへんねん、これまで一緒にやってきた仲間やないか」

「ようぬけぬけとそんなことが言えたな！　結局お宝が欲しいだけなんやろ」

「そんなこと思ってへんわ！」

「ほな言わしてもらうけど、なんで俺の口つけたもんに手をつけへんねん」

「それはやな……」

「俺が怖いんやろ？　俺に触って死ぬんが怖いんやろ？　感染《うつ》るんが怖いんやろ！」

又兵衛は五郎左衛門から目線を外すと、ムシロの上でゴロンと背を向けた。

「ちょっと待てって」

肩をつかもうとする五郎左衛門の手を無言で払い、くるりと背を向けたまま振り返ろうともしなかった。

もちろん又兵衛自身も、自分が取り乱していることぐらい分かっている。

ただ、置かれている状況に釈然としないまま、死の話をされることがどうしても許せなかったのだ。

又兵衛に何か言い返そうとしたが、佐吉がそれ以上何を言っても無駄だと察し、五郎左衛門を見ながら首を小さく横に振った。

夜の帳《とばり》もすっかり下りた頃、又兵衛がこっそり起きて外へ出ていった。

いつもなら寝入ってしまい、少々のことでは朝まで目を覚まさない五郎左衛門だったが、その日は違った。

静かに起き上がり、周りを気にしながら外へ出ていこうとする又兵衛の姿を薄目を開けて追った。

いつもなら、夜中に起き上がって外へ出ていっても、小便だろうと気にもしなかっただろうが、妙に意固地になった今夜の又兵衛は、外に出ていったまま、帰ってこないのではないかという不安が五郎左衛門の胸をよぎったのだ。

五郎左衛門は口を開けて寝ている佐吉を横目に、又兵衛を追って少し肌寒くなった外へ出ていった。

外に出て周りを見渡しても、又兵衛の姿はなかった。

足を止めて、耳を澄ましてみたが、秋の虫の音と、小川のせせらぎ以外なにも聞こえなかった。

「やっぱり！」

五郎左衛門はぐるりとあたりを見回すと、又兵衛を捜しに小川の方へ向かった。

雲が覆い、足元を照らす月明かりもない夜道ほど歩きづらいものはない。

水の流れる音を頼りに、五郎左衛門はゆっくり歩いていった。

しかし小川のあたりにも又兵衛の姿はなかった。

「どこへ行ったんやぁ……」

五郎左衛門の心の声が、小さく漏れた。

「でかい独り言やの」

「あぁぁ！」

急に後ろから声がしたので、五郎左衛門は思わず悲鳴をあげた。

すると五郎左衛門の真後ろに、糞を出そうと息張りながら又兵衛がしゃがんでいた。

「なんか用か？」

「いや、その別に……」

「ほな、ちょっと離れてくれるか？　そんなとこおられたら出るもんも出ぇ〜へんし」

「……そっかぁ」

又兵衛は息張りながら、後ろを向いて立っている五郎左衛門に話しかけた。

「お前、俺が一人で出ていくんちゃうかなって思ってたんやろ?」

「そんなわけないやろ」

「ほな、なんで俺の後を追って、急いで捜しに来たんや。俺が一人でお宝取りに行くんちゃうかなって心配やったんやろ?」

「……ちゃうわ」

「ほんなら、なんでここ来たんや?」

「なんとなく散歩でもしょうかなと思って……」

「嘘つけ」

「嘘ちゃうちゅ~ねん」

二人が話していると、林の方から物音がした。

「シッ!」

五郎左衛門はすぐに身を低くして草むらに屈んだ。

すると数人の役人が「御用」の提灯で足元を照らしながら、さっきまで二人が寝ていた牛小屋をぐるりと囲んだ。

薄暗い中、家主が出てきて何やら役人と話している。

「あの狸ジジイ、俺らを騙しやがったな」

「えっ?」

驚く五郎左衛門の頭を押さえながら、又兵衛がなおも身を屈めるようにして話し出した。

「あいつ、最初から俺らがお尋ね者って分かってたんや」

「マジか？」

「役人に連絡しに誰かを走らせている間、俺らが逃げへんようにちょくちょく顔出しに来てたんや」

「……あの狸ジジイ」

「五郎左衛門、逃げるぞ！」

「佐吉は？」

「悪いけど、もう手遅れや、あれ見てみぃ」

大勢の捕り方が牛小屋に突入し、逃げ出そうとした佐吉を取り押さえている。

五郎左衛門は口をあんぐりと開けたまま、呆然とその様子を見ていた。

「逃げるぞ」

又兵衛は五郎左衛門の返事を聞く間もなく走り出した。

五郎左衛門は佐吉の方に向かってさっと手を合わすと、急いで又兵衛の後を追いかけた。

39

二人は月明かりもない鬱蒼とした森の中を、夜通し歩き続けた。

役人から逃げ切れたものの、又兵衛は極端に衰弱し、朝方にはまともに立っていられなくなっていた。

「大丈夫か？」

「大丈夫やないけど、やつらが血眼になって捜しに来ること考えたらのんびりしてられへん」

立ち上がって先に進もうとする又兵衛だったが、その場にふらふらとよろめきながら倒れ込んだ。

「ちょっと休もう。その体じゃ、これ以上無理や」

「休んでる間に俺が死ぬかもしれんぞ」

「そうかもな」

「もし流行り病やったらやばいぞ……」

「その時はその時や」

「そやけど、死んだらお宝の在り処も分からんようになるぞ」

「ええから、黙って寝とけ」

大きな息を一つ吐くと、又兵衛は体を少し起こし、五郎左衛門を呼んだ。

「どうした？」

一緒に横になっていた五郎左衛門が、道中で旅人から盗んだ竹筒の水を一口飲むと、それを又兵衛に手渡した。

又兵衛は竹筒を手に持ったまま体を起こすと、ぼそぼそと語り出した。

「もうすぐや」

「何が？」

「お宝の場所」

「えっ？」

「この先にある地蔵の裏。そこに竹藪があって、その中や」

「言うてええんか？」

「聞きたかったんやろ？」

「まぁな」

「もう少しや、ちょっと休んだら移動しょう」

そう言い終えると、残りの水を全部飲み干し、咳をしながらゴロンと横になった。


しばらく休憩をとった後、二人は地蔵めがけて歩き始めた。

一度休むと体は重く、固く、鉛を背負ったようだった。

しかし又兵衛が言ったように、地蔵まではさほど時間はかからなかった。

又兵衛と五郎左衛門は周りを見渡しながら、人が来ないのを確認すると、竹藪の中にそっと入っていった。

竹藪の中を歩いていくと、石が積んである場所が見えてきた。

「あそこや」

「…………」

五郎左衛門は黙ったままだった。

「ほな、掘ろか？」

足取りが不安定な又兵衛が石に近づいていくが、五郎左衛門は依然としてその場に立ったまま動こうとしなかった。

「どうした？」

又兵衛が五郎左衛門にそう言うと、物陰からガサゴソと音を立てながら目つきの悪い男たちがぬっと姿を現した。

一人、二人といった人数じゃない。

三人、四人、五人、と草むらから薄ら笑いを浮かべながら立ち上がり、そして六人目、最後に現れた男は、周りに比べるとひときわ体が大きく、鬱蒼と茂った竹藪だったので、顔はよく見えなかったが、不気味な雰囲気だけは又兵衛にも分かった。

そしてその大男が一歩前に踏み出し、二人の前に顔を出した。

額に「犬」の入れ墨。

三好の殿様である藤田と一緒に捕らえられた時の山賊の親分、鬼虎だったのだ。

「あっ！」

又兵衛が驚きの声を発したが、あまりに突然のことで、何がどうなっているのか、その場の状況を把握するのに少し時間がかかった。

鬼虎の号令が竹藪に響き渡ると、子分が一斉に襲いかかってきた。

だが山賊たちが捕まえたのは、なんと又兵衛だけだった。

五郎左衛門は離れた場所でその様子を黙って見ている。

「どういうことや！」

山賊の子分に取り押さえられながら、又兵衛が五郎左衛門の方を見た。

すると五郎佐衛門は無表情のまま、じっと又兵衛を見つめている。

「どういうことやねん！」

仁王のように五郎左衛門を睨みつけながら大声をあげた。

「……すまん」

「嘘やろ……」

肩を落としながら、又兵衛は力なくうなだれた。

五郎左衛門の横にゆっくり近寄ると、鬼虎は髭もじゃの顔で不気味に微笑んだ。

ずっと苦楽をともにしてきた五郎左衛門は山賊たちとグルだったのだ。

なんでこんなことになってしまったのか、自分の置かれている状況をまだ飲み込むことができないまま、そばでヘラヘラと笑う子分たちの声だけが胸糞悪く聞こえてくる。

「なんで、なんでやねん？」

納得がいかない又兵衛は独り言のような小さな声を漏らした。

しかし五郎左衛門は下を向いたまま、又兵衛と一度も目を合わせようとはしなかった。

戸惑っていた又兵衛の目がだんだん憎しみを帯びてくると、鬼虎がもじゃもじゃの髭を揺らして笑った。

それは二人が野宿をしていた夜のことだった。

五郎左衛門は町中で運悪く山賊の子分に絡まれ、隙を見て上手く逃げ切ったつもりだったが、このあたりを根城にしている山賊たちにとって二人の隠れていそうな場所を捜すことなど容易だった。

案の定、二人が野宿をしている場所を子分たちはすぐに見つけ出した。

そのまま二人を捕まえ、お宝の在り処を聞き出すこともできただろうが、二人は罪人で世間から追われる身。

一緒に行動しては、自分たちも捕まってしまう恐れがあると考えた鬼虎たちは、一定の距離を置きながら、お宝の場所まで連れていってくれるのをじっと待つ作戦をとることにしたのだ。

すると夜中に小便に起きた五郎左衛門がひょこひょこやってきた。

山賊たちにとっては願ったり叶ったり、まさに飛んで火に入る夏の虫。

鬼虎たちは五郎左衛門を捕まえ、取引を持ちかけた。

「俺たちに協力するならば命だけは助けてやろう。もしも又兵衛に言ったり、妙な動きをしたら最後、命はないものと思え」

と脅されたのだ。

五郎左衛門が又兵衛にお宝の場所を教えろとしつこく聞いたのは、ずっと後を尾けてきている山賊から脅されていたからだったのだ。

山賊の子分が、又兵衛がお宝を埋めたという場所を掘り出した。

竹を切り、ヘラのようにして、穴を掘っていくと中から白い布の巾着袋のようなものが出てきた。

「あったぞ！」

やや細身の子分が重そうに巾着袋を持ち上げると、仲間を呼んだ。

怒りがこみ上げてくるのか、又兵衛は震えたまましゃがみ込むと、顔を一切上げようともしなかった。

手下が巾着袋を大事そうに鬼虎のところに持っていき、巾着袋のひもを緩めると、そのまま底を持ってひっくり返した。

すると中からお宝が……と言いたいところだが、出てきたのは汚い武具とたったの一両だけ。

巾着袋をひっくり返しても、それ以上なにも出てこなかった。

「おい、どうなってるんだ！」

五郎左衛門の襟首をぐいっとつかみながら、鬼虎が目を吊り上げて怒り出した。

「いや、俺にも分からん」

すると下を向いていた又兵衛が肩を震わせながら、大声で笑い出した。

怒りと悔しさで体を震わせているのかと思っていたが、堪えきれない笑いをずっと押し殺していたのだ。

「何がおかしい！　お前ら、また俺を騙したのか？」

五郎左衛門は全力で首を横に振り、自分は無実だと必死に弁解した。

「俺は、なんにも知らん！」

「じゃ～なんで、これっぽっちの金しかないんだ」

鬼虎が目をひん剝きながら声を荒らげた。

「俺も知らないんだって。この場所も、そもそもアイツからは知らされてないんやから」

子分に捕まっている又兵衛がそんな二人のやり取りを見ながら、また笑い出した。

「こんなこともあろうかと、お宝を分けて埋めておいたんや」

「又兵衛、お前、そんなこと一言も言うてへんかったやないか！」

「聞いてけえへんから、こっちも言う必要ないやろ」

「よ～も騙しやがって」

「最初に騙したんはどっちや！」

五郎左衛門に大声で食って掛かった拍子にまた咳をし始めた。

「そのまま流行り病で早よ死んだらええねん」

「アイツ、流行り病なのか？」

「すまんのぉ～、感染ったらえらい目に遭うで。みんな気ィつけや」

五郎左衛門が答える前に又兵衛が割って入ると彼を捕まえていた子分たちがすっと離れた。

「しっかり押さえてろ！」

鬼虎が子分たちに怒鳴ると、しぶしぶと申し訳程度に又兵衛の着物をつかんだが、嫌そうな気持ちは隠せなかった。

「又兵衛っていったな、残りのお宝はどこに隠した？」

「なんでお前に教えなあかんねん？」

「命は大切にせ～よ。もう一回だけ聞いてやる。残りのお宝はどこに隠した？」

「どうせ死ぬんや、お宝なんか必要ない。誰かに教えるつもりもさらさらないな」

「残念だのぉ……流行り病にかかってもちゃんと治る特効薬ができたっちゅーのに」

「嘘つけ、そんなことで騙されるかえ」

「それが本当なんだよ」

「ふっ」

と又兵衛は鼻で笑って信用しようとしなかった。

「全く疑い深い奴だな。ほら、こいつがそうだ」

鬼虎は懐から薬の入った小袋を取り出して又兵衛に見せた。

「ほんまか？」

「ああ。お宝の在り処まで案内したら、お前にこれをくれてやってもいいぞ」

「それ飲んだら、ほんまに治るんか？」

「たぶんな」

「騙そうとしてるんちゃうやろな？」

「そう思うんだったらこの取引はなしだ。俺は気が短けぇんだ。いいか、もう一度だけ聞く。三つ数えるうちに返事しろ！　この薬をもらって俺たちにお宝の在り処を教えるのか、教えないのか？　一つ、二つ、三つ」

「分かった、教える」

「聞き分けがいいじゃねえか。命は大切にしなきゃな」

「その代わりお宝は半々や」

「それは虫がよすぎるなぁ〜。命まで助けてもらって、それはないだろ、悪いけど八二や」

「いや六四やな」

又兵衛がすかさず言い返した。

「いや、俺らが八、お前が二。それが嫌なら、ここで熊の餌食にでもなってもらうしかないな」

「分かった、お前の言う通り、八二でかまへん。その代わり一つ条件がある。そこにいる奴を殺してくれ！」

そう言うと又兵衛は五郎左衛門の方を向いた。

「ほ〜、そんなことでいいならお安いご用だ。おい」

と自分の子分に五郎左衛門を殺すように命じた。

さっきまで自分側だと信じていた鬼虎が、いとも簡単に又兵衛側につき、自分を殺すように子分にさらりと命じるものだから、五郎左衛門は焦った。

「おい、おい、ちょっと待て！　こんな流行り病の死にかけに騙されんな！　どうせまた嘘つきよるぞ。おい、おい、ちょっと待ってくれ！」

又兵衛は、慌てふためきながらおろおろする五郎左衛門を見て笑った。

「流行り病の俺より早よ死ぬとはな。ハッハッハッ」

「じゃかましい死にかけ！」

「死にかけはどっちや、死にかけ！」

「うるさい死にかけ！　すぐ死ぬ奴に特効薬渡したって意味ないぞ！　近くにおったら、お宝にまで感染ってみんな死んでまうぞ！」

「余計なこと言わんでええねん、死にかけ！」

五郎左衛門の言葉も虚しく、子分は問答無用に斧のようなものを振り上げた。

五郎左衛門が目をつぶり諦めかけたその時、間一髪のところで鬼虎が大声を出して殺すことを止めた。

「ちょっと待て！」

子分はすんでのところで斧を下ろし、大声を張り上げて止めた鬼虎の方を見た。

鬼虎はニタッと不気味な笑みを浮かべると、自分の顎鬚を触りながら斧を振り上げた子分を呼びつけ、耳元で何かを囁いた。

五郎左衛門と又兵衛はじっとその様子を見つめるしかなかった。

40

手足を縄で縛られた又兵衛を大八車に乗せ、苦虫を嚙み潰したような顔をしてその大八車を五郎左衛門が牽いていた。

五郎左衛門の胴体も大八車に縄でしっかり繫がれ、逃げ足の速い五郎左衛門もこれでは何もできなかった。

一人分しかない流行り病の特効薬と引き換えに又兵衛はお宝の在り処まで鬼虎たちを連れていくことになったのだが、流行り病と聞いて山賊たちは誰も又兵衛に近づきたがらなかった。

そこで鬼虎は、万が一流行り病に罹ってもいいようにと、五郎左衛門を又兵衛の側に付けた。そして五郎左衛門を殺してほしいという又兵衛の願いは、無事に宝の在り処まで連れていったら実行すると約束した。

「なんで俺がお前を運ばなあかんねん」

と五郎左衛門が文句を言った。

「しゃ〜ないやろ、寿命が延びただけでも有り難いと思え」

「ふざけんな!」

五郎左衛門が大八車から手を放し、その場でくるりと後ろを向くと、後方の山賊の子分が仲裁に入った。

とはいえ、離れた場所から口で仲裁するだけなので、カッと頭に血が上った二人の喧嘩を止めることはなかなかできず、しばらく移動しては喧嘩で止まり、またしばらく移動しては喧嘩を繰り返すのでなかなか先に進まなかった。

「おい! 日が暮れるだろ! いいかげんに喧嘩をやめろ!」

後ろからの山賊の声を無視して、二人は大人気ない言い合いを繰り返した。

「ぶぅ〜っ! 流行り病に罹って死ね、死ね、死ね、ぶぅ〜っ!」

荷台から又兵衛が首を伸ばして、大八車を引っ張る五郎左衛門に向かって唾を吐きかけた。

「やりやがったな、この死にかけ」

飛び散る唾を避けながら、今度は五郎左衛門が大八車の持ち手から両手を放した。すると大八車の後ろが傾き、荷台に乗った又兵衛はストンッと地面に叩きつけられた。

「痛ってぇ〜知っててやったやろ？」

「さぁ、何のことかいなぁ」

やったら、やり返す、この繰り返しでとにかく二人の言い争いは一日中やむことがなかった。

41

一方、農民の牛小屋で捕まった佐吉は城へ引っ立てられていた。

いくら坊主になっているとはいえ、下手人の人相書きにそっくりなことと、又兵衛たちと一緒にいたということで証拠はすでに十分。

どうあがいても逃げようもないことから、さすがの佐吉も観念し、後ろ手に縛られ、お裁き場で正座をしたまま下を向いていた。

——なんでこんなことになってしまったのか？　あの時、土から首だけ出したあいつらに出会わなかったら……そしてお宝を隠し持っているという話など聞かなかったら……。

裁きを受ける恐怖と不安で押し潰されそうになりながらも、ただただ運命を天に委ねるしかなかった。

「名は何という？」

「佐吉と申します」

「又兵衛と五郎左衛門を逃がしたのはお前か？」

否定することを一瞬考えたが、自分の人相書きまであっては、これ以上嘘をついても仕方がないとすぐに諦めた。

「はい。そうです」

あまりにも素直に答える佐吉に、お裁き場にいた役人がびっくりした顔をしながら訊問を続けた。

「えらく正直だな？」

「今更しらばっくれても仕方ありません。すぐにバレることですし」

「素直で何よりだ。奴らは何処へ行った？」

反射的にまた嘘をつこうとしてしまった自分に、思わず笑いそうになった。

「どうかしたか？」

「いえ、すいません。奴らは隠してあるお宝を取りに行きました」

「国界のあのあたりは物盗りや、山賊も多いが大丈夫だったのか？」

「たぶん。ただ、二人のうち一人が流行り病のような状態だったので、うまくお宝の場所まで辿り着けたかどうか」

すると、廊下の奥から誰かがやってきた。

物々しい空気がさっと流れ、一瞬にしてあたりに緊張が走った。

お裁き場の様子が一変したのが、囚われの身となっている佐吉にも分かった。

「御館様が来られたぞ！」

廊下でひれ伏した家臣たち一同の間を煌《きら》びやかな装いの殿様がしっかりとした足取りで現れた。

「こやつか、又兵衛と五郎左衛門と一緒にいたという者は？」

頭を下げたまま家臣が殿様の質問にすぐさま答えた。

「はい」

すると、殿様はドスンと廊下に腰を下ろし、あぐらをかいたまま佐吉に向かって語り始めた。

「あの馬鹿どもがまだ生きているというのは本当か？」

「は、はい」

鋭い目つきで語りかけてきた殿様の様子に気圧されて、佐吉はおどおどした様子で返答した。

生きているということを聞いた殿様は、眉間に皺をぎゅっと寄せながら佐吉を睨みつけると、左手に持っている扇子を、親指と人差指で上手に使いながら「パチン」と音を一つ出した。

「しぶとい奴らだ。おい、腕の立つ者を三十人用意せよ！　用意ができたらわしと一緒に出発だ。今度こそ目にもの見せてくれる」

42

薬の効き目は怪しいものだった。又兵衛の体調にあまり変化は見られず、げっそり痩せ細ったまま、自分で立つのがやっとで、五郎左衛門が引っ張る大八車に乗ってでないと進むことができなかった。

「いつまで寝とんねん」

「しゃ〜ないやろ、体調悪いんやから」

「それが引っ張ってくれている人に対する態度か？」

「別に俺が頼んだわけちゃうやろ」

大八車を引っ張りながら五郎左衛門が又兵衛に文句を言っている。

二人が例のごとく喧嘩を始めると、後ろから山賊たちがまたまた止めに入った。

「いいかげんにしろっ！　なぜ喧嘩ばかりしてんだ！」

「……すいません」

五郎左衛門が後ろの山賊にヘコヘコと頭を下げた。

すると鬼虎が二人に近づいてきた。

イライラした顔で親分が荷台に寝ている又兵衛に聞いた。

「一体どこまで行けばお宝があるんだ？」

「もうすぐや」

「もうその答えは聞き飽きた！　どこまで行けばあるのか、ちゃんと説明しろ」

唾を飛ばしながらそう言い放つと、又兵衛を睨みつけた。

「それが、説明しにくい場所で……」

又兵衛が困った顔でそう答えると、溜め込んできた感情をぶちまけるように大声で怒鳴ってきた。

「やかましい！　いいか、今日中に辿り着くようにしろ。それができない時は、お前らを二人とも殺す。いいな」

「ああ」

それを聞くと鬼虎は後ろへ戻った。

「そんなこと言うてええんか？」

「あぁ、お宝はもうすぐや」

「マジか？」

「この道を真っすぐ行った先の沼の中や」

「えっ？」

そう五郎左衛門に伝えると、又兵衛は縛られた手を上手に使いながら大八車の上で仰向けになって寝転んだ。

五郎左衛門が又兵衛に何か話しかけようとしたが、後ろから山賊たちの急かす声がしたので、前を向いて大八車を再び牽き始めた。

しばらく二人は黙ったままだった。

又兵衛は秋の心地よい風を頬に感じながら、ゆっくりと流れていく雲を静かに眺めている。

ずっとこのまま見ていたいと感じたのは又兵衛だけではなかった。

五郎左衛門も山賊たちに気づかれない程度に牽く速度を緩めながら、風に揺れる色鮮やかな木々の美しさに言葉を失っていた。

「綺麗やな」

又兵衛が呟くと、五郎左衛門も静かにそれに答えた。

「そうやな」

「おい、もたもたするな！」

山賊たちの声に、五郎左衛門は少しだけ牽く速度を上げた。

ギーゴロゴロッと大八車の車輪が回る音が山道に響いている。

その音が沼の前で止んだ。

又兵衛はすっと目を閉じると、何かをふっ切るように大きな息をふぅ〜っと吐いた。そして、かっと目を見開き、後ろから従いてくる山賊たちに大きな声で伝えた。

「ここや！」

ゆっくりと鬼虎が後ろから現れた。

「本当にここなんだろうな！」

「……こんな状態で嘘ついてもしゃあないやろ。あそこの大木に一本の縄が結ばれているはずや、その縄を引っ張ると沼の中から壺が出てくる。お宝はその中や！」

と残りの力を振り絞るように又兵衛は鬼虎に話すと、首をコキコキと鳴らした。

——ん？

五郎左衛門の戸惑いの表情に気づく者など誰もいなかった。

子分たちが、急いで沼のほとりに立っている大木の縄を引っ張った。

どろどろになった壺の口には布が巻かれており、その布を子分がめくった。

中を覗くと――なんと小判がびっしりと入っていた。

五郎左衛門は少し拍子抜けした。

あまりにも簡単に、そしてあっけなくお宝の在り処を山賊に教えてしまった又兵衛に驚いたのだ。

「これはすごいじゃねぇ〜か！」

親分が壺をひっくり返すと、数え切れないほどの小判が次から次へと出てきた。

「今度は嘘じゃなかったみたいだな」

山賊の親分がほくそ笑みながら又兵衛に言うと、又兵衛は後ろ手に縛られたまま、荷台から降りた。

「八二の約束だ。八取ったら二残して、早く俺を自由にしてくれ」

「自由？　そんな約束をした覚えはねぇな」

「おい、話が違うやないか」

「悪いが、罪人を助けるつもりは、はなから持ち合わせてねぇ」

そう言うと目を細め、白い歯を出しながらニヤリと笑った。

「騙したな！」

「騙した？　おいおい、人聞きの悪いこと言うな。そもそも俺らがもらうはずのお宝をお前らが騙して、持ち去ったんだろうが。悪いが消えてもらう」

鬼虎がそう言うと、斧や鎌のようなものを持った子分がじりじりと近づいてきた。

「やれ！」

子分が二人に襲いかかろうとした時、大きな銃声が聞こえた。

その音の大きさで思わず目をつぶってしまったが、見ると山賊の周りを鉄砲隊が大きく囲んでいた。

「なんだ、お前ら」

鬼虎が怒鳴る。

顔を頭巾で覆った男が馬に乗って鉄砲隊の後ろから現れた。

「誰だ、お前？」

「もう忘れちまったか？」

男は馬の手綱を片方の手でたぐり寄せ、すっと足を上げて馬から降りてきた。

横にいた側近に手綱を渡すと腕をたたみ、胸をはだけて左腕をぐいっと出し、肘を曲げ、力こぶのあたりを鬼虎に見せた。

「どうせなら、もうちょっと上手く描いてほしかったがな！」

その腕にはどす黒い線が二本、罪人の印である入れ墨がしっかり入っていた。

「まさか三好の？」

男は顔の頭巾をすっと外し、自分の顔を鬼虎に見せた。

「よく覚えていたな、悪いがそのまさかだよ！」

男の正体に気づくと、鬼虎は目を丸くして驚いた。

「貴様につけられた恥辱の証、この恨みだけはどうしても忘れることができなくてな。このお返しはたっぷりさせてもらうから、覚悟しろよ！」

山賊たちがその場から逃げようとすると、三十人の足軽鉄砲隊が一斉に威嚇射撃をした。けたたましい音とともに、山賊たちの足元に弾丸が炸裂する。

土埃が舞い上がる中、山賊たちは足をすくませ、その場から一歩も動けなくなった。

「武器を持ってる者は捨てた方がいいのぉ〜」

声がする方を向くと、なんとあの佐吉がいた。

「むやみな殺生はしとうないからな」

佐吉は数珠を片手にそう言うと又兵衛たちに視線を送った。

すると待ってましたとばかり、又兵衛たちも拳を上げて喜んだ。

鎌や斧などの武器を持っている者はそれらを地面に置き、鬼虎も憮然とした表情で自分の懐に入れていた短刀を足元に置いた。

「ひっ捕らえよ！」

藤田の言葉に足軽たちは一斉に動いた。

「遅すぎるっちゅ〜ねん」

又兵衛が荷台から藤田と佐吉に文句を言った。

「悪かった、悪かった」

佐吉がそう言うと藤田も謝った。

「すまんかった、そう怒るな」

「怒るっちゅ〜ねん。だらだら進むにも限界があんねやから」

「だからすまんと言っとるではないか……」

「とにかく、無事に間に合ったんだから、なっ？」

佐吉に言われて助かったという実感が急に湧いてきたのか、又兵衛はあまり文句を言うこともなく、あっさりと許した。

「まぁ、そうやけど……」

「ただ、こいつがいなかったら本当に間に合わんかったかもしれん。オイ！」

藤田が一人の足軽を呼んだ。

キリッとした顔の足軽が急ぎ足でこちらにやってきた。

「久しぶりじゃの？」

「えっ!?　誰や？」

「俺だよ」

「おぉぉ〜、トンボぉ――」

「このあたりの道を知り尽くしているのはこいつしかいないからな」

そう藤田が言うと照れくさそうな顔をしてトンボが頭をかいた。

「しかし、何がどうなっているのかさっぱり分からんのだけど、どっからどこまでが仕組まれていたんだ？」

佐吉が又兵衛たちに聞いてきた。

「その前にこの縄をほどいてくれへんか？」

又兵衛が佐吉に言った。

「悪りぃ、悪りぃ」

そう言うと佐吉とトンボが二人の縄をほどいた。

縄を解かれた又兵衛は首を回しながら、その一部始終を語り始めた。

「そもそも小便中に五郎左衛門が山賊に捕まったのには俺もビックリしたんや。ただ五郎左衛門が珍しく冴えていたのは、咄嗟に相手側についたことやな」

「珍しくってどういうことやねん。まっ、脅されたからたまたまそうなっただけやけどな、あの時に俺の機転がなかったら今頃どうなってたか……」

五郎左衛門が得意げに話し出すと、こりゃ〜長引くと思った佐吉は又兵衛に先を促した。

「で、その後は？」

「寝床に戻った後、五郎左衛門は俺にそのことをこっそり話してきた。しかし山賊に後を追われてはどうにもならない。本来なら逃げ足の速い俺ら、すっと逃げちゃえばええんやけど、体調が完全に戻っていない俺にはその作戦は絶対に無理だと思った。ならばどうするか？　お宝を奪われずに、なんとかこの危機を脱する方法はないかずっと考えた結果、一つだけ手があった。それが藤田の殿さんや」

「そしたら佐吉が農家で捕まったのは？」

今度は五郎左衛門が聞いてきた。

すると佐吉が鼻の下を親指でちょんとはじくと、得意げに答えた。

「わざとだ」

自分の知らないことをいきなり聞かされて、五郎左衛門は少し混乱した様子だった。

「そんなこと知らんかったぞ」

「悪い。あれはわざと通報されるようにしたんや」

と又兵衛が申し訳なさそうに話し出した。

「なんで俺に黙っててんねん、言うとけよ！」

「敵を騙すにはまずは味方からって言うやろ！　佐吉が三好に捕まれば、山賊に恨みを持っている殿様とご対面ができる。捕まる前にこっそり〝たぬき沼〟に来てくれとだけ佐吉に伝えたんや。ただそれからが大変やった。なんとか時間稼ぎせなあかんから、どうしようかと思っていたら、流行り病のことを思い出してな。調子悪いふりしてわざとゆっくり歩いてたんや」

「ほな流行り病も全部嘘なんか？」

五郎左衛門がまたもやビックリした顔をした。

「当たり前やないか」

「なんで言うてくれへんねん、こっちは心配してたのに」

「嘘つけ！　めちゃめちゃビビってたやないか」

「そりゃ〜ビビリもするやろ、感染ったら死んでまうねんぞ」

「悪い、悪い。べつに騙す気はなかったんやけど、そうでもせんとお前の演技は臭くて見てられへんからな。とにかく流行り病のふりをして、時間稼ぎをしながら山賊の目を欺くしかなかったんや」

「ダラダラ喧嘩をしながら歩いていたっていうのも、全部作戦だったのか？」

と佐吉が言うと又兵衛がすかさず答えた。

「それはマジや」

「えっ!?」

「だって、流行り病っていうと、こいつが本気で汚いものでも見るような目で、いろいろ言ってくるからマジで腹立ってきて」

「そりゃ〜、そうなるやろ。感染ったらこっちも大変なことになるんやから」

「にしても、言い方があるやろ」

「ここまで一緒に来ただけでも感謝せぇ〜や」

「なんでお前に感謝せなあかんねん！」

「まぁまぁ〜いいではないか。どこからどこまでが芝居だったかはよう分からんが、こうして命も助かり、お宝も無事だったんだ」

と藤田が、もめる二人を止めに入った。

「殿、用意が出来ました」

そうこうしているうちに残りの足軽たちが山賊たちを縄で縛り上げ、連れ帰る準備を終わらせていた。

あれほど文句を言っていた鬼虎も、こうなるとすっかり意気消沈した様子だった。

すると藤田が又兵衛に近寄ってきた。

「やっかいなお尋ね者を一網打尽にできたのもお前たちのお陰だ。又兵衛、お前たちに褒美をつかわす」

「褒美？」

「わしの下で家臣として働いてはみないか？」

「えっ!?」

「わしと一緒に天下を取ってみんか？」

「天下？」

「そうだ」

「あかんあかん、せっかくだけど止めとくわ」

「なぜ？」

「悪いけど、戦はもううんざりや。死んでまで貫きたいもんなんか、俺ら〝おわりもん〟にはあれへん」

「フッ、お前らしいの」

藤田はにっこり微笑みながら、軽く頷いた。

「それより、頼み事なら他にあるねん」

「なんだ、なんでも言ってみろ」

「俺らをここで殺してほしいねん」

藤田は耳を疑った。

「殺す？　正気で言ってるのか？」

「あぁ、正確に言えば殺したことにしてほしいねん。あの人相書きを無くして、自由になりたいねん」

「ハハハッ、なるほど」

藤田は豪快に笑った。

「分かった、約束しよう」

「おおきに、助かるわ」

「じゃあな」

トンボから自分の馬の手綱を受け取ると、藤田はさっと飛び乗り、手綱を上手くさばきながら、素早く方向転換させた。

「ひょんな出会いだったが楽しかった。礼を言う。機会があったら、またどこかで会おう。達者でな」

両足で馬の腹を大きく蹴ると、「ハッ」と大きな声をあげ、藤田は数名の家臣と共にその場を去っていった。

43

冬の北風がひゅるひゅると音を立てて、路地の溜まりで渦を巻きながら木の葉を舞い上げた。

そしてその風は店の暖簾を揺らすと、次に上下に動きを変えながら地面の砂埃をこすり取るように吹き抜けていく。

高札に貼られた又兵衛、五郎左衛門、佐吉、照見、これら四名の人相書きに辿り着くとバサッと紙の端をめくり上げてどこかへ吹き抜けていった。

横一列に並んだ彼らの人相書きには、大きくバツが付けられていた。

「あ〜ちゃん！」

そして多幸の町にひときわ大きな声が響き渡った。

この作品は書き下ろしです。原稿枚数701枚（400字詰め）。
装幀　米谷テツヤ
写真　アフロ

〈著者紹介〉
高須光聖（たかす・みつよし）　1963年、兵庫県尼崎市生まれ。幼少の頃よりダウンタウンの松本人志と浜田雅功と親交を深め、大学卒業後、彼らに誘われて24歳で放送作家デビュー。「ガキの使いやあらへんで！」「水曜日のダウンタウン」をはじめ、ダウンタウンのほぼ全てのレギュラー番組を手がけるだけでなく「めちゃイケ」「ロンドンハーツ」などバラエティを中心に数多くのレギュラー番組を担当。その他、映画・ドラマの脚本、作詞、ラジオのパーソナリティなど多方面にわたって活躍中。

おわりもん
2019年8月30日　第1刷発行

著　者　高須光聖
発行者　見城 徹

GENTOSHA

発行所　株式会社 幻冬舎
〒151-0051 東京都渋谷区千駄ヶ谷4-9-7

電話：03(5411)6211(編集)
03(5411)6222(営業)
振替：00120-8-767643
印刷・製本所：株式会社 光邦

検印廃止

ISBN978-4-344-03500-3 C0093
幻冬舎ホームページアドレス　https://www.gentosha.co.jp/

この本に関するご意見・ご感想をメールでお寄せいただく場合は、
comment@gentosha.co.jpまで。